마도진조휘

요람 新무협 판타지 소설

FANTASTIC ORIENTAL HEROES

마도 진조휘 4

요람 新무협 판타지 소설

초판 1쇄 찍은 날 § 2016년 5월 27일
초판 1쇄 펴낸 날 § 2016년 6월 3일

지은이 § 요람
펴낸이 § 서경석

편집책임 § 고승진

펴낸곳 § 도서출판 청어람
등록번호 § 제387-1999-000006호
등록일자 § 1999. 5. 31
어람번호 § 제2-2662호

주소 § 경기도 부천시 원미구 부일로 483번길 40 서경B/D 3F (우) 14640
전화 § 032-656-4452 팩스 § 032-656-4453
http://www.chungeoram.com
E-mail § chungeorambook@daum.net

ISBN 979-11-04-90826-2 04810
ISBN 979-11-04-90718-0 (세트)

魔刀

마도 진조휘

4

요람 新무협 판타지 소설

FANTASTIC ORIENTAL HEROES

도서출판 청어람

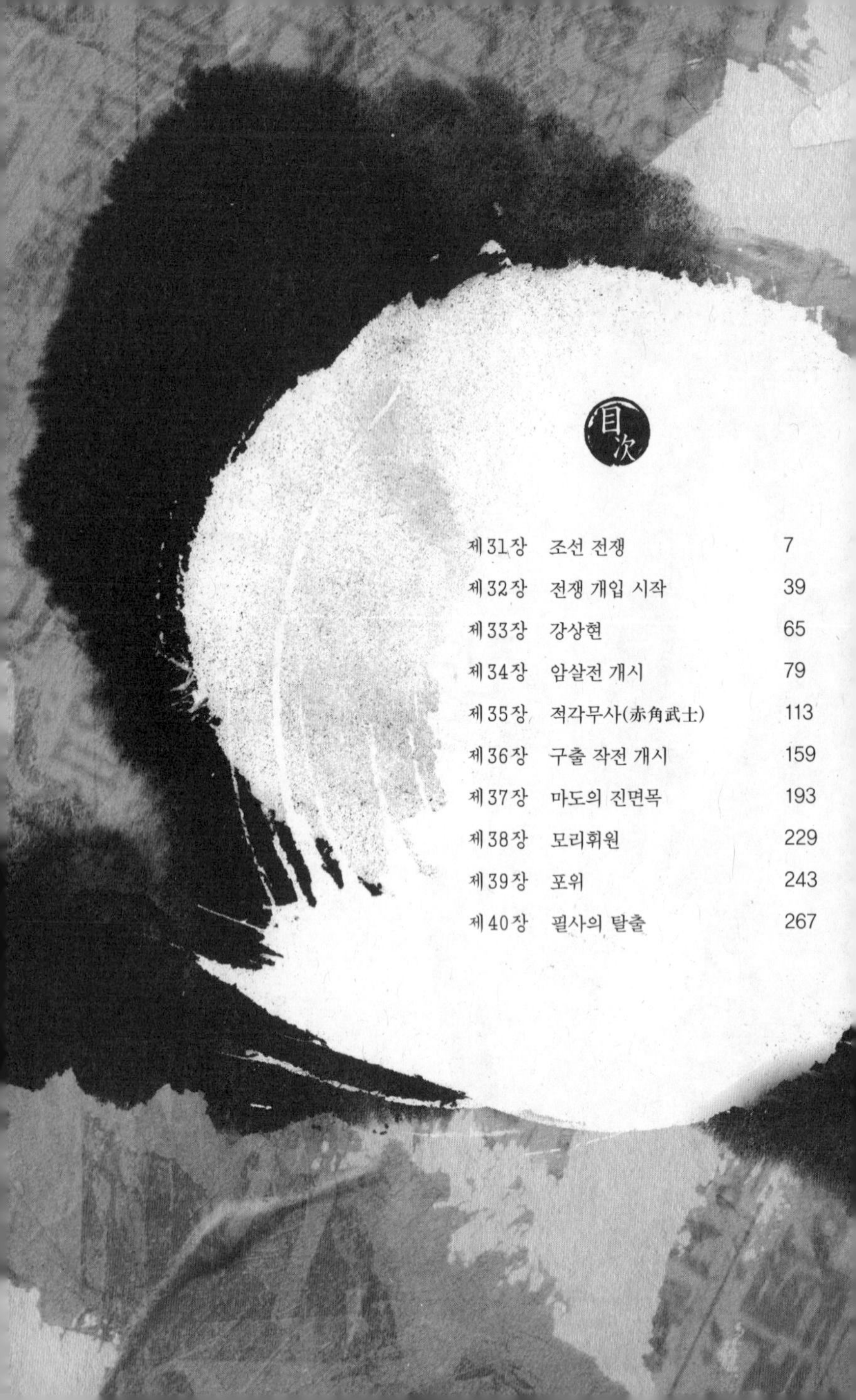

目次

마도
진조휘

제31장

조선 전쟁

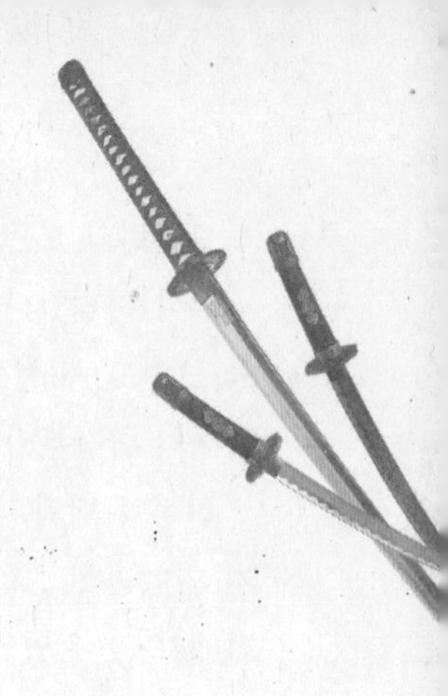

묵직한 기운이 흐른다.

오홍련의 거점 지하에 마련된 대회의장. 넓은 원형 탁자가 있었고, 의자도 스무 개 가까이 있었다.

이 의자에는 사람들이 모두 앉아 있었다. 형형색색의 옷들을 입고 있어 통일감이 없어 보이지만, 가장 눈에 띄는 곳에 오홍련의 표식을 걸거나 새긴 이들이었다. 그리고 그 사람들의 뒤로는 각각 부관이라 할 수 있는 이들이 서 있었다.

그래서 대회의장에는 거의 오십이 넘는 이들이 모여 있었다. 이들을 한 문장으로 묶어 부른다면 이렇게 부를 수 있을 거다.

오홍련의 핵심 인사.

오홍련의 모든 힘들이 이곳에 모인 이들에게서 나온다고 해도 과언이 아니었다. 작전부와 개발부는 물론 상행을 책임지는 인물도 있고, 비선을 관리하는 이들도 있었다. 물자 조달, 운송, 각 함대의 함장부터 시작해서 전부 다 있는 거다.

원형의 탁자지만 중심이라 할 수 있는 부분도 있었다. 각이 져 있었는데, 그 자리에는 아주 당연하게도 오홍련의 수장인 이화매가 앉아 있었다. 조휘도 있었다. 그것도 이화매의 뒤가 아닌 중간의 자리를 차지하고 있었다. 아직 만나지 못했던 이들이 태반이라 조휘를 힐끔거려도 이상하지 않지만, 이들은 전부 묵직한 기운에 눌려 그런지 뭔가를 깊게 고심하고 있었다.

근데 그건 조휘도 마찬가지였다.

자리를 차지했다는 건 분명 조휘를 인정했다는 의미다. 그건 변함이 없다. 하지만 책임 또한 덩달아 생기는 거다.

조휘는 안다.

자신이 이제부터 맡을 일은 정말 쉽지 않은 일이 되리라는 것을. 그렇기 때문에 생각이란 걸 당연히 해야 했다.

생각 없이 기계처럼 움직이다가는 복수는커녕 어디 이름도 모를 바다나 산하에 파묻힐 수도 있기 때문이다.

다 모이고 일각이 넘게 유지되던 묵직한 공기가 이화매에 의해 깨졌다.

"공현."

"네, 제독."

"지금까지 들어온 모든 전황을 설명해 봐."

"네."

공현이라 불린 사십 대의 사내가 일어나 앞으로 나와 환하게 밝혀 놓은 벽에다가 하얀 종이를 부관의 도움을 받아 덕지덕지 붙였다. 글자를 크게 써놓아 웬만큼 눈이 나쁘지 않은 이상 무슨 뜻인지 전부 파악이 가능했다. 종이를 다 붙이고, 공현이 벽을 등지고 서 굳은 얼굴로 입을 열었다.

"일단 조선의 전황입니다. 부산포에서 개전이 시작되고 한 달이 지난 지금, 조선 담당 비선에게 갓 들어온 정보에 위하면 왜국의 부대는 크게 셋, 때에 따라 아홉 개로 나뉘며, 현재 한양을 함락하러 북진 중이라 합니다. 대규모 전투를 포함해 산발적인 전투가 꽤나 빈번하게 일어났고, 결과는 일방적인 학살이라는 정보입니다. 왜의 병력은 최소 십만 이상이라는 정보도 함께 들어왔습니다. 확실치 않은 정보이기 때문에 저희가 계산해 본바, 최대로 잡는다면 이십만도 될 수 있을 것 같습니다."

허…….

탄식이 흘렀다. 십만의 병력. 부대를 셋으로 나눴고, 각각의 진격로는 도성으로 향하고 있었다.

전투?

공현은 말했다.

학살극이라고.

'철저하게 밀렸어…….'

조휘도 얼굴이 잔뜩 굳었다.

이화매는 처음 객잔에서 만났을 때 단언했었다. 조선은 버티지 못할 거라고. 전투다운 전투도 하지 못하고 찢겨져 나갈 거라고.

그 말은 아주 확실하게 들어맞았다. 거리가 어느 정도 되는지는 지리 정보를 아직 받지 못해 정확히는 모르지만, 그래도 짧지 않은 거리다. 그런데 이제 한 달이다. 파죽지세란 말처럼 정말 우르르 밀렸다.

'역시 막을 수 없는 건가?'

행용총.

처음 이화매가 언급하길, 이미 왜는 행용총을 만 정 이상 보유했을 거라고 했다. 그렇다면 최소 십만 이상의 병력 중 행용총을 다루는 병사가 일만 정도 된다는 뜻이다. 왜국 자체를 지키기 위해 좀 빼놓았다고 해도 아마 일만 정은 투입됐을 것이다.

'세 개의 부대로 나눴으니, 한 개의 부대에 행용총을 지닌 병사는 약 삼천삼백 정도. 삼천삼백이라… 지옥이군.'

겪어본 자들은 안다.

행용총의 무서움을.

한두 자루로는 전술로써 가치가 별로 없지만, 이게 쌓이고 쌓여 백 단위에서 천 단위를 넘어가게 되면 그 가치는 어마어마하게 불어난다. 감히 상상도 하기 힘들 정도다. 달려드는 기병, 보병에게 집중 사격을 가하게 되면?

'학살이 되는 거지.'

저항?

사거리 안에 들어오면 장수의 갑주도 뚫어버리는 파괴력을 선보이는 놈이다. 게다가 일시에 발사되면 마치 우레가 치는 게 아닌가 싶을 정도의 굉음도 동반한다. 왜의 부대야 적응이 되었을 테니 괜찮지만, 경험이 없는 조선군은 다르다.

공황.

정신이 아득히 먼 곳으로 십중팔구 떠나버리고도 남는다에 조휘는 풍신도 걸 자신이 있었다.

공현의 뒤이은 말이 조휘의 생각을 잠시 중단시켰다.

"작전부의 예측으로는 왜가 조선의 도성인 한양을 함락시키는 데 얼마 걸리지 않을 거라 보고 있습니다. 아니, 이 정보도 며칠 전 것일 테니 어쩌면 지금쯤 벌써 함락되었을지도 모릅니다."

허…….

또다시 술렁였다.

아무리 그래도 그렇지, 개전 한 달 만에 도성의 함락이라, 이건 정말 헛웃음도 나오지 않는 말이었다.

누군가가 손을 들었다.

"왕 제독님, 말씀하십시오."

"조선의 군 병력은 어떻게 되오?"

"파악하기로는, 육군만 봤을 때 팔구만은 되지 않을까 싶습니다."

"팔구만이라… 적지 않은 수야. 정예라 치면 솔직히 팽팽한 전선을 유지할 수도 있는 병력인데……."

"네. 하지만 조선의 군 기강은 그리 좋지 않습니다. 그리고 결정적으로 조선군엔 행용총이 없습니다. 그 존재는 아나, 별것 아니라고 무시까지 했지요."

"절망적일 정도로 멍청하군."

왕 제독이라 불린 이가 고개를 절레절레 저었다. 그리고 모두가 그 말에는 공감했다. 조휘도 당연히 공감했다.

공현이 그 말을 받았다.

"왜는 풍신수길이 등장하기까지 난세였습니다. 그 난세가 종결된 지 이제 몇 년 지나지도 않았지요."

"경험이 적잖이 쌓인 정예병들이 쌓이다 못해 넘쳐흘렀겠지."

"맞습니다. 반대로 조선은 전쟁에 대한 걱정을 아예 하지도 않고 있던 상황입니다. 행용총이 없었어도 아마 밀리고, 또 밀렸을 겁니다."

"후우, 그렇지. 아, 말을 끊어 미안하군. 계속하시게."

왕 제독의 말에, 오현이 작게 고개를 끄덕이고는 다시 오홍련 인물들 전체를 바라봤다.

"저는 물론 작전부 전체의 의견은, 조선이 이 전쟁에서 살아남을 가능성은 일 할에 불과하다는 것입니다. 전쟁 종료 시기까지는 길어야 이 년으로 잡고 있으며, 도성이 함락당하면 아마… 회생 불가능이라 봐야겠지요. 저항이야 있겠지만… 그것도 아마 잠시일 겁니다."

이 년, 그것도 길어야 이 년이라는 말을 썼다. 짧으면 더 빨리 끝날 수도 있다는 소리다. 허무맹랑한 소리가 아니었다. 애초 전쟁을 유추해낸 이들이다. 그만큼 돌아가는 판을 읽는 데 도가 텄다는 소리다. 그러니 믿을 만했다.

"변수는?"

한 사람이 다시 손을 들어 물었다.

"재야의 걸출한 무장의 등장이나, 의용병 정도인데… 아마 전자가 아닌 이상 대세에 크게 영향을 미치지는 못할 것입니다."

"걸출한 무장 말이지. 음… 예를 들면?"

"최소 총 제독 정도의 인물이 각지에서 다섯 정도는 나와 줘야 할 겁니다."

"허어, 그 정도로 가망이 없나?"

"네."

총 제독은 당연히 이화매를 말한다. 상석에서 조용히 대화를 듣고 있는 이화매. 그녀의 가장 특출한 능력이 뭐냐고 묻는다면, 그녀를 아는 이들은 분명 같은 답을 낼 것이다.

통솔력(統率力).

사람을 이끄는 부분에서는 타고난 여자다. 제왕(帝王)의 기질을 품고 태어났다 해도 과언이 아니다.

그런 이화매가 못해도 다섯?

'그 정도는 되어야 조선이 버텨 준다는 소리지. 이긴다는 말은 안 했어.'

조휘는 저 말이 얼마나 가망이 없는 말인지 알고 있었다.

이화매 정도의 인물이 어디 흔한가? 지금의 그녀는 어디서 뚝 떨어진 게 아니다. 조휘보다도 어린 시절부터 바다를 누비고 다니며 탐험, 정치, 상행, 전투 등을 통해 만들어진, 솔직히 말하자면 의도적으로 키우고 싶어도 가히 불가능한 수준의 인물이다.

시류를 읽는 눈도 있고, 사람을 끌어당기는 매력은 더 많이 가졌다. 그런 이화매인데, 이런 이화매의 능력을 가진 이들이 조선에서 다섯이나 나올 가능성이 있을까?

'이것도 확률로 따지자면 매우 낮아.'

조휘의 고개가 절로 저어졌다. 세상일은 잘 모른다고 한다. 조휘는 그 말에 아주 적극 공감하는 편이지만 이번만큼은 힘들 거라 생각했다.

슥.

또 한 사람이 손을 들었다. 이번엔 의자에 앉아 있는 이들 중 딱 두 명뿐인 여인들 중 한 사람이었다. 특징을 꼽으라면… 많았다.

일단 머리카락.

짙은 자줏빛을 띠고 있었다. 이것만 봐도 절대 중원인은 아니었다. 그리고 복장. 어깨가 아예 탁 트여 있었다. 게다가 가슴 쪽도 가려주는 천이 아예 없는 이상한 복장을 하고 있었다.

만약 중원인이 저렇게 입고 성을 돌아다니면 돌팔매질을 당해도 전혀 이상하지 않을 정도였다. 거기다가 머리색과 비슷한 붉은색의 의상은 아예 몸에 착 달라붙어 있어 몸매의 굴곡이 여과 없이 드러났다.

기루의 여인들도 입지 않는 복장.

그러나 여인의 복장에 대해 뭐라고 하는 사람이 없었다. 지극히 담담한 모습. 많이 봐서 적응이 된 게 아닌가 싶었다.

"말씀하시지요."

공현이 말하라고 하자, 여인의 입에서 유창한 한어(漢語)가 흘러나왔다.

"백성은?"

"음… 답해 드리기 꺼려지는 질문을 결국 하시는군요."

"전쟁 따위, 가장 피해를 보는 이들은 당연히 백성이 아닌가?"

직접적인 질문에 공현은 난감한 표정을 지었다. 분명 뭔가를 알고 있는 표정이었다. 하지만 답하기 꺼린다? 왜 답하기 꺼리는

지 조휘는 알 수 있을 것 같았다.

조휘도 많이 경험했던 것.

분노에 떨었던 참상.

다들 굳은 얼굴로 공현을 바라봤다. 후우, 한숨을 내쉰 공현이 결국 입을 열었다.

"어떤 생각을 하시는지 예상은 갑니다. 다만, 참상은 그 이상이라 할 수 있습니다."

"구체적으로."

"코, 귀를 베어 모으고 있다 합니다. 그리고 그걸 물질적인 걸로 교환해 준다고 하더군요."

"백성의… 신체를 말인가?"

"네."

"미쳤군."

"네, 미쳐도 아주 단단히 미쳤습니다. 조선의 백성은 지금, 지옥이라 불리는 땅에서 고통에 허우적거리고 있습니다."

"총 제독이 왜 우리까지 전부 불렀는지 알 것 같아. 후우, 말을 끊어서 미안하군. 계속해."

"네."

자줏빛 머리의 여인은 그렇게 말하더니 팔짱을 끼고, 눈을 감았다. 할 말이 끝났다는 태도였다. 그녀가 말을 끝내자, 침묵하고 있던 이화매가 입을 열었다.

"공현."

"네, 총 제독."

"우리가 해야 할 일은?"

"어떤 목표를 위해 움직이는지에 따라, 전부 다릅니다."

그 대답에 이화매는 잠깐 생각하다가, 모종의 결심을 굳혔는지 딱딱하게 표정을 굳히고는 다시 입을 열었다.

"장기전."

그 말에, 대회의실에 있는 모든 이들의 표정이 굳었다.

침묵이 다시 흘렀다.

오직 한마디였다. 장기전이라는 한마디. 하지만 그게 의미하는 바는 매우 컸다. 이화매가 모종의 결심을 굳힌 이유. 이는 어쩌면 매우 비겁하고, 졸렬한 짓이 될 수도 있었다. 아니, 비겁하고 졸렬한 짓이 맞다.

왜?

'조선과 왜의 전쟁을 장기전으로 흐르게 만들어 이쪽은 좀 더 준비를 단단히 하겠다는 뜻이니까.'

결국 조선이란 나라를 이용하겠다는 뜻이다. 그 땅에 피어올린 피를 좀 더 많이 만들겠다는, 울부짖는 자들을 더욱더 많이 만들겠다는 소리였다. 그러니 어찌 비겁하지 않고, 어찌 졸렬하지 않다고 할 수 있겠는가. 이곳에 있는 모든 이들이 그 정도는 알아차렸다. 그렇기 때문에 표정을 굳힌 거다.

이화매는 준비가 부족하다는 둥, 이런 변명은 일체 하지 않았다. 이건, 알려졌을 때 세인들의 비난과 이후의 모든 업(業)은 자신이 짊어지겠다는 뜻이었다.

공현은 침중한 표정으로 이화매를 보다가 결국 대답했다.

"암살입니다."

"역시, 그 방법뿐인가?"

"네, 우리 오홍련의 함대로 보급로를 끊었다간 아예 퇴각할 수도 있습니다. 이용하겠다는 마음을 독하게 먹었다면 전선 자체를 혼란에 빠뜨려야 합니다. 이 혼란을 일으키는 데 가장 좋은 방법은 역시 지휘관의 암살입니다. 지휘 체계를 무너뜨리는 것만큼 부대의 혼란을 야기시키는 방법은 없지요. 암살이 성공적으로 진행된다면 조선군의 반격도 용이해질 겁니다."

맞는 말이었다.

지휘 체계의 붕괴.

지휘관은 아무나 할 수 있는 게 아니었다. 그만큼 부대 운영, 통솔, 전술에 대해 일가견이 있어야 하고, 결정적으로 실제 전쟁이라면 경험이 반드시 풍부해야 했다. 그러지 못한 지휘관이 부대를 이끈다면 제아무리 강병(强兵)으로 이루어진 부대라 할지라도 오합지졸이나 크게 다를 게 없었다.

예를 든다면?

유인책으로 협곡 같은 곳으로 몰아넣고 모조리 죽여 버릴 수도 있다. 에이, 설마 그걸 모르려고? 이런 생각은 정말 금물이다. 전장의 광기는 이성 따위는 가볍게 날려버릴 정도로 강렬하다. 이겼다는 생각, 전공을 세우려는 욕심 등이 어우러지면 저승으로 가는 지름길인지도 모르고 졸졸 쫓아가게 된다.

이런 상황을 막는 게 바로 지휘관이 할 일이다. 하지만 이걸 막으려면 앞서 설명했던 것들이 반드시 있어야 한다.

공현의 말은, 이런 경험이 있는 지휘관들을 암살하자는 뜻이었다. 그렇다면 제아무리 '오합지졸'의 모습을 보여주는 조선군이라도 어느 정도 상대는 가능할 테니까. 상대가 가능해지면? 전선(前線) 자체가 팽팽해진다.

그럼 이화매가 말했던 장기전으로 흐를 가능성이 생겨난다. 말 자체는 지극히 간단하나, 솔직히 말하자면…….

'쉬운 일은 아니야.'

조휘는 생각했다.

암살? 말은 쉽게 할 수 있지만 적게 수백, 많게는 수천이고, 최악의 경우 만 단위가 넘는 부대의 중심부까지 몰래 뚫고 들어가 적장의 목을 쳐야 한다. 이게 쉬운 일일까? 절대, 절대로 쉽지 않다.

조휘가 아는 왜군은, 지독한 난세가 종료된 지 얼마 지나지도 않았다. 그러니 전쟁에 잔뼈가 굵은 정예병이 얼마나 될지 예상도 쉽지 않았다. 그런 정예병을 뚫고 들어가 암살… 이게 쉬울까?

쉽다고 하는 이가 있으면 조휘는 네가 직접 해보라고 말해줄 것이다. 비릿한 미소를 짓고서.

슥.

이화매의 시선이 조휘에게로 향했다. 조휘는 그 시선을 받고 후우, 한숨을 내쉬었다. 저 눈빛에 담긴 의미쯤이야 좀 전의 대화를 통해 즉각 깨달았다.

"마도."

"네."

"할 수 있겠어?"

"모르겠습니다."

조휘는 할 수 있겠냐는 말에 바로 답을 줬다. 암살. 경험이 없는 건 아니다. 조용히 몰래 들어가 적진을 쓸어버리는 작전은 타격대에서도 연 백호의 작전을 토대로 정말 많이 해봤다. 손가락으로 헤아려 본다면 아마 못해도 스무 번 이상은 될 것이다. 몰래 들어가는 일이니 암살의 진행 방식과 거의 비슷하다. 다른 게 있다면 학살이냐, 아니면 요인만 잡고 나오느냐의 차이일 것이다.

하지만 이번에 이화매가 원하는 암살은 좀 달랐다. 군진(軍陣)으로 들어가야 된다. 아무리 적게 잡아도 천 이상의 병력이 진형을 짠 곳을 뚫고 들어가야 된다.

"모르겠다고?"

"네."

다시 한 번 묻는데도 조휘는 모르겠다는 답을 줬다. 솔직한 대답이었다. 조휘는 정말, 정말 모르겠다고 생각했다. 들어가서 표적을 죽이고 안전하게 빠져나올 확률을 말이다. 두 사람의 대화로 장내의 모든 시선이 조휘에게 달라붙었다.

새로운 인물.

이들에게 조휘라는 존재가 주는 의미다.

오홍련의 정보는 웬만해서는 거의 공유된다. 그러니 이화매가 조휘를 영입하려 했다는 소식은 아마 이 자리에 있는 모두가 알 것이다. 게다가 처음 이화매는 조휘를 마도라고 불렀다. 영입 대상이라는 것을 장내에 알린 것이라 해도 될 것이다.

하지만 몇몇 사람을 제외하면 실제로 만나는 건 처음을 것이다. 조휘만 해도 원룡과 양희은, 유키를 빼면 아는 얼굴이 없었다.

그래서 눈빛에는 호기심들이 담겨 있었다. 그들이 아는 총 제독은 굉장히 까다로운 사람인데, 대체 어떤 사람이기에 그런 총 제독이 직접 몇 번씩이나 청했는지 궁금한 눈빛들이었다. 모든 시선이 달라붙으니 솔직히 부담스럽기도 했다.

하지만 그걸 굳이 내색할 정도로 담이 작은 조휘가 아닌지라, 표정은 평상시와 비교해 다르지 않았다.

이화매가 다시 물었다.

"전폭적인 지원이 있다면?"

"암살이라는 게 그리 쉬운 게 아니라는 걸 총 제독도 아실 거라 믿습니다."

"알지."

"적진의 병력, 배치, 지휘관의 막사, 퇴각로. 이 모든 게 있어도 만약 천 단위 이상이라면 목숨을 내놔야 합니다."

"음……."

"그것도 가장 기본적인 것들입니다. 정보가 틀렸을 시, 아마 포위되어 섬멸당하는 건 제가 될 겁니다. 실시각적이고, 아주 확실한 정보가 아닌 이상 힘듭니다."

"그렇군."

이화매는 수긍했다. 그 말과 고개를 끄덕이는 걸로. 이후 다시 시선을 공현에게 보냈다.

"그렇다는데?"

"아쉽군요."

"우리 중에서 암살에 일가견이 있을 마도의 말이야. 신뢰해도 좋겠지."

"그렇다면, 그가 하지 못하면 다른 이들도 힘들다는 말이군요. 여기 계신 분들은… 해전과 대인전에 강하지, 기습, 암살, 공작 같은 임무에는 너무 어울리지 않으니까요."

"그래. 그래서 내가 기를 쓰고 저 친구를 꼬드긴 거지. 공현."

"네."

"암살을 빼면?"

"왜군 각각의 부대 위치, 진격로, 목표, 병력, 무장 수준을 조선군에게 알리는 겁니다."

"믿어는 줄까?"

"믿을 만한 이를 통해, 다시 믿어줄 만한 이에게 전달해야겠지요."

"파악은 다 되어 있나?"

"아쉽게도… 왜국의 후속 병력은 파악하지 못했습니다. 그쪽은 전부 철수해 버려서……."

"그럼 그것도 힘들다는 소리네?"

"네."

"암살도 안 된다, 정보를 흘리는 것도 안 된다. 그럼 대체 남은 게 뭐지?"

"……."

공현이 입을 닫았다.

작전부의 수장. 즉, 오홍련의 군사 역할을 하는 이였다. 그런 그가 입을 닫았다는 건 더 이상 확실한 계책이 없다는 뜻이었다.

톡, 톡톡톡.

이화매가 탁자에 기대 턱을 괴고, 다른 손가락으로 탁자를 두드렸다. 손톱이 긴지 뭉툭하지 않고, 제법 뾰족한 소리가 대회의장을 울렸다. 분위기를 잡자는 게 아닌, 고민할 때 나오는 버릇이었다. 그래서 다들 제각각 생각에 잠겼다.

회의장이라는 이름이 붙어 있는 곳에 모였다. 통보를 하는 게 아닌, 회의를 하는 거니 자유롭게 의견을 내기 시작했다.

군사라 할 수 있는 공현은 그 의견들을 하나씩 들어줬다. 불가능한 의견은 친절하게 이유를 설명했고, 가능성이 있는 의견은 벽에 붙인 빈 종이에 직접 적어 넣었다.

회의.

조휘는 처음 보는 광경이었다.

회의는 연 백호와 많이 했다. 직접적인 작전 계획은 보통 연백호가 짜지만, 기타 자질구레한 것들은 전장을 직접 뛰는 조휘가 많이 거들었다. 그러니 회의 자체야 별다를 게 없지만, 이렇게 다수가 자유롭게 의견을 내는 건 처음 보는 것이었다.

흔히 그러지 않나.

사공이 많으면 배가 산으로 간다.

그리고 이런 높은 직책의 인간들일수록 아주 기본적인 자존감이 있기 마련이다. 의견이 묵살될 시, 이 자존감에 상처를 입었다고 생각하며 짜증, 시비를 거는 이들도 분명히 있을 것이다.

그런데 여기는…

'역시 오홍련.'

아무도 없었다.

안 된다고 해도 모두 고개를 끄덕이며 수긍한다. 공현이 안 되는 이유를 설명해 줘서 그럴 수 있다고 쳐도, 그래도 이건 참 대단하고 신기한 광경이었다.

일각이 순식간에 흘렀다. 조휘는 입을 닫고, 그저 계속해서 튀어나오는 의견에 집중했다. 조휘가 듣기에 그럴듯한 의견도 간간이 있었다.

예를 들자면…

오홍련의 함대 전체를 왜국의 근처로 끌고 가 무력시위를 하자든가,

보급로를 반 정도 틀어막아 애매한 상황을 만들어 주자든가,

낭인을 고용해 조선의 땅에서 기습전을 펼치자든가,

등이 있었다.

모두 나쁘지 않은 방법들이지만, 세 번째 의견은 사실 좀 불가능한 일이었다. 하지만 일단은 보류된 의견에 들어가 있었다.

다시 일각이 흘렀다.

그동안에도 의견은 나왔지만, 크게 신경 쓸 만한 것은 없었다. 조휘는 시선을 돌려 이화매를 바라봤다.

그녀는 가만히, 처음 그 자세대로 공현의 뒤, 하얗고 거뭇한 벽을 바라보고 있었다. 눈은 살짝 감겨 있었는데, 그녀 특유의 뇌쇄적인 미(美)를 다시 사방에 뿌리는 역할을 했다.

짝짝.

공현이 손뼉을 쳐 시선을 모았다.

"의견은 여기까지 하고, 종합하겠습니다."

그 말에 모두가 자세를 바로 했다.

그러나 곧 그걸 막는 사람이 있었다.

"잠깐."

"네? 네."

쉭!

모두의 시선이 공현을 막은 이화매에게로 다시 향했다. 정말 전체가 일사불란하게 고개를 돌렸다. 그리고 그 안에는 조휘도 있었다.

왜 막았을까? 모두의 눈빛에 궁금증이 담겼다.

"마도."

이화매의 시선이 다시 조휘에게 향했다. 조휘는 살짝 눈을 감으며 애매한 표정을 지었다. 왜 자신을 불렀는지, 그 이유가 금방 떠오르질 않았다. 하지만 불렀으니 일단 대답은 했다.

"네."

"하나 더 묻고 싶은 게 있는데."

"하십시오."

"정확한 정보가 있으면, 딱 세 번 정도는 성공시킬 수 있나?"

"세 번… 말입니까?"

"그래, 세 번. 더도 말고, 덜도 말고 딱 세 놈만 죽이는 게 가능하겠냐고."

"음……."

이번에도 조휘는 바로 대답할 수 없었다. 아주 확실하고 정확한 정보를 토대로 세 번의 암살 작전이 가능한지에 대해 묻는 것이었다. 조휘는 다시, 그동안 자신이 해왔던 모든 작전을 회상했다.

동굴에서 수행했던 작전, 무인도에서 수행한 작전, 배 위에서 수행했던 작전, 배를 침몰시키던 작전, 난전 중 적장의 목을 노렸던 작전, 적의 물자 창고를 불태웠던 작전.

그 외에도 납치, 암살 등등 수많은 작전이 떠올랐다 사라졌다. 그때와 다른 게 있다면 이전의 적은 정말 많아야 천 단위가 조금 넘을 뿐이었다. 하지만 지금은? 적의 병력은 최소 십만 이상, 최대 이십만 이하라고 잡았다.

규모 자체가 완전히 다르다는 게 결정적으로 다른 점이었다.

'많으면 일만 단위 이상이야. 발각되면 퇴로는 아예 없는 거나 마찬가지고.'

조휘는 진지하게 자신에게 다시 물었다.

나는, 할 수 있을까?

답은 나왔다.

"역시 모르겠습니다."

"후우, 그런가."

"일단 저도 몇 가지 묻겠습니다. 표적이 정해진 것 같은데, 그놈이 있는 부대의 규모는 어떻게 됩니까?"

"칠천 정도로 추정된다."

"……."

칠천, 칠천이라.

타격대에서도 경험해 보지 못했던 규모다. 아니, 그냥 상상도 못 해봤던 규모다. 규모를 듣자, 또 다른 답이 나왔다.

조휘의 고개가 저어졌다.

"그 정도는 무리라 생각됩니다."

"……."

이화매가 조휘의 눈을 조용히 바라봤다. 조휘의 말이 거짓인지 아닌지 알아내려는 눈빛이었다. 하지만 그런다고 해서 변하는 건 없었다. 조휘는 지금 정말 무리라고 생각하고 있었으니까.

이화매도 그렇게 느꼈는지 상체를 뒤로 다시 잡아당겼다. 이후, 짧게 한숨을 내쉬고는 말을 이었다.

"후우, 곤란한데 그럼. 셋, 딱 세 놈만 암살하면 적진의 혼란을 야기시킬 수 있을 것 같은데. 그걸 맞아줄 이가 마도 너밖에 없어. 우리는 좀 전에 나온 의견대로 움직이려고 했거든. 현재 전력의 반을 투입해 왜놈들의 보급로를 절반만 딱 틀어막아 신경을 쓰게 만들고, 나머지 절반으로 왜국의 해역으로 이동, 뒤통수가 근질근질하게 만들려고 했지. 그리고 마도 네가 조선에서 왜의 무장 중 중추적인 역할을 하는 놈들을 암살."

"……."

"그렇게 상황을 반전시켜 주려는 게 내 생각이다. 뜻대로만 되면 조선도 정말 머저리들만 있지 않은 이상 전황을 다시금 팽팽하게 맞춰줄 순 있겠지. 지금이 봄. 좀 더 지나면 여름이 온다.

비가 많이 내릴 거야. 그럼 습기에 약한 행용총의 사용도 상당히 제한될 것이고, 쓴다 하더라도 보급이 제대로 이루어지진 않을 테니 분명 애매한 상황이 올 것이다."

음…….

이화매의 말에 낮은 신음성이 여기저기서 흘러나왔다. 아마 생각해 보고 있는 것 같았다. 조휘도 생각 중이었다.

'저 말대로만 된다면… 확실히 전쟁은 장기전으로 흐를 양상을 보이겠지.'

조휘는 눈을 감았다.

이화매는 이미 조선을 이용해 먹겠다고 확고히 마음을 먹은 것 같았다. 이후 따라올 모든 비난을 스스로 감내하겠다는 결정까지 내리면서.

"마도."

"네."

"해줬으면 해."

"……."

"말했지만, 조선이 정복당하면 일 년 내로 왜놈들은 명의 땅을 칠 거야. 북원의 척박한 대지를 굳이 노리지는 않겠지. 그 옆의 비옥한 대지를 두고 말이야. 그렇게 되면 무수한 피가 흐를 거다. 도대체 몇이나 죽어갈지, 도저히 가늠조차 되질 않아. 너나 나나… 피해갈 수도 없어."

하아.

맞는 말이다.

이화매야 명을 위해서가 아닌 백성을 위해서 움직이는 여인.

오홍련의 기치 또한 오직 백성을 지키는 것에 모든 초점이 맞춰져 있었다. 왜놈들이 명으로 진격하면 백성의 피는 반드시 흐를 것이니 참전은 기정사실이었다.

그럼 조휘는?

아주 빌어먹게도, 반드시 죽여야 할 복수의 대상이 왜의 수장이라 할 수 있는 풍신수길의 수하 중 하나인 구루시마란 놈의 밑에 있다.

그러니 조휘와도 상관이 없다고 할 수가 없었다.

모든 이들의 시선이 다시금 조휘에게 향했다. 이화매가 저렇게 부탁하는 인물. 궁금하기도 하면서 어떤 답을 내놓을지, 기대하고 있는 것 같았다.

"후우."

그런 모든 시선을 받던 조휘는 상체를 뒤로 쭉 젖혔다. 답답했다. 수락을 하게 된다면 이제 조선으로 향해, 몇천, 몇만의 왜의 부대를 뚫고 다녀야 한다. 그러니 반드시 심사숙고해 결정을 내려야 했다. 이화매라면 조휘가 거절한다 해도 억지로 시킬 여인이 아니니까. 선택권은 이제 자신에게 있었다.

"할 수 있을까?"

조휘는 작게 혼잣말을 내뱉었다.

그러나 답이 들려왔다.

"조장."

위지룡이었다.

"말해."

"이 작전, 앞으로 우리의 복수에 도움이 됩니까?"

"음……."

복수라…….

위지룡, 장산의 목적은 조휘와 함께하는 것도 있지만, 궁극적인 건 연 백호의 복수다. 둘을 가문의 힘까지 써가면서 억지로 전역시키고, 그 당일 날 변(變)을 당했다. 아니, 변 정도로 설명할 수 없는 일을 당했다.

동창에 위한 암살(暗殺).

조휘에게 복수의 대상이 하나에서 둘로 늘어났다.

"상관없을 수도 있어. 이건 내 문제다."

"조장의 문제 말입니까?"

"그래."

조휘는 두 사람에게 자신이 처한 상황을 모두 얘기해 줬다. 남사제도에서의 작전이 끝나고 항주로 돌아온 뒤, 앞으로 다시 같이하기로 했기 때문에 전부 얘기해 줬다.

부모님의 복수.

서창과의 엮임.

이화매와의 관계.

그 전부를 설명했고, 둘은 그래도 웃으며 같이하겠다는 답을 줬다. 조휘가 몇 차례 살려 준 전적이 있으니 그걸 갚겠다는 소리였지만, 그냥 다른 말로 하면 전우애, 우정 때문이라 봐도 무방했다.

"그럼 상관없습니다. 하죠, 조장."

"쉽게 결정할 문제는 아니야. 못 들었나? 칠천이다. 더 뭉쳐 있으면 만 단위도 넘어가."

"얻는 게 있을 것 아닙니까, 그래도. 어려울수록 그 보상은 달콤하니까요."

"있겠지. 하지만 그곳에서 죽어 나자빠질 바에야 안 하는 게 낫지."

그래, 죽느니 안 하는 게 낫다. 살아 있어야 복수도 할 수 있다. 적무영 그 개새끼의 목도 살아 있어야 딸 수 있고, 연 백호의 복수도 살아남아야만 이룰 수 있다. 답은 아주 간단했다.

"하여간, 참. 그냥 합시다. 우리가 안 가면 백성들이 피를 흘린다지 않습니까."

장산의 투박한 말에 조휘는 피식 웃었다. 장산은 생각하는 걸 별로 좋아하지 않는다. 하나만 보고 판단을 내리는 단순한 사고를 가지고 있다. 하지만 그렇기 때문에 오히려 듬직하기도 한, 이상한 놈이다.

"위지룡, 확률을 내려 봐."

"할 수 있습니다. 나나, 장산 이놈, 공작대, 그리고 대주가 있고… 여기, 은 소자가 있으니까요. 확률을 내리면 아마… 육 할 이상 되지 않을까 싶습니다."

"육 할이라……."

매우 높은 수치다.

하지만 남은 사 할은? 그건 완전 정반대의 상황을 맞이할 수 있는 수치다. 세 번의 암살을 성공하고 무사히 귀환할 수 있는 가능성이 조금 더 높을 뿐이었다. 이러한 수치가 나올 수 있는 건 겨울 동안 조휘가 놀지 않았기 때문이었다.

"후우."

조휘는 한숨을 쉬고 이화매를 바라봤다. 입가를 슬그머니 말아 올리는 이화매가 보였다. 사람다루는 데는 참… 도가 튼 여자다.

"하겠습니다."

"후후, 좋아. 아, 이건 약속하지. 모든 지원을 아끼지 않겠다."

"당연히 그래 주셔야 합니다. 그게 없으면 암살을 실행하지 않을 겁니다."

"그래, 그래도 좋아. 만약 정보가 틀렸다는 판단이 서면 들어가지도 마라. 그냥 도망쳐. 그대나 나나, 지옥으로 가기 전에 할 일이 매우 많으니까."

"아주 제대로 부려먹겠다는 소리로 들립니다."

"그대 같은 전천후 무인을 썩히는 건 아주 멍청한 짓이지. 그러니까……."

피식.

'전천후 무인이라.'

무수히 많은 인재들을 보유한 오홍련이지만, 그 많은 이들의 대부분은 해상전과 대인전에 특화되었다.

그렇지 않은 이들은 전투와 완전 정반대되는 정보, 작전, 교역 쪽에서 뛰어났다. 조휘 같은 이들은 없었다. 육지를 버리고, 바다를 확실하게 장악하는 방향을 택했기 때문에 일어난 현상이었다.

"반드시 살아 돌아와."

그러니 이렇게까지 말해주는 거다. 하지만 조휘는 그걸 기분 나빠 하지 않았다. 서로 목적을 위해 이용하는 관계라고 정의하면 될 사이지만 그래도 신뢰는 분명히 있었다.

"알겠습니다."

대답과 동시에 고개를 끄덕이고는, 다시 뜸을 들였다가 물었다.

"언제 출발합니까?"

"준비되는 대로 즉시."

"알겠습니다."

여유가 없다는 뜻이다. 그 이유는 조선군이 왜군에게 무참하다 싶을 정도로 패배하고 있기 때문이었다. 그러니 빨리 가서, 판을 엎어야 하는 거다. 조휘는 바로 자리에서 일어났다. 임무는 받아들였고, 이제는 준비해야 할 때였다.

* * *

정확하게 일주일 뒤.

조휘는 이화매의 부름을 받고 항주로 들어섰다. 전용 선착장의 거점이 아닌 항주 내에 있는 거점으로 오라고 했기 때문에, 조휘는 오랜만에 항주로 들어섰다. 그런 조휘의 뒤에는 다섯 사람이 따르고 있었다.

장산, 위지룡, 중걸, 악도건, 그리고 은여령이었다.

"조장."

"응."

"아주 피부가 따끔따끔합니다. 뭔 놈의 새끼들이 이렇게 대놓고 쳐다보는지. 쯧쯧."

피식.

장산의 말에 조휘는 피식 웃을 수밖에 없었다. 조휘도 느끼고 있었다. 항주에 들어서는 순간이 아니라, 공작대의 장원을 나서는 순간부터 느꼈다. 이놈들은 은밀함을 아예 버렸다. 그냥 대놓고 멀리서 감시의 시선을 보내왔다. 심지어는 가끔 장원의 담을 타고 올라와 안을 들여다볼 때도 있었다.

미친 짓이다.

서창의 행동은 매우 은밀하다. 금의위가 자금성을 지키면서, 다른 한편으로 대놓고 무력을 행사하는 기관이라면 동창과 서창은 전부 어둠 속에 숨어서 모든 일을 처리한다.

만약 자다가 꼴깍, 숨이 넘어갈 경우. 그 대상이 고위 관직에 있을 경우. 이런 경우는 무조건 의심해 보아야 하는 거다.

동창이나 서창이 개입했는지, 안 했는지.

그런데 이놈들이 지금, 조휘를 아예 대놓고 감시하고 있었다. 항주는 사람이 많다. 그것도 매우 많다.

유동 인구로 따지자면 가히 북경과 비교할 수도 있을 것이다. 모든 문물이 뒤섞이고, 퍼져 나가는 중심지라고 해도 과언이 아닌 곳이다. 사람이 미어터진다는 말도 있을 정도다. 그런데 지금 그런 곳에서 아예 대놓고 조휘를 보고 있었다. 조휘는 왜 그러는지에 대한 이유는 아직 파악하지 못했다.

그냥 내버려둘 뿐이었다. 지금 당장은 이쪽에 신경을 쓸 겨를이 없기 때문이었다.

조휘는 한참을 걸어 거점에 도착했다. 들어서서 바로 꼭대기 층으로 올라가니 이화매가 이번엔 의자에 앉아 기다리고 있었다. 볼 때마다 일에 치여 살던 이화매가 오늘은 어쩐 일로 여유로울까?

"앉지."

"……."

조용히 그의 앞에 앉자, 이화매가 미리 따라놨던 차를 앞으로 내밀었다. 조휘는 그 차를 받아 한 모금 마셨다. 깔끔한 맛이었다. 조예가 깊지 않아 그 정도밖에 느끼지 못했다.

"준비는?"

"끝나갑니다."

"꼼꼼하게 했나?"

"할 수 있는 최대한으로 준비했습니다."

"그래, 마도가 그렇다니 제대로 한 거겠지."

"그보다, 왜 불렀습니까?"

"아, 전해 줄 게 있어서."

"저한테 말입니까?"

"그래."

자리에서 일어난 이화매가 책상에서 돌돌 말린 죽간 하나를 가지고 왔다. 그리고 스윽, 조휘의 앞으로 내밀었다. 조휘는 손에 들기 전에 잠깐 죽간을 바라봤다. 안에 담긴 내용이 순간적으로 궁금했다.

저 죽간에 적혀 있을 내용은 아마, 조휘가 암살해야 할 대상의 개인 정보일 가능성이 높았다. 부대 규모, 위치 등은 현지의 비선을 통해 전달될 것이다.

'지금 받는다고 해봐야 아무런 의미도 없으니까.'

하지만… 이상한 기대감이 들었다.

이런 거야 조선으로 출발할 때 줘도 되는데, 굳이 지금, 그것도 해가 지는 시각인 술시 초에 주는 이유는? 그런 것들 때문에 다른 기대감이 들었다. 심장이 쿵쿵, 그 기대감으로 점차 격렬해지고 나서야 조휘는 죽간을 들어 펼쳤다.

훗.

그리고 짧지만, 매우 서늘한 조소를 흘렸다.

역시…….

그럴 줄 알았다. 다른 게 적혀 있을 줄 알았다. 조휘는 빠르게 내용을 훑었다. 내용을 훑는 조휘의 입가에 아주 자연스럽게 미소가 자리 잡고 있었다. 그 미소는 행복함에서, 아니 그걸 넘어선 희열에서 오는 미소였다.

스윽, 다 읽어서 죽간을 내리자…

"만족스럽나?"

이화매가 물었다.

그 물음에 조휘는 즉답했다.

"물론… 입니다."

목소리가 조금 떨리며 나왔다. 안 그럴 수가 없었다. 고대하고, 또 고대하던 내용이 적혀 있었기 때문이다.

쿵, 쿵쿵, 쿵쿵쿵.

심장 박동 또한 점차, 점차 속도를 올리고 있었다.

"가서 그 새끼의 모가지도 따. 그건 이해해 주지."

"……"

물론, 물론 그럴 생각이다.

조휘는 미소를 지었다.

그것은 서슬이 퍼런, 귀신의 미소였다.

제32장

전쟁 개입 시작

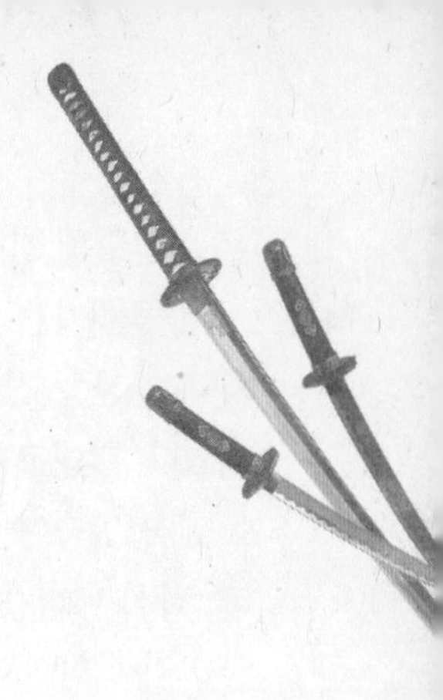

좌악, 좌악.

조휘는 파도가 몰아치는 중심에 다시 나와 있었다. 이화매를 만나 적무영 그 개새끼의 정보를 얻고 이틀이 지났다. 어제저녁, 이화매에게 출발 직전 암상 대상에 대한 정보를 받고 나서 바로 항주를 출발, 산동의 위해(威海)현으로 가고 있었다. 이미 조선의 절반이 점령당했을 거라는 예측 때문에 남쪽으로는 갈 수 없었다.

그래서 이화매가 정한 곳이 조선 평안도의 의주(義州)다. 정확하게는 의주 근방이지만, 일단 이화매는 멀찍이 떨어진 곳에서부터 조휘가 움직이는 작전을 세웠다. 이렇게 되면서 암살 대상은 소서행장(小西行長)이란 놈이 첫 번째 목표가 되었다.

비선이 알아낸 정보에 위하면, 그놈이 도성인 한양을 함락한 후 평안도를 점령하기 위해 올라올 것이라 했기 때문이다.

빙 돌아가는 것보다는, 가능하면 깊숙이 들어가지 않고 차례차례 작전을 진행하는 게 나을 거라고 오홍련 작전부가 판단을 내렸다. 그리고 그 판단에는 이화매도, 조휘도 수긍했다.

괜히 깊숙이 들어갔다가 다시 올라와 두 번째 작전을 실행하고, 다시 내려가는 건 효율 면에서 아주 별로였다.

그러니 함경도에서 시작해 하나씩 작전을 실행하고 즉각 빠지라는 게 이화매가 내준 순서였다.

물론, 세세한 작전은 조선에 도착해 조휘가 전부 다시 짜야 했다. 언제나 변수란 있기 마련이고, 그런 변수를 제거하고 작전을 성공시키기 위해 이화매가 조휘를 그렇게 바랐던 거다. 조휘는 그 역할을 제대로 맡을 생각이었다.

조휘는 신형을 돌려, 같이 온 이들을 바라봤다. 갑판에 저마다 휴식을 취하고 있는 일단의 무리가 보였다.

공작대 전원에, 장산과 위지룡, 그리고 은여령과 조선어의 통역 때문에 붙여준 이화가 보였다.

총 인원은 정확하게 조휘 포함 오십오 인.

이 인원이 암살 작전을 실행할 전부였다.

'전부 생존해 돌아갈 가능성은?'

글쎄…….

조휘는 극히 희박할 거라 생각했다. 하지만 해야만 하는 싸움이었다. 하지 않으면 안 되는 싸움이었다.

이화매는 신뢰할 만한 사람이다. 적무영의 정보를 조휘에게 준 그 순간부터 신뢰는 더욱 깊어졌다. 원하는 바가 다르지만,

그 끝을 향해 가는 길이 교묘하게 맞물려 있었다.

'최대한 살려서 간다.'

그러니 자신을 위해서도, 이화매를 위해서도 최대한 생존 확률을 높일 생각이었다. 새까만 어둠으로 얼룩진 전방. 암흑이라 해도 과언이 아닌 바다의 모습을 보며 조휘는 그렇게 다짐했다.

그렇게 서 있기를 두 시진, 해가 뜨기 시작했다. 전날 해가 지고 나서 출발했는데 해가 뜰 때쯤이 되니 배가 돛을 접기 시작했다.

해로 인해 시야가 제대로 돌아왔다.

"진 대주, 위해현에 도착했습니다."

중걸이 와서 위해에 도착했음을 알렸다. 조휘는 고개를 끄덕였다. 이제 이곳에서 보급을 하고, 다시 어둠을 틈타 배를 출항시킬 것이다. 낮이 아닌 밤에만 움직이라는 지시가 있었으니 그 말은 따라야 했다.

해가 다시 져야 하니 한나절이라는 시간이 다시 남은 셈.

배가 선착장에 정박하자 조휘는 먼저 배에서 내렸다. 그러자 우르르 따라 내리는 동료들. 대기하고 있던 오홍련의 선원들이 보급품을 채우고, 배를 정비했다.

조휘는 근처에 보이는 조잡한 객잔으로 들어갔다. 객잔이라고 할 것도 없이 그냥 오두막 같은 곳이었다. 비나 해만 피할 수 있게 지어진, 그냥 쉼터였다.

평상에 조휘가 앉자 그 주변으로 늘어앉는 장산과 위지룡, 그리고 은여령과 이화.

잠시 앉아서 기다리자 오홍련의 비선으로 보이는 이가 슬그머니 다가와 서신 하나를 툭 던지고는 바로 사라졌다.

조휘는 바로 그 서신을 펴 읽었다. 그리고 후우, 짧게 한숨을 내쉬었다.

"왜 그럽니까?"

"생각보다 더 안 좋아서."

조휘는 그렇게 답하고 서신을 위지룡에게 돌렸다. 위지룡을 시작으로 순차적으로 서신을 돌려 읽고, 다시 자신의 손에 들어왔을 때 조휘는 입을 열었다.

"생각보다 점령이 굉장히 빨라."

서신은 현재 점령 상황과 왜의 진격로, 그리고 있었던 전투를 종합해 적어 놓은 것이었다. 그걸 보면 정말 한숨밖에 나오질 않았다.

이제 겨우 한 달에서 며칠 더 지났을 뿐인데, 벌써 도성은 이미 함락했고, 왕은 도망, 왜군은 다시 북진 중이라는 정보다. 바다를 건너왔을 정보이니 지금쯤 이것보다 더 점령이 진행된 상황이라 봐야 했다.

"이거 잘하면 진짜 일 년도 안 걸리겠는데요?"

"일 년이 뭐야, 한 달 조금 넘어서 이 정도면 점령까지는 금방이지. 안 그래도 조선이란 나라는 땅이 작지 않나?"

위지룡과 장산의 말.

둘의 말에,

흥!

하고 코웃음 치는 소리가 들렸다.

조휘는 그 소리의 주인을 바라봤다. 이를 악물고 부르르 떨고 있는 소녀, 이화가 보였다.

아랫입술이 말려 들어가 지금 당장 이에 눌려 터져도 이상하지 않을 정도로 분노에 떨고 있었다. 그 이유를 알 것 같았다. 한어를 잘하는 이화는 조선 출신이다. 즉, 지금 조국(祖國)에서 전쟁이 벌어진 것이다.

그녀의 눈동자는 아주 새파랗게 빛나고 있었다. 소녀답지 않은 짙은 무형의 기세. 적각무사도 상대한다는 소녀의 기세는 아주 매서웠다. 이틀 전, 조휘가 이화매에게 적무영의 정보를 받았을 때와 비교해도 크게 뒤지지 않을 정도였다. 그런데 대단한 건, 그걸 지금 참아내고 있는 모습이었다.

조휘는 나직한 어조로 말을 꺼냈다.

"진정하십시오."

"진정하고 있어요."

"안 그래 보이니까 하는 말입니다."

"……."

후우, 후우…….

그 말에 겨우 심호흡을 하며 분노를 다스리는 이화. 조휘는 이후 눈빛으로 장산과 위지룡에게 자중하란 신호를 보냈다.

척하면 척. 함께한 시기가 길어 조휘의 눈빛을 읽은 두 사람이 입술을 꾹 닫고 고개를 끄덕였다.

악의 없는 말이었지만 상황에 따라 누군가에게는 아주 큰 상처가 될 수도 있는 법이다. 지금의 이화는 건드려서는 안 될 정도로 상태가 좋지 않았다.

조용한 휴식.

보급이 끝날 때쯤 조휘는 중걸과 도건을 불러 각자 휴식을 취하라고 하고는 배에 올랐다. 쉴 곳이 마땅치 않아 조휘는 선실에서 쉴 생각이었다. 배는 크지 않았지만 쉴 공간은 그래도 갖추고 있었다.

안으로 들어와 탁자에 앉은 조휘는 품에서 죽간을 다시 꺼냈다. 이틀 전 이화매에게 받은 정보였다.

촤르륵.

그걸 펼쳐서 탁자에 올린 조휘의 눈빛은 다시금 차갑게 굳어갔다. 조건반사였다. 이놈의 이름만 들어도 나오는.

'적무영…….'

조선에 있었다.

조선을 침략한 왜의 팔군 사령관. 명목상 총사령관이라 할 수 있는 우희다수가(宇喜多秀家)란 놈의 부관으로 있다는 정보가 들어와 있었다.

정보의 출처, 비선이 대체 어떻게 알아냈는지에 대한 의문은 아예 품지도 않았다.

이화매가 건네준 정보다.

검증?

확실하지 않으면 아예 주지도 않았을 것이다. 그녀는 정보의 중요성에 대해서 누구보다 잘 아는 사람이니까. 그러니 이건 확실한 정보였다. 다시금 심장 박동이 빨라졌다. 흥분을 넘어선 희열이 조휘를 감쌌다.

'기다려라…….'

넌 네 번째니까.

그리고 제발…

'내가 찾아가기 전까지 죽지 마라…….'

온몸을 감싼 희열에 조휘는 몸을 부르르 떨다가 눈을 감았다.

후우…….

그리고 다시 눈을 떴을 때는 다시 침착함을 되찾은 눈빛을 하고 있었다.

*　　　*　　　*

"잘해 주겠습니까?"

"잘할 거야. 누구보다 더."

양희은의 질문에 이화매는 단호하게 대답했다. 후릅, 찻잔을 내려놓은 이화매는 창밖을 바라봤다. 북쪽의 하늘을 바라보는 그녀의 눈에서는 조금의 근심도 찾을 수 없었다.

양희은은 그런 이화매를 신기한 눈으로 바라봤다.

절대적인 신뢰.

그가 아는 한 이화매에게 단시간에 저 정도의 신뢰를 얻었던 사람은 없었다. 부관인 자신이야 그녀가 태어났을 때부터 옆에 있었기에 이화매가 가족이라 생각해 주지만, 최측근이라 할 수 있는 유키, 이안, 잠도 저 정도로 빠르게 신뢰를 얻진 못했다.

어렸을 때부터 자신이 키우다시피 한 이 여인은 모든 것을 대함에 있어 굉장히 신중한 모습을 보여줬었다. 물건 자체를 다룸에도 그랬지만, 사람과의 관계 형성은 정말 지독하다 싶을 정도로 까다로웠다. 의심하고, 또 의심하고, 이후 숙고하고, 또 숙고

하고. 그렇게 스스로 단계별로 세운 까다로운 검증을 거쳐야만 신뢰를 줬던 이화매다.

오홍련의 측근들, 핵심 인사들은 전부 그런 검증을 거쳐 주요 자리에 올랐다. 그런데 이번만큼은 완전히 예외라고 해도 과언이 아니었다. 파격적이었다고 해도 과언이 아니라는 소리다.

그게 양희은은 신기했고, 좀 걱정스럽기도 했다. 그가 본 마도는 분명 능력이 있었다. 아니, 단순히 능력이라고 보기에는 월등한 뭔가가 있었다. 그건 분명했다. 이화매가 짠 작전을 버리고, 현장에서 재량껏 다른 작전을 세워 실행, 멋지게 성공했다.

그 결과, 두 명의 공작대원이 복귀하지 못했지만 작전의 규모를 생각하면 정말 엄청난 성과를 이루어냈다.

예측해 보기를, 오만 정의 행용총 중 최소 오분지 삼 이상은 물속으로 가라앉았다는 결과가 나왔다.

자신도 중앙군 소속 무장이었기 때문에 이 정도의 전공은 정말 쉽지 않으리라는 것을 안다. 그걸 처음부터 이루어냈다.

대단하다는 말밖에는 나오지 않았다.

하지만…….

양희은은 차를 마시는 이화매를 바라보며 생각했다.

'그의 인성, 불안해. 불안하단 말이지.'

그때, 은성검과 엮임과 동시에 백경의 소식을 받고는 급속도로 정신이 무너지는 모습을 보여줬다. 그리고 직후, 폭력성이 수면 위로 부상함과 동시에 피아(彼我)의 구분이 사라졌다. 그 결과, 이화매를 공격하기까지 했다.

그 모습을 보며 양희은은 조휘가 매우 위험하다는 결론을 내렸다. 특히 몇 가지 상황이 맞물리면 그는 지독한 살기를 흘리고, 위태위태하다 해도 과언이 아닐 정도로 정신이 곤두섰다.

'적가의 일도 그렇고…….'

그가 행한 일은 모두 들었다.

고문.

육체는 물론 인격까지 파괴하는 모습을 보면서 인간인가 싶었다. 괴물이다. 피에 젖은 살귀가 아닌가 싶었다. 눈살이 찌푸려지는 정도가 아니라 마귀라 매도하고 싶을 정도였다. 그의 기준에서는 말이다.

'그런데 어째서… 제독은 이런 신뢰를 준단 말인가?'

양희은은 그게 이해가 되질 않았다.

걱정스러웠다.

혹 그 때문에 이화매에게 피해가 가는 건 아닐까. 이런 걱정이 머릿속 한구석에 자리를 잡고 매일매일 존재감을 내뿜고 있었다.

스윽.

이화매의 시선이 양희은에게 돌아왔다.

"양 부관."

"네."

"걱정되나?"

"마도… 말씀이십니까?"

"아니, 그 말고 나."

"……."

양희은은 아니라고 바로 대답할 수가 없었다. 바로 조금 전까지만 해도 걱정하고 있었기 때문이다. 솔직하게 말하자면 네, 라고 답하고 싶지만 그러지 않았다.

"걱정되는 게 당연할 거야. 부관이 여태 못 봤던 모습을 보여주었으니."

"……."

"하지만 걱정하지 않아도 좋다. 그대가 보는 나는 어떻지? 특별한가, 아니면 평범한가?"

"당연히 전자입니다."

양희은이 보는 이화매는 특별하다. 그것도 매우. 정말 타고난 재능을 어려서부터 갈고닦아, 오로지 자신의 힘으로 바다의 제왕이 된 여자다. 그런 이화매가 특별하지 않으면 이 세상 그 누구도 특별하다는 말을 감히 붙일 수 없을 것이다.

그 대답에 이화매가 웃었다.

"그대의 걱정에 이런 답을 주지. 전에도 했던 대답이지만, 더 세게 해줘야겠어."

"……."

"마도, 그도 특별하다. 나만큼, 아니 어쩌면 나보다 더."

"제독보다 더… 말씀입니까?"

"그래. 그러니 걱정하지 마라. 그는… 폭풍의 중심에 설 것이다. 물론 내가 겪을 폭풍과 비슷하나 다르겠지. 우린 서로 다른 폭풍의 중심에 설 것이고, 서로 도와가며 그 폭풍을 이겨내야 할 거야. 이건 일반적인 감(感)과는 조금 달라. 뭔가… 좀 다른 차원의 감을 느껴."

"……."

"그러니 나를 믿어라."

"…네."

결국 다시금 네, 라고 답하는 양희은이었다. 그런 양희은을 보며 이화매는 그녀 특유의 뇌쇄적인 미소를 지었다. 이후, 다시 표정을 갈무리하고 이화매가 말문을 열었다.

"북쪽은?"

"예상대로입니다. 황명을 통해 무인들을 소집. 심양으로 집결시키고 있습니다."

"개새끼가……."

으득!

격렬하게 이를 가는 이화매. 그 이유는 잘 안다. 그녀의 정보력은 가히 상상을 초월하고, 그걸로 알아낸 바에 의하면, 미친 황제, 아니 주익균 그 쌍놈의 새끼는 이차(二次) 무의 상실의 시대를 재림시킬 계획이었다.

"비단길 쪽은?"

"역시 예상대로입니다. 황실의 깃발을 건 대규모 상단이 넘어간 것을 확인했습니다."

"후우, 돌아오는 시기는?"

"그리 오래 걸리지는 않을 것 같습니다."

"돌아왔을 시, 행용총을 무장한 병력의 수도 예측되었나?"

"파악… 불가입니다."

"……."

이화매는 조선만 신경 쓰고 있지 않았다. 왜구의 약탈은 물론 북쪽의 움직임까지 전부 예의 주시하고 있었다. 왜? 안 하면 이

땅에서 또다시 피의 강이 흐를 게 분명했기 때문이었다.

근데 알고 있어도 막을 수 있는 상황이 아니었다.

왜?

"알고 있으면서도 막을 수가 없다니, 이거 참 기분 더럽군."

"방도가 없습니다. 수군을 제외하면 다른 전력은 전무하니……."

지상 병력의 부재 때문이었다.

그런 현실을 수긍한 이화매는 화제를 돌렸다.

"알아. 그냥 하는 말이니 너무 염려 말고. 참, 일성(一城), 이문(二門)에 보낸 서신은? 답신은 왔나?"

"없습니다. 작전부의 예상으로는 움직이지 않을 생각 같답니다. 그들이 그 시대 이후 여태껏 그래 왔듯이 말입니다."

"역시……. 우리 힘으로 막을 수밖에 없겠군. 그래도 혹시 모르니 주기적으로 서신을 넣어."

"알겠습니다."

"그만 일어나지."

"네."

이화매가 일어나자 양희은도 따라 일어났다. 그녀는 문을 나서기 전, 아직 열려 있는 창문을 통해 북쪽의 하늘에 다시 한 번 시선을 줬다가 집무실을 빠져나갔다. 그런 그녀를 따라 양희은도 마찬가지로 북쪽의 하늘에 시선을 줬다.

공작대와 마도의 일행이 떠나고 사 일째…

지금쯤이면 조선에 도착한 마도가 작전을 막 시작하고 있을 시기였다.

조선에 들어서고 일주일.

조휘는 현재 다시 남하하고 있었다. 이미 한양은 함락당했다. 지금은 평양성을 공략 중이고, 평양성도 어째 며칠 걸리지 않을 것 같다는 보고를 다시 한 번 받았다.

그래서 남하하고 있었다. 대략적인 지리에 대한 정보는 받긴 했지만, 이걸로 작전을 짜는 건 무리였다. 일단 눈으로 확인하지 않고 나서는 절대 무리하게 움직일 생각이 없었다. 꼼꼼하게 확인하고 움직이다 보니 이동은 굉장히 더뎠다.

"아직 이쪽은 조용하군요."

"아직 전화가 덮치지 않았으니까."

위지룡의 말에 조휘는 가볍게 답해 주고는 다시 전방을 둘러봤다. 조휘의 눈에 드넓은 평야가 보였다. 대규모의 군이 숙영하기 딱 좋은 위치. 만약 이쪽으로 온다면 저 평야에서 숙영할 가능성이 굉장히 높아 보였다.

즉, 작전을 실행할 수도 있는 후보지였다. 그렇기 때문에 조휘는 꼼꼼하게 주변을 살폈다.

숙영을 하면 분명 척후대가 먼저 탐색을 할 것이다. 그래서 조휘가 현재 중점을 두고 찾고 있는 곳은,

'탐색을 확실하게 피할 수 있는 장소.'

은신에 적합한 장소였다. 애매한 장소는 절대 안 된다. 대규모 군세에도 들키지 않아야 한다. 걸리면 포위까지 차 한 잔 마시는 시각도 안 걸릴 테니까.

"이곳, 어떻습니까?"

"어디?"

장산이 한 곳을 지목했다. 조휘는 잠깐 그곳을 보다가 고개를 저었다. 숨기에는 용이한데, 반대로 의심을 살 만한 장소다. 왜? 너무 숨기 좋아 보였기 때문이다.

만약 조금이라도 꼼꼼한 성격을 가진 놈이 장산이 지목한 장소를 본다면 반드시 한번 찔러볼 것이다. 그냥 가볍게 길쭉한 뭔가로 툭.

그때를 피할 길이 없었다.

공작대 전체가 퍼져 장소를 탐색했다. 더도 말고, 덜도 말고 딱 사인에서 오인이 숨을 만한 장소다.

공작대 전체가 숨을 필요는 없었다. 많이 인원이 숨으면 발각될 확률만 더 올라가니까. 작전의 수행은 조휘가 직접 할 생각이었다. 그럼 공작대는? 퇴로의 지원을 맡길 생각이었다.

대주!

저 멀리서 도건이 부르는 소리가 들렸다. 조휘가 다가가자 도건이 한 곳을 지목하며 물었다.

"여기는 어떻습니까?"

"음……."

조휘는 세심하게 살폈다. 목숨과 직결되기 때문에 대충 보고 싶어도 그럴 수가 없었다. 한참을 살핀 조휘는 고개를 끄덕였다. 좋은 위치였다. 조휘 본인이 척후에 일가견이 있기 때문에 자신을 기준으로 이 장소를 판단한다면, 그냥 지나칠 가능성이 높았다. 이유는 딱 하나였다. 완전한 사각.

눈으로 봤을 때, 특별한 징후를 찾을 수 없었다. 게다가 깎아

지른 벼랑 쪽에 위치해 있었다. 고개를 내밀어 확인하지 않으면 절대로 찾을 수 없는 곳이었다. 지극히 위험하기 때문에, 지극히 안전한 곳이라 할 수 있었다.

조휘의 고개가 끄덕여졌다.

"괜찮습니까?"

"응, 일단 후보지에 넣어."

"네!"

도건이 짧고 굵게 대답하고는 다른 장소로 향했다. 조휘는 좀 더 둘러봤다. 늦봄의 선선한 바람이 그의 얼굴을 할퀴고 지나갔다.

서 있는 장소에서 보이는 전경은 협곡. 조휘는 이곳을 보며 참, 기습하기 좋은 곳이라 생각했다. 충분한 양의 진천뢰와 병력만 있다면 이곳을 지나가는 무리들을 압살하기 딱 좋은 장소. 협곡은 협소하면서 길었다. 육안으로만 보자면 대충 종대로 이십 정도밖에 못 지나다닐 정도다.

"아쉽군."

그래서 아쉬웠다.

"뭐가 아쉽습니까?"

"……."

근처에 있던 위치룡이 물어왔지만 조휘는 고개를 저었다. 해야 할 일은 암살이다. 진짜 완벽한 의미의 전쟁이 아니라. 차근차근, 적무영 그 새끼를 만나러 갈 길만 밟아주면 된다. 피식, 생각을 하다 조휘는 웃었다. 모든 것의 끝엔 결국 적무영을 떠올리는 자신의 처지가 웃기고, 슬펐기 때문이다.

'하지만 그래도 상관없지. 그 이유 하나로 살아왔으니까.'

조휘는 그렇게 생각하며 신형을 돌렸다. 돌아선 조휘의 눈빛은 좀 전과는 달랐다. 뭔가, 뭔가가 확실히 변해 있었다. 그리고 그런 조휘의 눈빛을 힐끔 본 장산과 위지룡 또한 비슷한 눈매를 만들어가기 시작했다.

*　　*　　*

탁상 위는 완벽하다. 언제나 모든 게 술술 잘 풀려나간다. 그래서 그 위에서 결정된 것들은 모두 순탄하게 흘러갈 것이라는 오산을 하곤 한다. 하지만 현장은 다르다. 달라도 매우 달랐다.

탁상 위에서 만들어준 작전만 믿고 그대로 달려들었다가는 불길을 향해 몸을 날리는 부나방 신세를 면치 못할 것이다. 그래서 현장 지휘관의 역량이 매우 중요하다. 그리고 지금, 지휘관의 역량이 극한까지 발휘되어야 하는 상황이 찾아왔다.

"곤란하군."

모닥불도 켜놓지 않은 어둠 속에서 조휘가 중얼거렸다. 그 주변으로 남자 다섯, 여자 둘이 쪼르르 앉아 있었다.

"너무 대병력입니다. 평야를 가득 메운 적을 보니 이건 뭐……."

조휘는 일주일을 더 기다렸다. 비선을 통해 평양까지 함락한 소서행장의 진격로가 이쪽을 향하고 있다는 정보를 받고 난 뒤 내린 결정이었다. 이 거대한 평야에서 숙영을 안 할 리가 없다는 것은 이미 처음부터 생각했기 때문에 이곳이 작전을 실행할 곳이라 확신했다. 그런데 문제가 생겼다. 그것도 아주 큰 문제였다.

위지룡의 말처럼 적이 너무 많았다.

칠천?

'칠천은 칠천이지. 소서행장 그놈이 이끄는 부대만 칠천…….'

정보 자체는 맞긴 했다. 그런데도 적이 많다고 한 이유는, 소서행장 말고 다른 부대가 더 있고, 그 부대는 소서행장의 지휘하에 움직이고 있었기 때문이다. 부대는 다섯이나 더 있었고, 그래서 총병력이 거의 만 오천에 달했다.

'칠천을 넘어도 최대 일만은 넘지 않을 거라 예상했는데…….'

그 생각이 완전히 빗나갔다.

"정확한 예측은 힘드나?"

조휘가 위지룡을 보며 말했다.

"만 오천 정도는 되어 보입니다."

"……."

답은 금방 나왔지만, 조휘는 그 답 때문에 침묵해야 했다. 이화매가 말한 규모의 두 배를 넘어섰다. 그렇다면 그녀는 거짓말을 한 것일까?

'설마, 이건 전부 파악되지 않은 정보로 추산된 병력이야. 지금쯤이면 그녀도 알겠지.'

이화매가 조휘를 아는 것처럼, 조휘도 이화매를 안다. 이런 일에 '거짓' 정보로 조휘를 움직이게 해봐야 이득이 될 게 하나도 없다는 것을 그녀도 알고, 조휘도 안다. 그러니까 거짓 정보를 흘린 건 아닐 것이다.

다만, 예상치 못한 후속 정보를 아직 받지 못한 상태에서 말한 것뿐이다. 그래서 조휘는 그 부분 말고, 다른 부분을 고민하기 시작했다.

고민의 이유는 딱 하나였다.

'실행? 퇴각?'

딱 이 두 가지 선택지 앞에서의 고민이다. 전자나 후자. 양단간에 결정. 어떤 결정을 내리느냐에 따라 상황은 정말 극과 극으로 나뉠 것이다.

"예정대로 실행하실 생각입니까?"

위지룡이 다시 물었다. 그의 눈빛은 조휘처럼 딱딱하게 굳어 있었다. 또한 어떤 것에 대한 분노를 느끼고 있는지, 살벌한 기세도 담겨 있었다.

"생각 좀 해보고."

"대주, 이건 깊게 생각할 일은 아닌 것 같습니다. 대주가 아무리 뛰어나도 저런 평야에 진을 친 왜국의 부대로 숨어 들어가 적장의 목을 치는 건 불가능합니다. 아니, 가능은 해도 조용히 나오는 일은 정말 힘들 겁니다."

"……."

"그리고 저 정도 규모의 부대입니다. 적각은 물론 청각, 미친 흑각 새끼들도 있을 수 있습니다. 그런 놈들이 섞인 포위망에 갇히면 진짜 답이 없습니다!"

"알아."

"아는데 왜 고민을 합니까!"

위지룡이 조휘에게 따지고 들었다. 목소리는 크지 않았지만 짧고, 굵었다. 불만스럽다는 감정이 가득했다. 아마도 위지룡은 그녀의 정보가 틀렸을 거라 생각하는 것 같았다. 하지만 조휘는 안다.

그게 아니라는 걸.

잘못된 게 아니라, 그냥 부족했던 거다.

그래서 고민 중이다.

이대로 포기하느냐, 아니면 강행하느냐. 선택은 조휘의 몫이다. 따라서 그 결과의 책임 또한 조휘의 몫이 될 것이다.

"하아, 대주. 이건 진짜 고민할 일이 아닙니다. 목표를 바꾸든가, 아예 빠지든가 둘 중 하나만 남은 겁니다."

"……."

위지룡이 답답하다는 듯이 중얼거렸다. 조휘가 고민하는 것 자체가 이해가 안 되었기 때문에 나온 행동이다. 모두의 시선이 전부 조휘에게 향했다. 왜 고민을 할까? 다른 이들은 잘 몰라도, 장산이나 위지룡은 아주 잘 안다.

작전에 임할 시, 조휘가 가장 우선시하는 건 생존이다. 그중에서도 본인의 생존이 첫 번째다. 동료를 구출할 때도, 자신의 안전이 위험하다 싶으면 아예 시도도 안 하는 게 그들이 아는 조휘다.

그런데 고민을 한다.

"적무영인가 뭔가 하는 그 새끼 때문입니까?"

"……."

위지룡이 다시 물었다. 조휘는 또 대답하지 않았다. 침묵은 긍정이라 하던데, 정말 적무영 때문일까? 아니었다.

조휘의 입이 열렸다.

"그런 걸로 흔들리지 않는다. 어차피 그놈의 위치는 파악했어. 문제는 다른 부분이다."

"그게 대체 뭐냔 말입니다. 말 좀 해주십시오!"

"첫 번째, 소서행장의 병력이 문제다. 만약 왜놈들이 전부 이렇게 움직이면 두 번째 목표나, 세 번째 목표나 전부 똑같아. 적어도 만 단위 이상이란 소리다. 순서를 바꾼다고 해도 나아질 게 아무것도 없다."

"아……."

거기까지 생각은 하지 못했는지, 위지룡이 바람 빠지는 소리를 냈다. 한 가지에 집중한 결과였다. 다행히 조휘는 병력 자체에만 집착하지 않았기에 순서를 바꾼다고 해서 상황이 나아지지는 않을 거란 걸 깨달았다.

"문제는 더 있어. 소서행장을 첫 번째 표적으로 삼은 건 진격로 때문이야. 순서대로 암살해 혼선을 이끌어내고, 바로 빠지는 게 작전이었다. 하지만 순서를 바꾸면? 내려갔다, 올라갔다 해야 된다. 체력적으로 부담이고, 암살에 대한 경계도 더욱 강화될 거다. 이놈들이 등신이 아닌 이상 말이다."

"……."

입장이 변해 이번엔 위지룡이 침묵했다. 조휘는 그런 위지룡의 눈에 시선을 주면서 말을 계속됐다.

"빠르게 치고 내려가며 암살 소식이 전해지기 전에 목표만 끝내고 빠지는 것. 이게 내가 생각한 작전이다. 속도전을 생각했었지. 위지룡 네 말대로라면 속도전 자체가 성립이 안 돼."

"그럼 이대로 작전을 진행할 생각입니까?"

"그래서 고민 중이라는 거다. 만약 여기를 포기하면 어차피 작전 전체가 흔들려. 그런데 그렇다고 여기서 무리하게 작전을 실행하는 것도 뭐하지. 그랬다간 우리 목숨 자체가 위험하니까. 그러니 고민 좀 하자. 자꾸 신경 건드리지 말고."

"……."

조휘의 입에서 마지막에 나온 말은 짜증이 섞여 있었다. 건드리지 말라는 경고였다. 이렇게 해도, 저렇게 해도 안 되는 거지 같은 상황이 직면했기 때문에 날이 서기 시작했다. 자신의 선택으로 오십이 넘는 이들의 목숨이 결정된다.

날이 안 설 수가 없는 상황이었다.

후우.

결국 조휘는 자리에서 일어났다.

"잠깐 바람 좀 쐬고 오지. 오래 안 걸릴 테니 얘기들 하고 있어."

그 말만 남기고 조휘는 자리에서 벗어나, 공터 한쪽으로 이동했다. 밤이라 그런지 매서운 바람이 몰아쳤다.

조휘는 어둠에 묻힌 산야(山野)를 바라봤다. 이제 삼 일 정도 뒤면, 늦어도 사 일 뒤에는 이곳에 소서행장의 부대가 도착한다. 척후는 그보다 먼저 도착할 것이다. 그렇다면 남은 시간은…….

'기껏해야 하루. 그 안에 결정을 내려야 돼.'

늦어도 내일 해가 지기 전까지는 결정을 내리고 움직이든, 준비를 하든 둘 중 하나는 골라야 하는 상황이다.

피식.

역시 현장은 다르게 돌아간다. 남사제도에서도 그랬지만, 여기서도 다를 게 없었다. 빠직, 별안간 들려온 나뭇가지 부러지는 소리.

"……."

조휘의 표정이 순식간에 굳었다. 그리고 눈동자가 확! 일변했다.

'이 정도의 거리까지… 기척을 숨기고 들어왔어?'

조휘의 감각은 특별하다. 선, 후천적으로 기른 감각은 조휘의 무력 그 자체라 해도 과언이 아니었다.

'소리로 보아… 대략 십오 보에서 이십 보.'

그렇다면 거의 지근거리다.

마음먹고 달려들면 조휘가 몸을 트는 그 순간에 공격을 날릴 수 있는 거리.

'아군? 아니야. 아군끼리 이랬다간…….'

서로 칼질을 해댈 텐데, 미쳤나? 절대 아니다. 그렇다면 조휘가 모르는, 공작대원들 간의 규율을 모르는 자다. 적? 가능성이 높았다.

조휘는 뒤돌아서지 않았다.

상대는 더 이상 다가오지 않았다. 이제는 정확하게 거리를 잡고 있었다. 불청객은 그 자리에서 가만히, 조휘의 등을 보고 있었다.

식은땀이 주르륵, 등골을 타고 흘러내렸다. 차가운 한기가 전신을 휘감기 시작했으며. 동시에 수많은 생각이 조휘의 머릿속을 어지럽혔다.

스윽.

천천히 허리로 교차하며 올라가는 손. 차가운 쌍악의 손잡이를 양손으로 잡고 나자, 오히려 한기가 사라지고 안정이 되었다.

그 이후, 조휘는 천천히 돌아섰다.

온 신경을 집중시키고 천천히, 아주 천천히. 언제라도 도를 뽑아 뿌릴 수 있게 전신의 근육을 팽팽하게 당겨놓은 상태로 돌아서자, 불청객의 얼굴이 보였다.

눈처럼 흰 도복.

그리고 태극.

조휘는 확인 즉시, 도를 뽑았다.

제33장
강상현

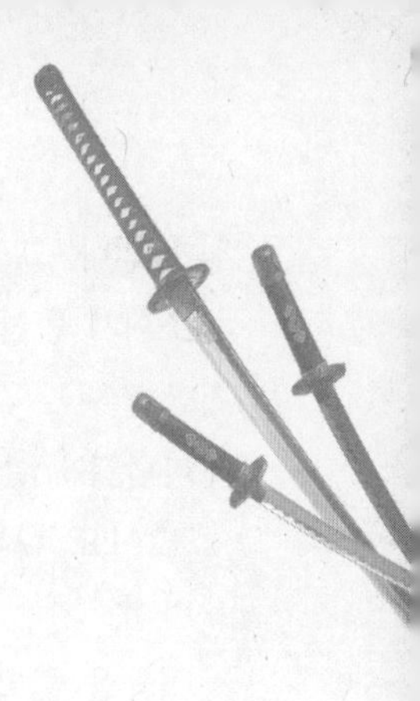

내자불선선자불래(來者不善善者不來)라 했다. 그러니 남은 건 결국 문답무용(問答無用)뿐이다.

그렇게 지면을 박차는 순간, 아니 박차려는 순간 조휘는 다시 멈췄다.

"어?"

멀어져 있었다.

눈처럼 고운 하얀 도포를 입은 불청객이 어느새 훌쩍 멀어져 있었다. 놀란 조휘가 부지불식간 어벙한 소리를 낼 정도로 급작스러웠다.

"악의를 가지고 찾아온 사람은 아닙니다."

거리는 오십 보 정도. 그 거리에서 불청객이 입을 열었다. 조휘는 그 말에 대답하지 않았다. 밤중에 찾아온 이가 한 말을 어떻게 믿나. 그것도 몰래 등 뒤로 붙은 이가.

조휘가 등신도 아니고 이걸 믿는 것 자체가 웃기는 일이다. 하지만 조휘는 믿어야 했다. 아니, 믿게 만들어주는 이가 있었다.

바람결에 실려 온 고운 미성(美聲).

"맞아요, 나쁜 사람 아니에요."

바삭.

어둠을 뚫고 날아온 목소리, 그리고 발소리. 역시 하얀 도복을 입고 있었다. 게다가 익숙한 목소리였다. 요즘 차오르는 분노를 다스리느라 말을 매우 아끼고 있던 소녀, 이화였다. 이화는 자연스럽게 불청객의 옆으로 가서 섰다. 그러고는 불청객을 힐끔 올려다봤다가, 다시 조휘를 보고는 말했다.

"제 사형이거든요."

"……."

조휘는 그 말에 대답 대신, 쌍악을 다시 도집으로 돌려보냈다. 이화의 사형.

'아, 그때.'

처음 봤던 날이 떠올랐다. 이화매가 강 사형이란 이름을 대면서 이화에게 협박 아닌 협박을 가하던 순간이 떠오르며, 바로 이해됐다.

"강상현입니다."

"진조휘입니다."

짧은 통성명.

이후 그는 좀 더 다가왔다.

거리는 이십 보.

"대화를 나누고 싶어 찾아왔습니다."

"대화?"

"네. 진… 대주가 치를 작전에 대한 이야깁니다."

"작전이라……."

조휘는 이화를 바라봤다. 어떻게 된 거냐는 의미를 담고서. 이화는 바로 조휘의 눈빛에 대답했다.

"제독에게는 허락을 맡고 왔어요."

"허락? 무슨 허락 말입니까?"

"이곳에서 제 지인들과의 연계에 대한 허락이요."

"음… 믿을 만한 이들입니까?"

조휘는 면전에서 대놓고 물어보았다. 조휘는 그래도 꽉 막힌 이는 아니었다. 상황을 좋게 풀어갈 수 있다면 믿을 만한 이와의 연계도 별다른 거부감 없이 받아들일 수 있었다. 애초에 타격대에서도 그랬다.

믿음이 안 가는 정규병들. 같은 소속이나 지휘관이 다른 타격대들. 전부 신뢰 따위는 눈곱만큼도 없었지만 그래도 했다. 왜? 있는 것만으로도 자신이 표적이 될 확률이 분산되기 때문이다.

"네. 제 목을 걸 수 있어요."

소녀가 할 만한 말은 아닌 살벌한 각오.

"좋습니다."

단호하게 나온 이화의 말에, 조휘는 허락했다. 이건 마다할 일이 아니었다. 오히려 바라마지 않던 일이다.

어떤 방식의 연계가 될지는 모르겠지만, 일단 대화를 나눠봐야 알 일이다. 조휘가 먼저 움직이자 이화, 그리고 이화의 사형이 조휘의 뒤를 멀찍이 떨어져서 따라왔다. 조휘는 처음 모여 회의를 하던 곳으로 돌아갔다.

곳곳에 분산되어 쉬던 공작대의 시선이 이화의 사형에게 쏠렸다. 다만 조휘와 함께 있으니 아무도 적의를 보내지는 않았다. 하지만 경계심은 섞여 있었다.

"오셨습니까. 어, 이분은?"

"이화 소저의 사형. 다시 회의를 시작하지."

조휘는 짧게 소개를 마치고 바로 얘기를 시작했다. 이 대화를 끝내고 난 후 조휘는 선택을 할 생각이었다.

"일단 먼저 여쭤볼 게 있습니다. 작전은 어떤 방향입니까?"

"……."

"……."

조휘는 잠깐 멈칫했다.

작전의 방식까지 묻는데, 이걸 답해 주기가 애매했기 때문이다. 아무리 이화를 믿는다지만, 만약 저자가 간자일 시 모든 정보가 빠져나갈 것이다.

'하지만 이미 이곳까지 들였으니…….'

어차피 이제 되돌리기에는 늦었다. 강상현을 죽여 없애지 않는 이상 이런 종류의 불안은 항상 감안할 수밖에 없게 됐다.

'이화매 제독을 믿는 수밖에.'

이화를 믿는 게 아니고, 그녀를 믿는 이화매를 믿는 조휘였다.

"암살입니다."

"대상은 누굽니까?"

"소서행장."

"소서행장. 일군의 총지휘관이군요."

"네. 삼 일 뒤, 아마 이곳을 지날 거라 예상하고 있습니다."

"저희도 그렇게 예상하고 있습니다."

조휘의 말에 강상현도 대답했다.

혹시 몰라 모닥불은 켜놓지 않았기 때문에 그냥 창백한 피부밖에 안 보였지만, 표정은 달빛 때문에 조금이나마 알 수 있었다.

희미한 미소를 짓고는 있지만, 그건 정말 희미했다. 전체적으로는 매우 딱딱했다. 조휘가 아주 잘 아는, 아주 익숙한 감정에 힘겨워할 때나 나오는 표정이었다.

'분노하고 있군. 이화, 이 소녀처럼.'

그렇게 생각하며 조휘는 전혀 다른 말을 꺼냈다.

"저희도, 라는 말은, 혹시 세력이 있습니까?"

"네, 의용병을 모집하고 있습니다."

"의용병, 음……."

익숙한 이름이다.

역사에 밝지는 않지만, 저 단어는 역사 곳곳에 등장하는 단어였다. 가장 익숙할 때는 역시, 삼국지다.

유현덕이 활동을 처음 시작하던 때, 그때 바로 의용병이라는 단어가 나온다. 나라의 위기를 막기 위해 백성들이 자발적으로 모인 민간 조직. 그게 바로 의용병이다.

"수가 얼마나 됩니까?"

위지룡의 질문.

"삼천 정도 됩니다. 하지만 계속 모이고 있는 추세이니 오천까지는 모이지 않을까 싶습니다."

이화의 사형, 강상현은 위지룡의 질문에도 담담하게 답을 줬다. 그에 조휘의 머리가 다시금 빠르게 돌아가기 시작했다.

임기응변.

조휘는 현장에서의 임기응변이 정말 좋았다. 지금도 현장이다. 솔직히 항주에서 배에 오르던 그때부터 시작된 것이나 다름없었다. 조휘가 특기를 발휘할 조건은 모두 완성되어 있었다.

'오천, 아니 삼천. 삼천의 의용병이라…….'

조휘의 사고는 삼천의 의용병을 운용하여 적진의 틈을 만들어낼 수 있을까, 없을까에 대한 판단부터 시작했다.

'일군의 병력은 대략 일만 오천. 이쪽은 삼천. 숫자상 다섯 배…….'

해볼 만한 병력이면서도, 턱도 없는 병력인… 이번에도 참 애매한 숫자다. 조휘는 단순히 병력의 수만 생각하지 않았다.

'훈련도는… 비교해 볼 것도 없어. 왜군이 압도적으로 높아.'

게다가 실전 경험까지.

이건 비교 자체가 불가능했다. 그렇다면……?

'정면으로 치는 건 그야말로 미친 짓.'

정면으로 붙었을 시, 아무리 희망적으로 결과를 예측해 보려 해도 그렇게 나오지가 않았다. 완전 정반대로 절망적이었다.

'그렇다면… 흔들기.'

교란이다.

삼천이면 매우 훌륭한 교란이 가능해진다. 오십으로 하는 것보다 시도할 수 있는 선택의 폭이 훨씬 넓어진다.

"의용병들의 수준은 어떻습니까?"

"전투적인 수준 말인가요?"

"아니, 통솔 수준입니다."

"아아."

강상현은 잠깐 고민하더니, 확신이 선 어조로 답했다.

"믿어도 될 겁니다. 저희가 처음 그들을 받아 훈련시킨 게 명령, 통솔에 대한 것이었습니다."

"음."

조휘의 고민이 더 깊어졌다.

생각지도 못한 곳에서 돌파구에 대한 해답이 나왔다. 아직 완전히 나온 건 아니지만, 조휘는 지금 상황이 급반전되었다고 생각했다. 암울했던 하늘이 활짝 갠 것처럼. 우중충한 구름이 물러가고, 햇살이 몰려들고 있었다.

물론, 아직은 미약하기만 했다.

"저희도 원하는 게 있습니다."

"말해 보십시오."

"한 인물에 대한 암살은 자제해 주십시오."

"누굽니까."

"소서행장입니다."

"……."

전혀 예상치 못한 말에 조휘는 침묵했다. 다른 이들은 눈을 동그랗게 떴다. 소서행장, 일군의 우두머리다. 현재 조선을 짓밟고 있는 왜군의 총대장은 따로 있지만, 그는 명목상의 총대장이고, 실제는 왜의 장수 셋이 주도하고 있었다.

일군의 소서행장.

이군의 가등청정.

그리고 왜군의 부교(奉行)로 참천한 지부쇼유(治部少輔)다. 이런 상황이니 소서행장의 목을 따면 전황은 확실히 살아날 것이다. 그리고 애초에 그걸 위해 조휘가 이곳, 조선 땅에 있다. 그런데, 그런데 소서행장의 목을 치지 말라니?

농담인가?

아니다.

그러기엔 눈빛이 너무나 진지했다.

"이유가 있습니까?"

조휘는 모든 사고를 멈추고, 강상현에 집중했다. 이런 질문이 나올 거란 예상을 하지 못했기 때문이었다.

"네, 있습니다."

"말해줄 수 있겠습니까? 타당한 이유가 없다면… 그 부탁은 거절해야만 합니다."

"소서행장을 죽이면 일군 전체에 일대 혼란이 올 겁니다."

"네. 그 부분을 노리고 계획된 암살입니다."

"예상했습니다. 하지만… 그 혼란이 어떤 식으로 주변에 영향을 끼칠지에 대한 예측은 해보셨습니까?"

"……."

주변에 끼칠 영향?

저렇게 말하니 조휘는 생각해 봤다.

'영향, 영향이라…….'

가장 먼저 생각해야 하는 건, 전쟁. 전쟁 중이다. 이 와중에 지휘관이 암살당한다. 소서행장의 암살을 성공한 후 반드시 발생할 것 중 하나는 지휘부의 혼란이다. 솔직히 말하자면 조휘는 소서행장 하나만 암살의 대상으로 올리지 않았다. 지휘관이 있으면 그 밑에 부관도 있을 것이다. 작전을 나가는 인원은 자신, 위지룡, 도건, 그리고 은여령이다. 이 넷이 중요 인물 하나씩을 맡아 암살할 예정이었다.

물론, 이건 아직 말하지 않은 부분이었다.

최고 지휘관들이 줄줄이 죽어나가면 지휘권을 그다음으로 직위가 높은 이가 받을 것이다. 이 상황에서 혼란이 온다.

다툼이 온다.

파벌이 생겨날지도 모르고, 정말 운이 좋다면 싸움이 날 수도 있다. 이걸 바라는 거다.

'하지만 이게 끝은 아니겠지. 혼란이란 말을 거론했으니까.'

그렇다면 자신이 생각하지 못한 뭔가가 있다는 소리가 된다.

조휘는 강상현을 바라봤다.

그는 착 가라앉은 눈빛으로 조휘를 직시하고 있었다. 두 사람의 눈이 부딪치고, 잠시간 뜻 모를 기 싸움을 하더니 서로 흩어졌다.

그리고 그 뒤, 조휘는 답을 찾았다.

"백성……. 통제를 벗어난 왜군이 학살을 일으키지 않을까… 그게 걱정이군요."

"네… 맞습니다. 이군의 가등청정과는 다르게 소서행장은 그래도 군의 통제는 하고 있습니다. 하지만 저는 압니다. 그 밑의 장수들은 그렇지 않습니다. 그들은 그야말로 피에 젖은 야수들……. 소서행장이 죽으면 그들은 고삐 풀린 야수가 되어 날카로운 이빨을 백성들에게 들이밀 겁니다. 그렇게 억눌려 있던 흉성을 있는 대로 터뜨리면 결국 울부짖는 건 힘없는 백성들입니다."

"음……."

조휘는 침음을 흘리며 수긍했다. 그 미친놈들을 십 년이나 겪은 조휘다. 통제가 되지 않는 왜놈들이 어떻게 나오는지, 그걸 깜빡하고 있었다.

"소서행장의 인성은, 그래도 피에 젖은 마귀는 아닙니다. 그렇기 때문에 부탁드리는 겁니다. 그에 대한 암살은 자제해 달라고."

"그렇다면 차라리 그 밑에 있는 지휘관들을 암살해 달라… 이거군요."

"맞습니다. 그 밑의 지휘관들이야 암살을 한다 해도 소서행장이라면 충분히 군의 기강은 잡고 있을 테니까요. 다만, 수족이 한순간에 사라지면 그만큼 군의 운용은 힘들어질 겁니다. 지금처럼 파죽지세로 조선을 휩쓸고 다니지는 못하겠지요."

"……"

맞는 말이다.

장수는 하루아침에 만들어지지 않는다.

지식이 필요하고, 무력이 필요하다. 그리고 실전 경험이 필요하다. 그러니 차라리 다른 지휘관들을 제거하는 게 훨씬 좋은 방법 같았다.

"좋습니다. 받아들이겠습니다."

이 정도면 원하는 바가 거의 같다. 서로 타협점을 찾은 것이다. 그것도 아주 깔끔하게. 저 제안을 거절할 이유, 어디에서도 찾지 못했기에 나온 조휘의 시원한 대답이었다.

"감사합니다."

강상현은 희미한 웃음과 함께 조휘의 답을 받았다. 그리고 쭉 내밀어져 나오는 손. 조휘는 그 손을 잠깐 보다가, 마주 뻗어서 잡았다.

이후, 작전에 대한 세세한 조율을 위해 두 사람은 새벽이 지나도록 토의를 멈추지 않았다. 그건 다음 날도 마찬가지. 둘째 날 해가 지고 나서야 강상현은 돌아갔다.

그리고 사 일이 지나고 어둠이 깔릴 때쯤, 드디어 소서행장이 이끄는 일만 오천의 병력이 안주평야(安州平野)에 모습을 드러냈다.

제34장
암살전 개시

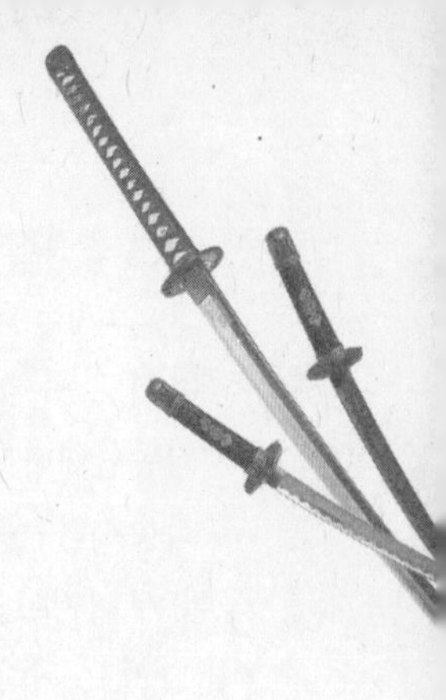

쾅!

"또! 또 기습이냐!"

"네, 그, 그게……."

"겨우 몇백의 병력에 그렇게 쩔쩔매고 다니는 게 말이나 되나!"

호랑이처럼 으르렁거리는 지휘관. 소서행장의 표정과 호통에 그 밑의 다른 지휘관이나 부관들은 목을 움츠렸다. 핏발 선 눈빛이 마치 칼날처럼 목을 칠 것 같았기 때문이다. 평소에는 사람이 괜찮으나, 분노했을 때는 정말 호랑이처럼 호통을 터뜨린다. 그게 이들이 아는 소서행장이다.

"종의지(宗義智)!"

"네!"

"적의 본거지는 확인했느냐!"

"그, 그게……."

"아직도 못 찾았느냐!"

"죄송합니다!"

"죄송하다는 말로 끝날 일인가! 이곳에 도착하고 다음 날 협곡이 무너지며 진격로가 막혔다! 그때 몇백의 병력이 몰살당했어! 그리고 어디 그뿐인가! 며칠째 야밤에 들어온 기습으로 인해 병력은 제대로 쉬지도 못했고! 휘하 부관 열댓이 암살당했다!"

소서행장이 분노하는 이유였다.

안주평야에 도착했을 때가 해가지기 직전이었기에 당연히 이곳에서 숙영을 명했다. 이후 다음 날 아침 일찍 행군 태세를 갖추고, 협곡으로 돌입했다. 그때 협곡이 무너졌고, 통과 중이던 병력 몇백이 죽어나갔다. 조선군이 설마 협곡을 폭파할 줄은 예상도 하지 못했다. 여태껏 승승장구했기 때문이다.

하지만 여기까지는 본인의 실책.

그 부분은 깊게 통감하는 소서행장이다. 하지만 이후는 아니다. 그날 저녁부터 시작된 조선군의 소규모 야습은 제대로 대처를 했다. 경계를 강화시키라 했고, 야습이 시작되면 바로 포위, 섬멸하라 명을 내리는 한편, 발이 빠른 병사를 시켜 적의 은신처를 알아내라 일러 뒀다. 그런데 제대로 된 게 하나도 없었다.

신출귀몰하게 치고 빠지는 조선군.

수도 몇백밖에 안 되는데 어찌나 귀신같은지 위치조차 잡지 못했다. 게다가 야습과 함께 진행된 암살에 벌써 작은 대의 지휘관들이 열이나 죽었다. 기병, 궁병, 행용총병, 보병, 병과를 막론

하고 좀 튀는 옷을 입은 이들은 암살자의 표적이 됐다.

휘장이 열리면서 부관 하나가 쭈뼛거리며 들어섰다. 복장을 보니 행용총 부대의 부관이었다.

"무슨 일이냐!"

"그, 그게……."

"무슨 일이냐고 물었다!"

차앙!

소서행장은 급기야 도를 뽑아냈다. 날카로운 소리와 함께 뽑혀 나온 대태도가 불빛에 반사되어 요사스러운 기를 흘려냈다.

"히익! 또, 또 죽었습니다!"

으득!

"누가… 죽었나."

"혀, 현소(玄蘇) 님이……."

"……."

소서행장의 눈빛이 차갑게 굳었다.

현소. 역관 자격으로 이번 조선 정벌에 참가한 승려가 바로 현소다. 살생을 멀리하는 승려지만, 조선과의 외교를 담당하고 있었기 때문에 이번 전쟁에 참모 자격으로 차출되어 온 수하였다.

그의 역할은 지대하다.

조선의 지형은 물론 언어, 문물, 이 땅의 생태는 물론 백성들의 성향도 잘 아는 이가 바로 현소다.

사위인 종의지가 팔다리라면, 현소는 두뇌였다. 그만큼 소서행장은 현소를 신임했다. 그런 그가 암살을 당했다고 하니, 순간적으로 얼어붙은 것이다.

"어디냐……."

"마, 막사에서 당하셨습……."

"하, 하하, 으하하하하!"

막사에서 당했다는 보고에 소서행장이 별안간 광소를 터뜨렸다. 낮게 웃다가, 점차 고조가 올라가는 그 웃음 속에 지독한 분노가 스며들어 있음을 모두가 처절하게 느꼈다. 희번덕거리는 눈빛을 감히 아무도 마주할 수 없이 고개들을 푹 숙였다.

촤악!

휘장을 젖힌 소서행장이 성큼성큼 현소의 막사로 향했다. 신임했던 만큼, 그의 막사는 소서행장의 막사와도 가까웠다. 수뇌부 막사 뒤편 자신의 막사를 지나, 현소의 막사의 근처로 들어가니 나무로 만든 탁자에 고개를 처박고 미동도 없는 현소가 보였다.

"……."

탁자 위에는 갖가지 물품들이 있었다. 조선의 지도부터 시작해서 용도를 알 수 없는 물건들이 잔뜩 있었다. 그리고 서적도 있었다. 그가 즐겨 마시는 차도 한 잔 있었다. 이미 식어 차가워진 차는 잔에 가득 들어 있었다.

한 모금도 마시지 못한 것이다.

첨벙.

바닥에 흥건한 피 웅덩이를 밟고 다가가 머리를 잡는 소서행장.

꾸욱.

뒤로 잡아당기니 힘없이 끌려 올라왔다. 그는 사인을 확인했다. 목젖이 쭉 갈라졌다. 아주 정확하게 딱 죽을 만큼 갈라진 목젖이다.

사인이 되기에 충분한 이 자상을 본 소서행장은 잠시 동안 부릅뜬 그의 눈빛을 보다가, 다시 그를 원 상태로 돌려놓았다.

근처에 있던 모든 부관들이 현소의 막사로 들어왔다.

"이곳은……."

꿀꺽.

낮게 나온 그의 말에 모두가 긴장했는지, 단체로 침을 꿀꺽 삼켰다.

"내 막사의 바로 뒤편이다……. 어떤 놈인지 모르지만, 그놈이 마음만 먹으면 나한테 오는 건 일도 아니겠지……."

"……."

"……."

"놈이 내 목에 언제 칼을 갖다 대도 이상하지 않다는 소리도 된다."

아무 말도 하지 못하는 이들에게 시선을 휙 돌리는 소서행장. 이글이글 불타는 눈빛. 으드득! 이가 갈리면서 부서진 게 아닌가 착각이 들 만한 소리가 흘러나왔고…

"그대들은 내가 죽어야 놈들을 찾을 생각인가!"

쩌렁!

진노의 호통이 그 뒤를 이었다. 더불어 막사 주변에 있던 모든 왜군이 슬금슬금 뒤로 엉덩이를 뺐다. 불똥이 튈까 겁났기 때문이다.

안주평야에 도착하고 이제 고작 육 일이 지나기 전, 소서행장의 일군은 처음으로 고난에 빠졌다.

* * *

피식.

조휘는 웃었다.

소서행장의 막사를 조금 벗어난 곳에 그가 있었다. 어느 틈엔가 복장을 바꿔 입고, 조선의 포로로 잡혀 잡일에 투입된 이들의 틈에 섞여 있었다.

왜의 말을 모르니 병사로 위장할 수는 없었다. 그래서 조휘가 선택한 건 조선인으로의 위장이었다. 그럼 말이 통하지 않아도 괜찮기 때문이었다.

보급품을 끌어안은 조휘는 허리를 구부정하게 숙이고 앞 사람의 엉덩이를 보며 걸었다. 그러나 머릿속은 팽팽하게 가속하고 있었다.

'이제 얼마 안 남았다.'

벌써 열이 넘었다.

숨어든 조휘, 위지룡, 도건이 죽인 숫자다.

최초 협곡을 무너뜨려 찾아온 혼란을 틈타 아주 자연스럽게 왜의 일군 속으로 숨어들었다. 이후 스스로 포로가 되어 노동을 했고, 밤만 되면 주기적으로 찾아오는 야습을 틈타 암살을 감행했다.

첫날과 둘째 날은 쉬었다. 조용히 목표를 골라야 했기 때문이다.

정확한 위치, 야습이 벌어질 때 왜의 반응, 병력의 이동, 그 상황에 생기는 사각까지 전부 넣어 두고 셋째 날부터 움직였다.

셋이서 셋째 날, 조휘가 둘, 위지룡이 둘, 도건이 하나를 죽였다. 이후 사 일째 다시 조휘가 둘, 위지룡이 하나, 도건이 하나를 해치웠다. 마지막 날은 사이좋게 하나씩 저승으로 보냈다. 전부 중간 지휘관급이었다.

경각심은 고도로 높아졌지만, 그로 인해 날이 바짝 서서 강상현이 의병을 이끌고 약속된 시기에 야습을 감행하면 즉각 혼란이 찾아왔다. 날이 바짝 서서, 악을 쓰며 달려들어서 생긴 현상이었다.

그런 상황이 조휘에게는 아주 좋은 기회를 만들어 주었다. 흥분이란 것 자체가 시야각을 마구 좁혀주니 말이다.

푹!

푹!

구덩이를 파던 조휘는 생각했다.

'삼 일. 삼 일이면 목표로 했던 수는 전부 해치울 수 있다. 이후 조용히 빠져나가기만 하면 돼…….'

오늘, 비선의 정보에 적혀 있던, 반드시 죽여야 할 인물 중 하나인 승려를 죽였다. 놈은 소서행장의 참모인 현소란 자로, 작전의 대부분은 그놈의 머릿속에서 나온다고 들었다. 참모의 위치에 있던 놈답게 조용히 방문했을 때도 작전을 짜고 있었다. 머리를 굴리느라 주변을 못 살폈다.

아니, 여유가 없었을 거다.

놈은 협곡이 터진 이상 진격로를 비틀어, 다시 전부 수정을 해야 했으니까. 아마 이곳에서 더 이상 시각을 허비하는 건 무모한 일이라 생각했던 것 같았다.

'다행이었지…….'

만약 늦었다면? 놈의 진격로에 대한 수정이 끝나자마자 바로 일군이 다른 곳으로 이동했을 수도 있었다. 그건 곤란했다. 이동이 시작되면 틈을 보기가 힘들어지니 말이다.

게다가 탈출도 힘들어진다. 조선인의 포로 감시망은 상당히 촘촘했기 때문이다. 그나마 허술해지는 게 바로, 주기적으로 때리는 강상현의 기습이었다.

그때는 왜군 전체에 비상이 걸리니, 경계가 허술해진다. 탈출의 시기도 당연히 그때에 맞춰져 있었다.

푹! 푹! 푹!

조잡한 농기구로 질퍽한 땅을 파는 조휘는 다음 목표를 떠올렸다.

'송포진신(松浦鎭信).'

일군에서 세 번째로 많은, 삼천여 병사를 이끄는 지휘관이다. 강상현이 말하기를, 악랄하다는 단어로도 설명이 부족한, 그야말로 악귀 같은 새끼라 했다. 놈에게 겁탈당한 여인과 참혹하게 살해당한 백성의 넋은 감히 수를 헤아리기도 힘들다고 했다.

'슬슬 끝낼 때다.'

이제는 지휘관이다.

슬슬, 최고위급 지휘관들의 목을 하나둘 따버리며 작전의 종말을 고해야 할 때였다. 놈들도 병신이 아닌 이상에야 주기적인 암살이 일어나면 군영 내를 의심하기 시작할 것이다. 아니, 지금 당장 의심해도 솔직히 이상할 게 없었다.

푹, 푹푹.

"으윽……."

삽질을 하다 말고 옆구리를 부여잡고 힘겨운 척 허리를 펴는 조휘. 슬그머니 새까만 어둠 속에 시선을 줬다.

'축시 말, 반 시진 남았다.'

반 시진 후, 오늘 밤 이차 야습이 시작될 것이다. 꼭 하루에 한 번만 야습하라는 법은 어디에도 없지 않나? 다시 허리를 숙이는 조휘의 고개가 절레절레 흔들어지며 사방을 훑었다.

'딱이군.'

한 차례 야습 후, 역시 긴장이 풀려 있었다. 조휘는 다시, 말없이 삽질을 시작했다.

* * *

데엥……!

데엥……!

인시의 반이 흘렀을 때, 약속된 시각에 소서행장이 이끄는 일군의 진형 내에 종소리가 두 번이나 메아리쳤다.

동시에 웅크리고 있던 조휘가 슬그머니 고개를 들었다.

'시작됐다.'

귀를 집중해 주변이 돌아가는 판을 확인하는 조휘. 난장판이 시작됐다. 갑작스럽게 새벽의 밤하늘을 찢은 종소리 때문에 잠에서 깬 왜군이 악을 바락바락 지르며 전투 준비에 들어갔다. 벌써 진형의 동쪽에서는 날카로운 병장기 소리가 어둠을 격하며 조휘의 귀에 간당간당하게 들어왔다.

고함 소리.

악에 차 내지르는 소리.

두 소리 다 이해할 수 없는 언어였지만, 안에 깃든 감정만큼은 바로 알 수 있었다.

한쪽은 지독한 분노.

이쪽은 조선의 의용병이다.

다른 한쪽은 지독한 짜증, 살의.

이쪽은 왜군이다.

악착같이, 그리고 짜증나게 치고 빠지는 의용병 때문에 날카롭게 곤두선 신경에서 나오는 악의와 짜증.

조휘는 살금살금 곁눈질을 하며 굽혔던 무릎을 폈다. 이미 다시 난장판인 관계로, 조휘를 주목하는 이는 아무도 없었다. 같이 포로로 잡혀 있던 조선인들은 목책의 동쪽으로 붙어 으악! 살려줘! 악을 쓸 뿐이었다.

조휘는?

반대편으로 갔다.

끼이익.

목책 문이 고막을 자극하는 소리를 내며 열렸지만 아무도 듣지 못했다. 난장판에 묻혀 사라졌기 때문이었다.

밖으로 나오자 아무도 없었다. 그럼 이 문은 누가? 도건이었다. 이런 공작을 위해 왜어(倭語)를 제대로 배운 도건은 왜병으로 위장하고 있었다. 그가 이 혼란 속에 조용히 문을 연 것이다.
목책 옆에는 단도 두 자루가 떨어져 있었다.
쌍악은 아니었다.
눈에 너무 띄니 아예 장산에게 맡기고 왔다. 풍신도 당연히 안 들고 왔다. 무기의 조달은 전부 여기서 도건이 해주고 있었다.
조휘는 단도를 재빠르게 품에 갈무리하고 바로 몸을 날렸다. 송포진신의 위치는 이미 파악해 뒀다. 놈은 움직이지 않는다. 대응은 다른 이가 하고 있다는 걸 조휘는 잘 알고 있었다. 하지만 막사 안에는 없을 것이다.
야습이 벌어졌는데도 막사 안에 있다면, 소서행장이 바로 목을 칠 테니 말이다.
주변을 예리하게 살피며 송포진신의 막사로 들어선 조휘는 빠르게 주변을 훑었다.
"……."
은신할 곳을 찾는 거다.
놈의 갑주 말고, 다른 갑주 하나가 보였다. 왜의 갑주다. 적각무사들의 갑주와 비슷하지만 조금은 다른, 장수의 갑주였다. 그 뒤로 조용히 몸을 숨기는 조휘. 이후, 그는 감각을… 최대한 죽였다.
숨을 죽이고 기척까지 최대한 죽였다. 살의, 아예 없앴다. 암살의 기본. 의식조차 일어나지 않게 만들었다.
수련과 처절한 경험에서 나온 조휘의 암살 방식이었다.
'후… 우. 후우… 우.'

호흡을 조절해 뛰던 심장도 최대한 안정을 찾게 만들었다. 의식이 몽롱해질 때쯤, 소란이 잦아드는 게 보였다. 조선 의용병이 퇴각한 것이다. 이제 조금 있으면 놈이 온다. 조휘는 숨이 더 죽였다.

감각도 나른해지게 만들었다. 절대로 살의가 꿈틀대지 않게끔. 얼마나 시각이 흘렀는지 조휘도 가늠을 하지 못할 정도로 흘렀을 때, 놈이 들어왔다.

"칙쇼!"

거칠게 휘장을 젖히고 들어온 송포전신이 투구를 벗어 던지며 탁자를 주먹으로 내려쳤다. 쾅! 소리와 동시에, 퍽! 소리가 뒤를 이었다.

"컥……."

단말마를 쏟아내며 놈이 푹 무너졌다. 단도의 손잡이로 놈의 관자놀이를 후려쳤으니 의식이 끊어진 실처럼 날아갔을 것이다.

엎어진 놈의 머리채를 잡아당겼다. 꽈악! 굉장한 힘으로 당겼는데도 놈은 의식을 차리지 못했다. 아마 깊은 무저갱 속으로 떨어졌을 것이다. 그리고 이제 두 번 다시, 위로 올라오는 일 또한 없을 것이다.

"……."

놈을 잠시 내려다보던 조휘는 미련 없이 손에 힘을 주었다.

서걱.

붉은 핏줄기가 솟구쳤다.

대화? 그래야 할 이유가 없었다. 무슨 대화를 하겠나. 어차피 말도 안 통하는데.

조휘는 놈의 머리채를 놓았다. 피육, 피육, 핏줄기가 뿜어지는 소리를 뒤로하고 조휘는 바로 등을 돌렸다. 이걸로 오늘의 두 번째 암살도 끝났다.

현소를 잡고, 두 시진이 지나기도 전에 송포진신까지 잡았다. 작전은 지금까지 매우 성공적으로 흘러가고 있었다.

살금살금 걸어 휘장으로 다가가는데, 인기척이 느껴졌다. 조휘는 휘장의 옆으로 비켜섰다. 스르륵. 거친 소리를 내며 휘장이 올라옴과 동시에 조휘의 손이 쭉 뻗어졌다.

"억……."

뻗어진 손에 쥐어져 있던 단도가 정확히 목울대에 꽂혔다. 이후 크륵, 크르륵. 가래 끓는 소리가 나왔다. 단도 손잡이를 놓은 조휘는 멱살을 잡아당김과 동시에 몸을 빙글 돌려 뒤로 돌아갔다.

이대로 나둬도 죽겠지만, 죽기 전 어떤 단서를 남겨 놓을 수도 있으니 마무리를 확실히 해야 했다.

우득!

목을 감아 잡은 다음 상체 전신에 힘을 줘, 그대로 한 번에 목뼈를 분질렀다. 목뼈를 부러뜨리는 건 힘들다. 단단하기도 하지만 상대가 힘을 주고 있으면 그에 배가되는 힘이 있어야 가능한 일이다.

그러니 요령이 필요하고, 단번에, 아무런 감정의 동요 없이 상대의 숨을 끊어놓을 수 있는 독심도 필요하다.

주르륵, 흘러내리는 놈을 조용히 바닥에 눕히고는 다시 휘장

쪽으로 향하는 조휘. 청각을 집중해 밖의 상황을 살폈다. 시끌시끌하긴 하지만 전체적으로 이쪽은 역시 고요했다. 삑, 짧은 호각 소리. 근거리에서 들려온 것이었다.

휘장을 걷어내니 벼락같이 덮쳐오는 그림자가 있었다.

퍽!

아무런 저항 없이 멱살을 잡히고, 그대로 바닥에 처박힌 조휘는 질질 끌려갔다. 이미 단도는 송포진신의 막사 안에서 버렸다. 바닥에 질질 끌리며 묻었던 혈흔이 혼탁해졌고, 손으로 얼굴에 흙을 빠르게 펴 발랐다. 순식간에 구질구질한 얼굴이 된 조휘는 여전히 저항을 하지 않았다. 뒷목을 잡고 끌고 가는 자는 도건이었다. 예정된 시각에 짧게 신호를 보낸 다음 조휘를 끌고 가는 게 그의 임무였다.

둘의 모습은 마치, 탈출을 시도한 조선인을 다시 잡아끌고 가는 왜병으로 보였다. 이화가 냈던 작전인데, 이 방법은 지금까지 아주 확실하게 먹히고 있었다.

목책으로 돌아와 다시금 안으로 처박히는 조휘.

이번엔 다른 조선인 포로들이 갇혀 있는 목책이었다. 같은 막사에 계속 넣으면 알아보는 이가 생길 수도 있었다. 다행히 포로를 수용해 놓은 목책은 많았다. 이곳 안주평야 진형에만 이십개가 넘게 있었다.

도건의 손길에 안으로 처박힌 조휘는 꿈쩍도 하지 않았다.

"……."

그리고 잠시 후 간헐적으로 몸을 꿈틀거렸다. 의도적인 연기. 그다음 느릿하게 일어나 목책의 한쪽으로 기어갔다. 목책에 기댄 뒤 무릎 사이에 고개를 푹 처박았다.

이걸로 끝.

암살은 아주 성공적으로 끝났다. 이각 정도가 흐르자 진형 내 소란은 점차 줄어들었다. 강상현이 이끄는 의용병 부대가 완전히 퇴각하며 소란은 줄어들고, 그 대신 왜놈들의 짜증 섞인 욕설들이 사방팔방에서 날아들었다.

듬성듬성 드러난 목책 사이로 돌멩이들이 날아들었다. 짜증을 포로들에게 풀고 있는 것이다. 퍽, 퍽퍽. 조휘는 몸을 웅크리고, 머리를 감싸 막았다. 한동안 그렇게 분을 풀더니 돌팔매질이 가라앉았다.

"후우……."

그제야 한숨을 내쉬는 조휘.

'몇 놈 남았지?'

오늘 소서행장의 바로 밑 지휘관이라 할 수 있는 현소와 송포진신을 죽였다. 그 밑의 부관들은 이곳 어딘가에 있을 위지룡이 착실하게 잡아 족치고 있을 것이다. 일만 오천에 달하는 병력이라 부관, 지휘관들이 꽤 된다. 하지만 어차피 목적은 소서행장의 바로 밑 지휘관들이다. 손발이라 할 수 있는 이놈들의 목을 따는 순간, 첫 번째 암살은 끝난다.

'셋. 세 놈 남았다.'

길면 삼 일 남은 거다.

하루에 한 놈씩. 짧으면? 잘하면 내일 하루 만에 다 끝낼 수도 있었다. 그러나 조휘는 조급하게 움직이지 않기로 했다. 조급해지면 분명 움직임에서 틈을 노출할 것이다. 발각되면? 일만 오천으로 이루어진 진형의 거의 중심지에서부터 도망쳐야 했다.

그건 아무리 조휘라도 현실적으로 불가능한 일이었다. 조휘는 내일 하루 움직일 동선을 다시 한 번 생각하며, 긴장을 풀고는 천천히 눈을 감았다.

* * *

"하, 하하하하."

소서행장이 낮게 웃었다.

그는 지금, 수하의 막사에 있었다. 자신을 따르던 수하 중 가장 실력이 떨어지는 녀석이지만, 그래도 말은 잘 들어 곁에 두고 부려먹던 놈이다. 제 놈도 그러한 사실을 아는지, 비뚤어진 마음을 언젠가부터 가지게 되며 점점 난폭해졌던 놈. 그래도 가만히 내버려뒀다. 놈이 조선인을 잔인하게 고문하고, 간악한 짓을 일삼아도 그냥 뒀다.

자신의 말만큼은 확실하게 잘 따랐기 때문이다.

조선의 정벌을 마치면 풍신수길에게 아뢰어 놈에게 한자리 제대로 챙겨주려고 했다.

그런데 그러지 못하게 됐다.

싸늘하게 식은 주검.

놈의 죽음은 아침나절에나 확인했다. 항상 같이 아침 식사를 했는데, 오지 않아 수하를 시켜 보내보니, 이런 꼴이었다.

"어제 하룻밤 사이에 둘이 죽었다."

"……."

"……"

종의지도, 유마청신도, 대촌희전, 오도순현까지 전부 말을 하지 못했다. 이들 넷은 어제 죽은 현소와 송포진신과 함께 소서행장의 직속 부관이자, 그 아래 지휘관이 되어 참전한 이들이다. 소서행장이 전 일군의 삼분지 일에 해당하는 병력을 이끌고, 나머지 현소를 뺀 다섯이 남은 군을 나누어 통솔했다.

그만큼 소서행장에게는 중요한 이들이었다.

"현소. 그리고 여기 이놈… 송포진신까지. 그리고 날이 밝았다."

"……"

"……"

꿀 먹은 벙어리들.

이들 넷을 표현할 수 있는 가장 적절한 말이었다. 소서행장이 천천히 돌아섰다. 어제 현소가 죽었을 때 이글이글 불타고 있었다면 지금은 착 가라앉은 눈빛이었다. 살기를 가득 머금고 희번덕거리는 눈빛.

"그럼 오늘 해가 지면… 네놈들 차례야."

소서행장의 말이 떨어지자마자 부장들은 흠칫하더니, 이내 인상을 굳혔다. 저벅, 저벅저벅. 송포진신의 막사를 벗어난 그는 자신의 지휘부의 막사로 들어갔다. 그 뒤는 당연히 네 사람이 따랐다. 그가 자리에 앉고, 나머지 넷이 자리에 앉았다.

휑했다.

원래 칠 인이 앉았었는데, 이제 다섯이 남았다. 솔직히 별로 빠진 것도 아닌데도 휑하게 보였다.

"퇴각이다."

"네?"

"주군! 그건!"

"아니 될 말씀이십니다!"

말을 꺼내자마자 폭풍같이 날아드는 반대 의견. 그에 소서행장은 웃었다. 안 된다고?

"그럼 잡아봐라."

"그, 그게……."

"어디 한 번 잡아보란 말이다! 조선군의 기습을 틈타 벌어진 암살인지! 아니면 내부에 이미 숨어들어 있는지 파악이라도 해보란 말이다!"

"……."

들불 같은 분노라 해야 할까?

살기를 머금은 눈빛을 보면 그가 얼마나 분노했는지 측량조차 쉽지 않았다.

"왜 말들이 없나! 그대들이 나서서 잡으면 퇴각 따위 하지 않아도 될 것 아닌가! 하지만 며칠간 나는 그대들을 믿고 맡겼는데 뭐 하나 제대로 이루어진 게 없다! 조선군의 수도! 거점도 찾지 못했고! 암살자의 수는 물론 어떤 방식으로 암살을 끝내고 물러갔는지조차도 모른다! 대체 이런 상황에 내가 할 수 있는 선택이 퇴각 말고 뭐가 있단 말인가!"

"……."

"……."

호통이라기엔 지나치게 살벌했다. 정말 목을 치고도 남을 기백마저 실려 있어 감히 대답할 수도 없었고, 그런 수하들의 모습을 보며 소서행장은 입가에 미소를 지었다.

"오늘 하루 더 이곳에서 지체하면 어떻게 되는지 아나? 너, 너, 아니면 너나 너."

하나씩 지목해가는 소서행장.

"니들 중 하나가, 아니면 둘, 많으면 셋! 아마 오늘 밤에 죽겠지. 내가 여기서 고집을 부려 저 협곡을 넘어가겠다고 하면 니들이 다 죽어! 아니! 어쩌면 내가 죽을 수도 있을 거다! 암살자의 표적이 나는 아니라는 걸 확신할 수는 없으니 말이야!"

"……"

"……"

"네놈들… 너무 편했구나. 너무 쉽게 여기까지 왔어. 항시 경계하고 또 경계해야 하거늘! 승승장구하며 예까지 왔다고 마음을 너무 풀었어!"

자, 잘못했습니다!

고개를 숙이며 한목소리로 나온 그 사죄의 말을…

"듣기 싫다!"

단칼에 거부한 소서행장이 넷의 눈에 한 번씩 강렬한 시선을 주고는 다시 말했다.

"퇴각? 네놈들을 보니 그럴 마음이 싹 사라지는구나. 강행이다! 며칠을 투자해서라도 저 협곡을 복구시키고 원래 가던 진격로로 가겠다! 네놈들이 전부 죽어도 내가 산다 하면 그만이야! 그러니 알아서 잘들 해봐라!"

주, 주군!

"알아서들 살아남아라. 나가! 나가서 협곡이나 복구해!"

"……."

"……."

쭈뼛거리며 일어나 밖으로 나가는 넷을 보며 소서행장은 혀를 찼다. 어쩌다 이렇게 됐나. 저들은 나름 용맹했다.

본국의 난세가 통일되기 전까지 벌어졌던 전쟁에서도 살아남은 영주들이다. 그런데… 몇 년의 평화에 이은 조선에서의 승승장구가 이상하게 놈들을 바꿔버렸다.

"쯧, 쓸모없는 것들……."

물론 그 이전에도 그렇게 대단한 녀석들은 아니긴 했다. 하지만 그래도 말은 잘 들었는데, 이제는 그 마저도 틀린 모양이었다.

소서행장은 여기서 생각을 접었다.

그리고…

"놈… 누구냐."

소서행장은 현소, 그리고 좀 전에 봤던 송포진신의 시신을 보면서 확인한 게 하나 있다. 두 사람의 사인을 만든 건 한 사람의 짓이라는 걸.

일정한 간격, 힘으로 목을 그었다.

그리고 송포진신의 막사 입구 바로 앞에 죽어 있던 병사 하나. 목이 부러지고 울대에 칼이 꽂혀 있었다.

솜씨를 보아하니, 아주 제대로 된 놈이다.

"본국의 인자(忍者)들에 비해 결코 떨어지지 않는 솜씨……."

본국의 인자.

본래는 은신, 위장에 능한 밀정이지만 이들 중 고도의 살인 훈련을 받은 이들은 사람을 암살하는 임무를 맡기도 한다. 그리고 공포의 대상이 된다.

표적이 되는 순간부터는 살아도 산 게 아니라는 말이 있을 정도로 치밀하고, 집요한 게 바로 본국의 인자다.

소서행장이 보기에는 현소나 송포진신을 죽인 자는 공포의 인자들에 비해 결코 부족함이 없어 보였다.

"후우……."

한숨과 함께,

우드득!

주먹이 힘껏 쥐어지며 뼈마디가 비명을 질렀다.

"승!"

"네."

휘장이 갈라지듯 열리며 한 인물이 들어섰다. 얼굴에 시꺼먼 복면을 뒤집어써 눈밖에 안 보였고, 그 눈빛은 아주 서늘한 빛을 담고 있었다.

"후방에 있을 무사들에게 기별을 넣어! 도움이 필요하다고!"

"네."

이후 바로 스읏, 사라지는 검은 복장의 사내. 승도 인자다. 살인기예는 배우지 않았지만 은신에 능하고, 발이 빨라 전령으로 쓰고 있었다.

"그들에게 부탁하긴 싫었지만… 어쩔 수 없지. 더 이상의 희생은 있어서는 안 돼."

지휘관급들이 다 죽어나가면, 군의 운용이 너무나 힘들어진다. 어떤 새끼인지 모르지만, 명령을 내리고, 전달하는 자들을 중심으로 죽여 나가고 있었다. 소서행장은 알 수 있었다. 암살자의 목적을.

"내 손발을 끊어 놓겠다는 거지? 큭!"

그걸 알자니…

자존심이 상했다.

이놈이 상하는 바람에 솔직히 퇴각도 못 한다. 암살이 두려워서 애초의 작전을 포기하고 다른 길을 선택하다니, 말도 안 되는 소리다. 게다가 이걸 이군 지휘관 가등청정이 알기라도 한다면?

생각만 해도 끔찍했다.

킬킬거리며 놈이 놀려댈 게 분명했고, 그걸 부르르 떨면서 참아내고 있을 자신의 모습이 저도 모르게 상상되자, 소서행장은 눈까지 질끈 감아버렸다.

해서 그들을 불렀다.

단 십 인으로 이루어진… 살인 기계들을.

"놈… 어디 한번 해보자."

히죽.

웃고 있는 소서행장의 눈이, 다시금 지독한 살기를 머금기 시작했다.

밤은 어김없이 찾아왔다.

협곡을 복구하는 일에 투입되었다가 해가 지고 나서야 좀 쉬게 된 조휘는 최대한 체력을 보충했다.

희멀건 죽으로는 도저히 체력을 회복하기 요원하긴 했지만, 도건이 있었다. 그가 육포를 묶어 몰래 조휘가 등진 목책 뒤로 떨어뜨려 줬고, 그걸 몰래 먹으며 부족한 체력을 회복했다. 이후, 해가 완전히 졌다.

어둠이 평야를 뒤엎자, 진형 내 공기는 묵직하게 가라앉았다. 아는 것이다. 해가 졌으니 슬슬, 조선군의 기습이 있을 것이라는 걸.

얼마나 신출귀몰한지 며칠이 지나도록 제대로 된 전투도 못 해볼뿐더러, 쫓는다고 여기저기 질질 끌려 다니다가 아무런 소득도 없이 복귀해 체력만 잔뜩 소모할 뿐이었다.

게다가 쉬쉬하고 있지만 이미 병사들도 알고 있었다.

언제부턴가 고래고래 소리치던 부관들이 하나둘씩 안 보이기 시작했다는 걸. 그게 뭘 뜻하는지는 병신이 아닌 이상에야 금방 알 수 있었다. 흉흉한 소문이 돌지 않도록 부장들이 통제는 하고 있었지만, 무려 일만 오천의 병력이다.

완전한 통제가 가능할 리가 없었다.

그래서 현재, 왜병들의 분위기는 무거웠다. 제대로 쉬지도 못하니 눈에 보이는 왜병들 태반이 어딘가에 앉거나 기대어 골골거렸다.

수면이 부족해 생긴 현상.

아주 죽을 맛들이겠지만, 조휘에게는 바라 마지않던 상황이었다.

'오늘은… 술시 말.'

오늘의 첫 번째 기습이다.

잠입하기 전 미리 날마다 기습 횟수와 시각을 정해 놨다. 이걸 정해 놓지 않으면 조휘가 안에서 움직이기 불편했기 때문이다. 도건이나 위지룡도 마찬가지였다.

'좀 더 쉬자.'

아직 시각이 있었다.

안에서 할 수 있는 건 몇 개 없었다. 아니, 아예 없었다. 체력을 최대한 보충하며 기다리는 것밖에.

하지만 오늘은 다를 것 같았다.

스윽.

고개를 처박고 있던 조휘는 다가오는 인기척에 살짝 고개를 들었다. 조휘가 입고 있는 옷과 비슷한 복장.

팔만 뻗으면 닿을 거리에 나란히 기대고 고개를 파묻는 조선인 포로. 완전히 고개를 들지 않았기에 조휘의 시선에 보이는 건 가느다란 발목이었다. 그에 눈살이 찌푸려졌다. 상식적으로 생각해도 너무 가느다란 발목이었다.

앙상한 게, 마치 뼈에 살가죽만 붙어 있는 것 같았다.

"……."

"……."

말은 없었다. 조금 더 고개를 들어보니 조선인 포로도 자신을 힐끔 보고 있는 게 보였다. 먼지가 잔뜩 묻어 있는 얼굴.

나이는 대략 이십 대 전후.

아무리 많게 봐줘도 이립 이상으로는 보이지 않았다. 초롱초롱해야 할 눈망울은 흐릿하다. 뭍에 끌려 올라와 죽은 생선의 눈동자를 하고 있었다. 조휘의 눈살이 조금 더 찌푸려졌다.

위화감이 느껴졌다.

더벅머리에 깡말랐지만, 사내의 느낌이 안 났다. 조휘는 정말 별의별 사내놈들을 다 만나 봤다. 외형상 덩치가 큰놈, 작은 놈, 신장이 큰놈, 작은 놈, 얼굴이 곱상한 놈, 우락부락한 놈까지, 외형상 정말 다양한 사내들과 부대끼며 살았다. 그런 조휘가 느끼는 위화감의 정체는 앞에서도 말했지만, 옆에 붙어 앉은 이 조선인 포로가 결코 사내처럼 느껴지지 않는다는 데 있었다.

"……."

"……."

조휘의 눈이 가늘어지자, 그 조선인은 살짝 놀랐는지 다시 고개를 푹, 처박았다. 그러자 자연스럽게 목뒤, 어깨까지 보였다. 조휘는 웅크리고 있지만 전체적인 체형을 확인하고 나서야 알 수 있었다.

'사내가 아니다.'

여인이었다.

까서 확인할 필요도 없을 정도로 조휘는 확신했다. 눈썰미가 좋은 이유, 살펴보는 건 생존의 필수 버릇이기 때문이다.

'왜? 아, 아아…….'

왜 여인이 남장을 했는지에 대한 의문이 떠올랐다가, 급속도로 치고 올라온 이유 때문에 바로 수긍했다.

전쟁은 남성이나 여성이나, 둘 다 참혹한 결과가 기다리고 있다. 사내들은 죽거나, 운이 좋으면 지금 이곳처럼 징발되고, 여인은… 노리개가 된다.

어떤 노리개가 되는지는 굳이 설명을 할 필요도 없었다.

추악한 욕망.

전장의 광기를 푸는 도구로서 이용되고, 그렇게 부서지다, 끝끝내 다 타버린 촛불처럼 꺼져 버린다.

그게 전쟁에서 정복군에게 잡힌 여인의… 운명이다.

그렇기 때문이다.

그렇기 때문에 남장을 한 것이다.

그런 일을 당하느니, 차라리 이 틈에 섞여 사내처럼 행동하는 걸 선택한 거다.

허벅지를 감싸 안은 손이 보였다.

깡말랐지만, 거칠어지긴 했지만 역시 사내의 손가락이 아니었다. 먼지를 씻어내기만 하면 희미한 빛을 발하는 섬섬옥수(纖纖玉手)가 수줍게 그 고운 자태를 세상에 모습을 드러낼 것이다. 조휘의 눈썰미는 거기까지 예측이 가능한 정도였다.

조휘는 묻지 않았다.

사내로 변장한 여인이 사정 따위, 어차피 조휘가 할 일과는 별다른 연관성이 없었기 때문이다.

이후 조휘는 다시 고개를 처박았다.

"……."

"……."

나란히 고개를 처박은 두 사람.

아무도 연관성이 없어 정면에서 보자면 웃기기도 하겠지만, 그걸 가지고 웃을 사람은 적어도 이 주변에는 아무도 없었다.

다들 같은 신세고, 왜병들도 꾸벅꾸벅 졸기 바빴으니까.

그렇게 정적과 함께 시간이 흘러갔다. 달빛이 휘영청 하다. 시퍼런 예기를 줄기줄기 온 세상에 뿌리기 시작했다. 약속된 시각이 다 와 간다.

진형 내 갑자기 불빛이 충천하고, 저 멀리서 고함 소리가 바람결에 실려 진형 곳곳으로 배달됐다.

그에 조휘는 슬금슬금, 자리를 옮기기 시작했다. 조휘가 움직임과 동시에 목책의 근방에서도 소란이 일기 시작했다. 소란은 곧 혼란으로 탈피를 시작했고, 그 누구도 포로들에게 시선을 주지 않았다.

포로들은 일제히 소리가 나는 진원지 쪽으로 달라붙었다. 끼이익, 소리가 들렸다. 도건이 목책의 문을 여는 소리였다. 조휘는 빠르게 주변을 훑다가, 슬그머니 열린 문 사이로 신형을 빼냈다.

그렇게… 조휘는 사라졌다.

조휘가 사라지고, 조휘의 옆에 있던 여인이 반대로 슬그머니… 고개를 들었다. 그리고 조휘가 나간 문을 향해 시선을 줬다가 다시, 고개를 무릎 사이로 파묻었다.

*　　*　　*

조휘의 움직임은 어제도 그랬지만, 오늘은 특히 조심스러웠다. 뭐랄까, 익숙했던 불안감이, 잊고 있던 불안감이 다시 찾아온 기분? 딱 그런 기분이었다.

도건에게 무기와 위치의 정보를 받고 나서도 조휘는 바로 움직이지 않았다. 언제고 다시 목책 안으로 들어갈 준비를 하고 있었다. 하지만 시각이 좀 지나자 그것도 할 수 없었다.

탁, 타닥.

표적은 정해져 있었다.

유마청신(有馬晴信).

이천 보병을 통솔하는 일군의 지휘관 중 하나다. 오홍련 비선이 던져주는 정보는 확실했다.

팔에 닭살이 돋을 정도였다.

그런 오홍련 비선의 정보를 토대로, 오늘은… 일군 보병 총사령관이 목표였다.

'이제는 강상현이 기습하면 아예 막사에 처박힌다고 했지…….'

낮에 협곡을 복구하다가 들은 정보였다.

유마청신, 이 새끼는 아주 제대로 얼어붙어 있었다. 특히 현소, 송포진신이 어제 자신에게 죽고 난 이후, 정말 덜덜 떨고 있다고 실시간으로 비선이 정보를 던져줬다.

조휘는 이 정보를 의심하지 않았다. 의심한다는 것 자체가 작전을 깨뜨릴 가능성을 내포했기 때문이다. 그리고 지금까지 확실하게 맞아떨어지고 있으니 의심할 이유가 없었다.

현재 거리.

'이백 보.'

그 뒤에, 어제 송포진신의 막사 뒤에 놈의 막사가 있다. 그런데… 조휘는 안다. 그 막사는 함정이고, 진짜 막사는 좌로 여섯 번째라는 걸.

'잔꾀를 부렸다만…….'

막강한 오홍련 비선의 힘 앞에서는 아무런 소용도 없었다. 놈이 다른 곳으로 숨은 것도 지금 당장은 조휘에게 좋은 일이다.

조휘는 원래 알고 있던 놈의 막사 말고, 오늘 정보를 받은 막사로 향했다. 적은 많다. 넘치다 못해 쌓여 있지만… 조휘는 그걸 피할 정도는 되다 못해 넘쳤다. 어둠 속에 숨어 이동하다 보니 어느새 놈의 막사가 보였다.

이십 보 정도의 거리를 둔 조휘는 조용히 침묵했다. 이후 품에서 도건이 챙겨준 단도, 그리고 조휘가 이곳에서 챙긴 길쭉한 석검(石劍)을 꺼냈다. 석검은 정말 매우 조잡했지만… 사람 목살을 가르기엔 충분한 예리함을 가지고 있었다.

전방은 시끄럽다.

강상현의 기습이 이번에도 역시 유효하게 먹혔는지 갖은 욕설이 난무하며 아주 난잡하게 울려 퍼지고 있었다.

반대로, 유마청신이 있을 막사로 추정되는 곳은 조용했다. 그리고 주변에 경계병이 많았다.

'이새끼… 아는구나?'

지가 표적이 됐다는 걸.

그게 아니라면 놈이 이런 후방 막사에 숨어들고, 막사 주변에 많은 경계병을 배치할 이유가 없었다.

조휘는 웃었다.

이런 경험… 차고 넘친다.

도건이 스륵, 조휘의 뒤로 넘어왔다.

"해야 할 말은?"

"발음 그대로 이렇게 하면 됩니다."

도건이 몇 마디 말을 건네줬다.

조휘는 그걸 빠르게 이해했고, 이해하는 와중에 도건과 의복을 바꿔 입었다. 고약한 내가 나는 옷이었다. 하지만 조휘는 그걸 그냥 입었다. 다 무시하고, 오직 도건이 말해준 문장의 어조만 기억하고, 다시 도건을 봤다.

"부탁한다."

"걱정 마십시오. 빙 돌아서 열 놈입니다. 대주가 앞에 넷만 해결해 주면 나머지는 제가 알아서 해결하겠습니다."

도건이 단호한 어조로 대답했다. 조휘는 그 말을 믿었다. 지금까지 보여준 도건의 능력은 충분히 믿을 만한 구석이 있었다. 아니, 지금까지 보여준 것만으로도 충분했다.

"후, 후우."

한숨을 깊게 내쉰 조휘는, 도건을 한 차례 본 다음 몸을 날렸다.

"학학!"

멈춰라!

조휘가 헐레벌떡 막사를 돌아 달려 나가자 익숙한 왜어가 나왔다. 막사 휘장을 막고 있던 경계병이 지른 소리였다. 하지만 조휘는 멈추지 않았다.

"사, 살려 주세요!"

도건에게 배운 왜어로 울부짖는 조휘.

억양이나 뭐로 봐도 전부 역시… 어눌하다. 하지만 상황에는 특수성이 있었다.

"무, 무슨 일이냐!"

암살에 대한 부담감.

혹은 경계심이 놈에게서 한마디 질문이 나오도록 만들었다. 알고 싶었을 거다. 조휘가 어눌하게 소리쳤지만, 왜 그렇게 '공포'에 찼는지.

'병신이…….'

연극인 줄도 모르고.

푹!

"억……."

지근거리까지 다가간 조휘가 도를 뽑아 한 방.

"키, 키이… 사!"

푹!

푹푹!

바로 뽑아서 휘장 앞에 있던 새끼에게 세 방을 연달아 먹였다. 놈은 숨도 못 쉬었다. 조휘가 도를 천천히 뽑아내자, 그와 동시에 막사를 지키던 놈들이 소리에 반응, 바로 덤벼들었다.

핑! 피빙!

도건이 숨겨 들여온 노(弩), 홍뢰가 불을 품었다. 사각에서 나오는 것들에게는 바로 품에서 암기를 뽑아 던졌다.

푹! 푸북!

달려들던 놈들은 조휘를 경계하느라 정신이 팔려 도건의 암습을 막지 못했다. 하, 하아… 여기까지는 정말…….

쉬익.

휘장을 걷고 들어가는 조휘.

힉!

간사하게 생긴 개새끼 하나가 조휘를 보더니 뒤로 물러났다.

"유마청신?"

"누, 누구냐!"

뭐라 소리치는데, 그 정도야 조휘도 알아듣는다. 공포에 젖은 놈의 말에 조휘는 피식 웃으며 대답해 주었다.

"누군지 알면 뭐, 뭐 어쩌게? 곧 뒈질 새끼가."

쉭!

조휘의 어깨가 당겨지고, 빙글 회전한 다음… 탄력 있게 휘둘러졌다. 그 동작에 손끝에 매달려 있던 뾰족한 뭔가가 사라졌다.

퍽!

사라진 뭔가는, 유마청신의 이마에서 다시 모습을 드러냈다. 아주 깊숙하게… 처박혀서. 그리고 놈의 목 뒤로 휙 꺾이면서 신형이 발라당 뒤집혔다. 부들, 부르르. 한 차례 경련을 일으키더니 축 늘어지는 유마청신.

놈은, 비명조차 지르지 못했다.

제35장

적각무사(赤角武士)

조휘는 미련 없이 신형을 돌렸다. 암살은 성공했다. 이번에도 별 무리 없이 목표로 했던 놈의 이마를 뚫어버렸다. 그걸로 끝이다. 이제 여기에 더 있을 이유 같은 건 없었다.

"……."

하지만 막사를 나선 조휘는 신형을 바로 멈춰 세울 수밖에 없었다.

"대주… 저 새끼들, 저거."

"그래, 그 새끼들이다."

새끼들?

조휘의 시선은 조휘가 들어왔던 길목을 향해 있었다. 턱하니 길목의 중앙을 차지하고 있는 새까만 신형. 달빛과 군데군데 피워 놓은 횃불로 인해 길게 늘어진 그림자. 조휘에게는 아주 익숙한 외형이었다.

"적각무사……."

어쩐지 쉽다 했다. 벌써 며칠째 암살을 하면서 힘들었던 적이 한 번도 없었다. 그렇다고 마음을 푼 건 아니었다. 오늘도 주변을 착실히 경계하며 암살을 진행했다.

"마냥 당할 생각은 아닌가 봅니다……. 어떻게 할까요?"

도건이 침을 꿀꺽, 삼킨 후 물었다. 오홍련의 무사다. 적각무사의 위용을 모를 리가 없었다. 한 놈이긴 하지만, 저 한 놈도 절대 쉽지 않을 것이다.

"너는 피해. 나는 알아서 도망치지."

"괜찮겠습니까?"

"그래. 가면서 위지룡에게 전달하고. 놈도 지금쯤 암살을 끝내고 자리로 돌아갔을 거다. 아, 무기 좀 주고 가고."

"알겠습니다. 여기."

도건이 단도 네 자루를 조휘에게 건네주고 스르륵 뒤로 빠졌다. 그는 같이 싸우겠다고 고집을 부리지 않았다.

이런 상황에서도 어떤 선택이 더 유익한지 계산이 제대로 된다는 뜻이었다. 공작대의 조장을 맡을 능력이 역시 출중했다. 놈이 빠지고, 조휘도 천천히 뒤로 물러났다. 그러자 적각무사도 조휘가 움직이는 순간 걸음을 뗐다.

"……."

"……."

조휘가 물러나는 보폭과 놈이 다가오는 보폭이 같았다. 수를 써 좀 더 빠지면 귀신같이 알아채고 멀어진 거리를 본인의 보폭을 늘려 좁혔다.

'역시 만만치 않은 새끼들…….'

암살은 중지다.

적각무사가 투입된 걸 지금 확인했다. 이 이상 이곳에서 암살을 실행하는 건 정말 미친 짓이었다.

조휘는 감각을 최대한 곤두세웠다. 반드시 확인해야 할 건, 자신이 지금 포위되었나, 아니냐에 대한 확인이었다.

만약 적각무사가 앞에 있고, 주변으로 이미 포위망이 구성되고 있다면? 도건이 신호로 알려올 것이다. 그리고 만약 포위망이 조성되고 있다면, 그 순간부터 조휘는 뒤도 안 돌아보고 필사의 탈주를 시작할 것이다.

"도망칠 건가."

"……."

적각무사의 입이 열렸다. 놈은 어눌하긴 해도 의미는 확실하게 전달되는 한어(漢語)를 구사했다. 그에 조휘는 잠깐 움찔했다. 이곳은 조선의 땅. 그런데 한어로 물었다? 이건 곧 정체를 알고 있다는 뜻이었다.

하지만 그런 의문은 금방 풀렸다. 지금은 빠진 도건과 분명 한어로 대화를 주고받았으니 정체는 아마 그때 들통 났을 것이다.

조휘는 그 질문에 물러나는 걸음을 멈추지 않은 채로 대답했다.

"이곳에서 싸우는 건 미친 짓 아닌가? 그것도 자객이 무사를 상대로 말이야."

"자객과 무사. 우리를 아는군."

"알지, 아주 잘 알지."

"그런가. 그런데 궁금하군. 왜 명의 자객이 우리를 노리지?"

스르릉.

적각무사가 대태도(大太刀)를 반쯤 뽑아내며 물었다. 대답 여하에 처분을 내리겠다는 건 아니었다. 조휘는 안다.

이놈들은 그냥, 공격해온다.

"알 필요 있나?"

스릉.

조휘도 단도를 뽑았다. 그러면서도 속으로는 풍신을 떠올렸다.

진형 내에서 무기를 조달할 생각이라 놓고 온 풍신. 게다가 암살에 풍신은 어울리지 않았다.

'어떡한다…….'

이런 무기로는 놈의 무기를 몇 번 막지도 못할 것이다. 아니, 작정하고 뿌린 공격을 막으면 아마 단방에 금이 갈 것이다.

조휘는 도를 뽑아 양손에 쥐고, 자세를 잡았다. 충분히 물러났다. 지형지물을 그나마 자신이 유리한 쪽으로 이용할 수 있는 장소. 즉, 놈이 든 대태도가 위력을 제대로 발휘하기 힘든 장소였다.

천막, 천막의 위를 꼬아 바닥에 고정한 끈. 그 외에도 잡다한 것들이 쌓여 있는 곳.

"누가 보냈나. 명의 황실인가?"

"알아서 뭐하게?"

"아니면 오홍련인가."

"알아서 뭐할 거냐고."

정확하게 짚어 냈지만 조휘는 낯빛도 바꾸지 않고 능청스럽게 대답했다. 이화매에게 정체를 숨기라는 이야기는 듣지 못했었다. 그건 밝혀지든, 안 밝혀지든 상관없다는 뜻이다. 하지만 그래도 안 밝혀지는 게 더 유리하다.

"오홍련이군."

"아, 그만 닥치고 와."

"……."

저벅, 저벅저벅, 팍!

걷는가 싶더니, 갑자기 지면을 박차는 소리가 마치 뭔가 터지는 것처럼 조휘의 귀로 흘러 들어왔다. 그리고 그 소리만큼이나 급속도로 가까워지는 적각무사의 신형. 그렇게 조휘의 전면으로 순식간에 나타나서는, 쉭! 눈부신 궤적을 그렸다. 정확하게 조휘의 앞섶을 노린 일격이었다.

적각무사. 조휘가 치를 떨었던 놈들과 비교해도 전혀 떨어지지 않는 도격이었다. 조휘는 그 도격을 처음부터 끝까지 집중해서 바라보다가, 어느 순간 상체를 뒤로 살짝 빼냈다.

슥!

이후 조휘의 발이 지면을 툭 쳤다. 동시에 신형이 뒤로 주륵 물러났다. 손가락 한 마디 정도의 간격을 두고 피해낸 조휘. 피하면서도 등골을 타고 짜르르한 감각이 흘렀다. 용케 피한 건 아니었다.

지난겨울.

조휘도 놀고만 있던 건 아니었다. 이화매의 말을 전부 따른 건 아니지만, 정말 피나는 노력을 했다. 주에 하루를 빼고 정말 극한까지 육신을 몰아붙였다. 보는 사람이 저러다 죽는 건 아닌가 싶을 정도로 정말 한계까지 몰아갔다.

이유는 딱 하나였다.

어떤 작전을 하게 될지 모르지만, 반드시 살아남아 마지막 남은 복수를 이룩하기 위해서였다.

그래서 지금의 조휘는, 남사제도 작전을 수행하던 때의 조휘와는 또 달랐다. 무력 자체에 차이가 있었다.

지금이 더 강했다.

그 차이를 조휘는 조금 전의 공격으로 실감하고 있었다. 실감하고 나자 짜르르 울리던 감각이 사르르, 숨을 죽였다.

안정이 찾아온 것이다.

"……."

"……."

한 번의 공격.

한 번의 회피.

눈, 코, 입만 뚫린 적각무사의 투구.

뚫린 눈구멍 사이로 놈의 눈동자가 보였다. 초승달처럼 휜 눈동자. 웃고 있었다. 하지만 조휘는 그게… 살의에 희번덕거리는 거라는 걸 알았다. 좀 전의 공격을 조휘가 여유 있게 피하자, 놈의 기세가 천천히 변하는 걸 체감하고 있었기 때문이다.

"자객이 아니군."

"……."

"그 움직임, 실전 무투를 통해 얻을 수 있는 움직임. 너는 명의 무인인가, 아니면 군부의 무장?"

정체를 달리 말한다.

조휘의 움직임에서 다른 걸 본 걸까? 조휘는 대답하지 않았다. 이유야 당연히, 해줄 가치를 느끼지 못해서였다.

"답하지 않겠다라, 잡아서 입을 열어야겠군."

쉭!

말이 끝남과 동시에 벼락같이 몸을 날려 오는 적각무사. 갑주와 투구의 형태. 그걸 두른 자의 무력이 합쳐져 조휘에게 상당한 압박감을 선사했다. 하지만! 그 정도야… 조휘도 할 줄 안다.

파박!

이번에는 몸을 빼지 않고 마주 몸을 날린 조휘. 쉬악! 목을 베어오는 도를 고개를 비틀고, 눕혀서 피해낸 다음, 자세를 다시 잡자마자 반격에 들어갔다. 역수로 쥔 단도가 놈의 어깨로 떨어졌다.

깡!

불꽃이 번쩍 튀었다. 어느새 도를 회수해 어깨 뒤로 눕혀 막아낸 것이다. 대단하다. 이걸 뒤돌아보지도 않고 해내다니.

공격이 어깨에 떨어지는 거야 감각적으로 알 수 있다고 쳐도, 어깨 어디로 떨어지는지는 솔직히 눈으로 확인해야 할 거 아닌가. 그런데 그걸 가로도 아닌 찌르기처럼 삐죽 도를 어깨로 넣어 막아낸 것이다.

'역시…….'

조휘의 공격을 이 정도로 쉽게 막아낸다. 솔직히 말해 작정하고 뿌린 공격이었다.

한 발 물러나는 조휘는 본능적으로 단도의 끝을 바라봤다. 살짝 깨져나가 있었다. 단순히 도끝으로 도의 면을 때린 것에 지나지 않는데도 이가 나갔다.

무기의 차이가 극악이다.

쉬!

어느새 뒤돌아선 적각무사가 도를 쭉 찔러 넣었다. 어찌나 빠른지 조휘가 이가 나간 단도에서 시선을 뗄 때쯤 이미 명치 근처로 찔러 들어오고 있었다.

'칫.'

피하긴 늦다.

깡!

파삭!

흘려냈다.

아니, 흘려내려 했다.

서걱.

하지만 힘에서 밀리지 않았고, 결정적으로 단도가 깨지며 힘의 집중이 우르르 무너져 버렸다. 그래도 다행히 밀어내긴 했다. 그래서 겨우 옆구리 의복만 살짝 갈리는 걸로 찌르기를 막을 수 있었다.

후웅!

하지만 공격이 끝난 건 아니었다.

도를 회수하는 동작과 연계시켜 축이 됐던 다리가 전진, 이후 그 뒷발이 호쾌한 곡선을 그리며 조휘의 얼굴로 날아들었다.

조휘는 상체를 뒤로 확 젖혔다. 활대처럼 휘게 만든 상체. 그 위로 적각무사의 발이 슥 스쳐 지나갔다.

동시에 얼굴을 세찬 풍압이 쓸고 지나갔다. 맞았으면 장담하건대, 목뼈가 부러졌을 것이다. 사고 자체가 그 순간 우뚝 멈추고, 다신 돌아가지 않았을 것이다.

스르륵.

그대로 몸을 눕혀 바닥을 구른 다음 바로 다시 땅을 박차는 조휘. 푹! 굴러 피한 자리에 길쭉한 도가 사정없이 꽂혔다. 빠르다. 조휘의 움직임도 빠르다. 그런데도 간당간당하게 피하고 있었다.

전체적으로… 밀리고 있었다.

대등하게 싸우고 싶어도, 조휘의 현재 입장이 아주 더러워 제대로 된 실력을 발휘할 수가 없었다.

쉭!

머리 위를 가로로 치고 가는 대태도. 풍압과 예기에 잘린 머리카락이 마구 나부꼈다. 퍽! 쭉 뻗어진 앞차기를 팔을 교차해 막자, 몸이 주륵 밀렸다.

깡!

파삭!

뒤이은 공격을 막자, 결국 단도 하나가 아예 두 동강이 나버렸다. 똑 부러져 바닥에 떨어지는 도에 시선도 주지 않고 반대로 놈의 얼굴에 쉭 던지는 조휘.

깡!

벌레 쫓아내는 손짓처럼 팔을 휘둘러 부러진 단도를 쳐내고는 다시금 몸을 날렸다. 묵직한 기세다.

그걸 보며 조휘는 입술을 살짝 깨물었다.

'피에 젖은 새끼는 아닌데…….'

그래서 더 곤란하게 됐다.

피에 젖은 악귀들이 대게 그렇듯, 이성에 문제가 생긴다. 그럼 그걸 이용해 어떻게든 틈을 만들어낼 수 있는데, 이놈은 그러지도 않으니 틈을 만들 수가 없었다.

말 그대로…

무사(武士)다.

보기 드문 종자다, 이놈들은. 육체, 정신을 극한으로 단련하는 자들. 중원으로 따지면 강호(江湖)의 무인(武人)인 것이다. 때문에 더욱 상대하기 어렵다.

파바박!

육중한 갑옷을 입고도 빠르게 달려드는 적각무사. 쉬익! 몸을 붕 띄워, 조휘에게 날아왔다. 어느새 굽혀진 무릎. 조휘는 옆으로 몸을 굴렸다. 조휘가 아무리 육체를 단련했다고 해도 저런 공격을 맨몸으로 막으면 뼈까지는 몰라도 근육에 반드시 무리가 생긴다. 촤악! 착지와 동시에 다시 도를 부려 조휘의 옆구리를 노렸다.

'연환이 끊어지질 않는군.'

이래서는 매우 곤란하다.

맥을 잡아끊어야 하는데, 하나를 막거나 피하면 반드시 이격이 연격으로 날아왔다. 무리를 하자면 못 할 것도 없지만, 어느 정도의 피해는 예상해야 한다. 하지만 현재의 무장 상태가 마음에 걸렸다.

풍신(風神)도 없고, 쌍악(雙惡)도 없는 상태다.

반대로 놈은 적각무사의 특징이라 할 수 있는 갑주와 투구, 그리고 대태도까지 완벽하게 갖추고 있었다.

날만 선 단도로 갑옷을 찌른다고 하더라도 이음새가 아니면 아마 튕겨 나가버릴 것이다. 그만큼 조휘의 무장 상태는 열악했다.

이후 반각이 넘도록 적각무사는 공격, 조휘는 회피만 했다. 요상하게도 주변은 고요했다.

'포위? 아니야, 도건의 신호가 없었어.'

그러니 분명 포위는 아니다. 하지만 이 기묘한 정적이 신경 쓰였다.

조휘의 심리를 읽은 걸까? 놈이 멈춰 섰다. 자세를 바로잡고 조휘를 직시하는 적각무사. 조휘도 그 눈을 피하지 않았다.

"……."

"……."

숨 몇 번 고를 정도의 짧은 눈싸움 뒤, 놈이 다시 자세를 잡았다. 착 가라앉는 자세, 집으로 회수되는 대태도.

조휘는 그에 살짝 입술을 깨물었다. 저 자세가 뜻하는 바를 조휘가 모를 리 없었다. 살기 위해 익힌 것 중 이놈들의 특기도 있었다. 그러니 아주 잘 안다. 조휘도 무수히 연습했던 자세, 기술이니까.

발도(拔刀).

놈의 눈이 번쩍거리는가 싶더니, 이내 폭발적으로 조휘에게 짓이겨 들어왔다. 이후, 스가아앙……!

어둠조차 갈라버린 치명적인 궤적이 조휘의 눈앞에서 아른거렸다.

피할 수 없었다.

이건 피하자고 피할 수 있는 게 아니기 때문이다

각을 좁혀 온 다음, 정확한 거리에서 순식간에 뽑혀 나온다.

깡!

파삭!

그래서 조휘는 그냥 막았다. 단도 두 자루를 한 손에 잡고, 그 밑으로 다른 단도 하나를 덧댔다. 그런데도 겹쳐 놓은 단도 두 자루가 단방에 부서져 나갔다. 하지만 덧댄 마지막 단도로 겨우 막을 수 있었다.

빡!

그리고 그냥 막는 게 아니고, 발도가 끝난 후 멈췄을 때 놈의 얼굴에 돌려차기를 제대로 먹여줬다.

발바닥 끝에 묵직한 느낌이 왔고, 놈의 머리가 휙 돌아갔다. 그런데도 신음 한 번 내지 않았다. 주춤주춤 물러나는 놈에게 조휘는 다시 달려들었다. 골을 흔들어 놨으니 아직 의식이 명확하지 않을 거다.

빡!

발로 차고, 쭉 안으로 파고들어 손바닥으로 턱을 쳐올렸다. 이게 들어가면 의식이 아예 날아갈 수도 있었다. 턱은 의식을 날리는 최적의 급소니까.

퍽! 격렬한 타격음이 들렸다. 하지만 조휘는 만족스럽지 않았다. 놈은 이 순간에도 턱만큼은 당겨 보호했다.

빡!

그리고 그 와중에 주먹을 휘둘러 조휘의 뺨을 후려쳤다. 조휘의 고개가 휙 돌아갔다. 하지만 큰 타격은 없었다. 일부로 힘을 흘리려 신형을 타격 순간에 돌렸다. 이후 빙글 돌면서 뒤로 물러났다.

적각무사는 이번엔 따라오지 않았다. 고개를 흔들어 흐릿한 시야를 되찾았고, 조휘도 물러나서 뺨을 문질렀다.

'힘 하나는 진짜…….'

흘려냈는데도 볼이 얼얼했다. 마치 쇠주먹에 맞은 느낌이다. 철권이라는 별호로 불렸던 오현의 주먹과 비교해 조금의 부족함도 없었다. 칼도 잘 쓰지만, 박투 또한 수준급이었다. 이래서 위험하다는 거다.

아무리 지금 풍신과 쌍악이 없다지만, 있었어도 아마 치열한 공방전이 될 것이다.

"대단하군."

정신을 차린 적각무사가 대뜸 조휘를 칭찬했다. 피식. 조휘는 낮은 웃음을 흘려냈다. 대단하다고?

저놈의 심성이 보였다.

순수하게 무(武)에 미친 놈. 이런 놈들도 겪어 봤다. 약탈이 목적이 아니고, 전쟁, 전투 자체에 목적을 두고 왜구와 같이 온 놈들.

솔직히 말하자면 이런 놈들이 피에 젖은 심성을 가진 놈들보다 더 싫었다. 상대하기도 까다롭고, 이유 자체도 아주 마음에 안 들었기 때문이다.

조휘는 주변을 슬쩍 둘러봤다.

역시 조용했다.

적막함이 감도는 진형이라, 이제 조휘는 뭔가 이상하다는 걸 제대로 눈치챘다. 이놈과 싸운 지 벌써 일각은 됐다. 짧다면 짧은 시간이겠지만, 길다면 또 긴 시간이다. 아니, 뭔 일이 터져도 벌써 터졌을 시간.

그런데도 조용하다.

분명 병장기 부딪치는 소리가 주변으로 퍼졌을 텐데도 조용하다. 있을 수 없는 일이 벌어지고 있다는 소리다. 놈의 심성과 함께 생각을 좀 해보니… 뭔가 감이 왔다. 그래서 조휘는 물어보았다.

"병력을 물렸나?"

"예리하군. 그래, 근방의 병력은 모두 물렸다."

"나와 싸우기 위해서?"

"물론이다. 이 싸움을 방해받고 싶진 않았다."

"미친놈……."

역시, 미친놈이다.

싸움에 미친 놈.

초승달처럼 휜 눈빛. 그 안의 눈동자는 살의가 아니었나 보다. 투기. 순수한 전투를 숭상하는 광인의 눈빛이었다.

솔직한 감상으로, 부담스럽다 못해 구역질이 났다.

슥, 조휘가 한 걸음 물러나자,

"도망칠 건가?"

도망칠 거냐고?

피식.

당연한 것 아닌가. 이제는 볼일이 없었다. 애초에 조휘가 남은 건 도건과 위지룡이 빠질 시간을 벌어주기 위함이었다. 이쪽으로 좀 시선을 끌어서 말이다.

하지만 놈의 말대로라면 이제 그럴 필요는 없을 것 같다. 그렇다면 남아 있을 이유 따위, 조휘에게는 아주 조금도 없었다.

"네 욕망과 어울려 줄 필요는 없을 것 같은데?"

그 말을 끝으로, 조휘는 슬그머니 한 발 물러났다. 물론 그런다고 해봐야 저놈의 시선을 피하지는 못하겠지만, 이건 의미가 있는 물러남이다. 한 발만 더 간격을 벌릴 수만 있다면 조휘는 빠질 생각이었다.

이런 곳에서 죽자고 싸울 생각은 전혀 없었다.

파박!

신형을 돌리는 순간, 지면을 박차고 어둠 속으로 스며드는 조휘. 조휘가 몸을 빼는 그 순간에도 적각무사는 움직이지 않았다.

다만, 조휘의 귓가에 한마디를 흘려 넣었다.

"다음에는 승부를!"

짧고 굵직한 한마디였다.

조휘의 입가에 비틀린 미소가 걸렸다. 승부? 안타깝게도 그럴 생각은 없었다. 전쟁이다. 살아남는 자가 승자인 전쟁.

적각무사와 반드시 싸워야 된다는 이유 자체가 없었다.

'그것보다 지금은… 빠져나가는 게 먼저다.'

병력을 물렸다고 했지만 이 근방의 병력만 빼놨을 것이다. 아예 진형을 비운 건 아닐 것이다.

조휘는 막사의 그늘에 숨어 주변을 살폈다. 예상대로 좀 전에 조휘가 있었던 곳을 중심으로 삼아 원형으로 병력을 물려 놨다.

'잘 빠져나갔겠지?'

위지룡과 악도건이 걱정됐다.

하지만 걱정의 크기만큼 두 사람을 신뢰했다. 위지룡이야 이미 타격대에서도 이런 작전을 많이 치렀다. 도건의 능력도 확인했다. 무사히 빠져나갔을 것이다.

'그러니 문제는 난데…….'

조휘는 진형 내를 아예 빠져나가는 건 역시 무리라 생각했다. 게다가 적각무사 그놈은 조휘를 놔줬지만, 완전히 놔준 게 아니었다.

'이건 아예 가둬 놓은 건데. 그래, 순순히 보내줄 리가 없지.'

물러났어도, 이건 물러난 게 아니었다. 순순히 보내준다 싶었더니, 조휘를 오히려 포위망에 가둬버린 것이다. 조휘가 진 거다. 그러나 조휘는 당황하지 않았다. 이런 경험, 타격대에서도 이미 차고 넘쳤다.

'지금 갈 수 있는 곳은… 역시 거기뿐인가.'

제대로 둘러보니, 이놈들 조휘가 나온 곳이 어딘지 알고 있는 것 같았다. 도대체 어떻게 확인했는지 모르겠지만 오늘 예정된 시간에 강상현이 기습을 실행했을 때 걸린 것 같았다.

'병신들만 있는 건 아니라는 소린데? 골치 아파졌어.'

욕심이 과한 건 아니었다.

그런데 오늘 너무 제대로 걸렸다. 조휘는 속이 쓰렸다. 하지만 이미 벌어진 일이다. 우물쭈물할 때가 아니었다.

선택을 해야 했다.

어차피 들통났으니 아예 필사의 탈출을 감행할 것인가, 아니면 어떤 놈의 작전인지 모르지만 그 작전대로 조용히 포로를 가둬 놓은 곳으로 들어갈 것인가.

딱 이 두 개의 선택지밖에 없었다.

적각무사가 순순히 자신을 보낸 것도 작전의 한 부분이겠지만, 그런 건 지금 중요하지 않았다.

중요한 건 오직 하나.

어떤 선택이 생존에 더 도움이 될 것인가.

딱 이것 하나였다.

소란은 멈췄다.

그건 곧 강상현이 다시 물러났다는 뜻. 그런데도 역시 주변에서는 움직임이 없었다. 하지만 조휘는 알 수 있었다. 조용하지만, 경직된 분위기. 뭔 일이 터지기 전의… 딱 그런 느낌이다.

'못 나가겠어.'

조휘는 선택을 했다.

탈출을 감행하는 순간 조휘를 중심으로 포위망이 즉각 만들어질 것이다.

아무리 조휘라도 일만이 넘는 군세가 만든 포위망을 뚫고 나가는 건 자신이 없었다. 그러니 결국 포로들을 가둬 놓은 목책으로 돌아가는 것을 선택할 수밖에 없었다. 결정을 했으니 바로 움직였다. 그러나 움직이면서도 사고는 팽팽 돌아갔다.

'뭘 노리는 거냐?'

이유가 있다.

조휘에게 이런 선택밖에 내리지 못하게 주변을 통제해 놓은 이유, 그 이유가 궁금했다. 상식적으로 생각해 보면…….

'생포? 음… 가능성이 있군.'

이 정도로 휘저어 놓았으니 자신을 생포하고 싶은 마음이 아주 굴뚝같을 것이다. 어쩌면 죽도록 고문하고 싶어 할지도.

'생포가 소서행장의 의지라 해도, 이 작전은 소서행장이 만들어낸 건 아니야. 분명 다른 놈이 개입했다.'

조휘는 어렵지 않게 목책으로 돌아왔다. 오면서 다시 한 번 느꼈지만, 딱 한 군데만 길을 열어뒀다. 군데군데 병사들이 있는데, 조휘가 나왔던 목책만 지키는 병사가 없었다. 티가 아주 확 났다.

끼익.

안으로 조용히 들어가자 모두의 시선이 그에게 훅 달라붙었다. 조휘는 말없이 한쪽 구석에 쪼그리고 앉았다. 쿵쿵! 목책의 입구에 뭔가가 박히는 소리가 났다.

'뭘 원하는 거냐…….'

알아서 들어왔는데도 이렇게 나온다. 조휘는 바로 소서행장이든, 누구든 찾아올 줄 알았다. 그런데 아무도 안 오고 그냥 입구만 봉하고 있었다.

생포가 목적이라면 병력을 데리고 찾아와야 되는데… 그것도 아니다? 조휘는 일단 긴장감을 풀었다. 언제 어떻게 나올지 모르니 몸 상태를 최대한 유지해야 했다.

스륵.

아주 작은 소리. 의복이 바닥에 끌리는 소리가 들려 고개를 살짝 들어 옆을 보니, 조휘가 아까 나가기 전에 봤던 여인이 조휘처럼 쪼그리고 앉는 모습이 보였다. 조휘의 감각은 발군이라고 했다.

'……'

의심이 들었다.

의심을 안 할 수가 없는 상황이었다. 이 여인이 접근하고 나서, 자신의 정체가 들통 났다. 의도적인 접근이었는지, 아니면 그냥 우연인지는 아직 확실치 않았다. 솔직히 전자로 무게가 쏠리고 있긴 하지만, 그래도 조휘는 일단 판단을 보류했다. 좀 더 지켜봐야 했다.

정말, 과연 이 여자가 간자일까, 아니면 그냥 사내로 변장한 조선의 여인일까.

'냉정해지자.'

이제부터 이성적인 판단을 제대로 하지 못하면 지옥을 보게 될 수도 있었다. 정신을 똑바로 차리고, 이놈들이 원하는 게 뭔지를 알아내야 했다. 그리고 그때를 대처하기 위해서 조휘는 눈을 감았다.

체력의 보충.

또한 상황의 분석.

어느 것 하나 놓쳐서는 안 되는 상황이었다.

*　　*　　*

"조장이 못 나왔다고?"

"그래, 제대로 갇혔어. 어떤 놈인지는 모르지만, 제법 머리를 쓰는 놈이 합류한 것 같아."

"큭! 그래서 너 혼자만 빠져나왔냐?"

장산이 으르렁거리자 위지룡의 얼굴이 짜증스럽게 변했다. 하지만 그 말에는 대꾸하지 않았다. 조휘가 표적이 되어 시간과 틈을 만들었고, 그 결과 위지룡, 악도건 두 사람은 무사히 빠져나갔다.

아니, 애초에 아예 관심도 없어 보였다.

"사로잡혔나요?"

은여령이 조용한 목소리로 물었다. 그 질문에 공작대 전원은 물론, 강상현까지 위지룡에게 집중했다.

모두의 시선을 받으며 위지룡은 고개를 저었다.

"파악하지 못했습니다."

"아……."

은여령의 침음.

그녀는 이화매에게 부탁을 받은 게 있었다. 아니, 이제는 임무라고 봐야 할 것이다. 그 임무는 마도의 수호(守護). 사내가 여인을 수호하는 게 아닌, 정반대지만, 은여령은 강한 여자다.

이곳에 있는 그 누구보다도 말이다.

위지룡의 말은 끝나지 않았다.

"하지만 장담하건대, 절대 목숨을 잃지는 않았을 겁니다. 이 정도로 죽을 조장이었다면 애초에 전역도 하지 못했을 겁니다."

"……."

"……."

위지룡의 확신 어린 말에 모두가 고개를 끄덕였다. 조휘가 마도로 변한 모습을 본 사람은 몇 안 된다.

하지만 그 능력만큼은 모두가 인정했다. 겨우내 보였던 그 혹독한 수련. 그 누구도 따라하지 못했던 수련을 보면 조휘가 이렇게 허망하게 잡히거나, 죽는다는 건 상상도 안 됐다.

"그럼 구출 작전을 펼쳐야겠군요."

강상현이 조용히 말했다.

그는 조선의 의용병을 이끌며 신출귀몰한 기습전을 펼쳤다. 조휘보다 무력은 떨어지는 것 같지만 통솔력만큼은 조휘보다 위인 사내. 게다가 계략에 능했다.

"제가 가겠어요."

은여령의 말이었다.

조휘를 보호해야 했지만, 작전상 이번에는 떨어졌다. 하지만 떨어지고 나자 이런 일이 벌어졌다. 그녀의 목적인 복수를 위해, 조휘는 반드시 살아 있어야만 하는 사람이다. 애초에 그녀가 이화매와 계약한 내용 자체도 그랬다.

복수를 하고 싶으면, 무슨 수를 써서라도 그의 옆에 붙어 있어야 하고, 어떤 순간에도 그를 지켜내라.

실제 이화매가 그녀에게 했던 말이다. 그리고 그를 이용했다는 죄악감도 무척이나 컸다. 그 두 개가 합쳐져, 은여령에게 확고한 동기를 부여했다.

"나도 가겠수."

장산도 나섰다.

그의 눈은 이글이글 불타고 있었다.

"나 역시."

이번엔 위지룡이었다. 그의 눈은 굉장히 서늘했다. 혼자만 무사히 나왔다는 것에 대한 감정은 살벌한 살의가 되어 표현되고 있었다.

하나둘 손을 들었다.

그러더니 공작대 전체가 전부 손을 들었다. 그걸 본 강상현은 고개를 끄덕이고는 손들을 내리게 했다.

"알겠습니다. 전체가 움직이는 방향으로 작전을 짜 보겠습니다."

"부탁드려요."

"걱정 마십시오."

"그리고 무슨 일이 벌어지기 전에 최대한 빨리, 빨리 움직이고 싶어요."

"네."

은여령의 말에 강상현은 일어나 밖으로 나갔다. 그가 나가자 은여령도 일어났다. 손에는 검집을 쥔 채였다.

밖으로 나온 은여령은 달빛 아래 서서, 검을 뽑았다.

스르릉.

"……."

반쯤 뽑혀 나온 검면에 달빛이 반사되어 찬란하면서도 아주 서늘한 예광을 뿜어내기 시작했다. 잠시 그 빛을 보다가 검을 다시 집어넣었다.

"이번엔 내가 구해줄게요."

그녀의 다짐이 달빛 속에서 아스라이 울렸다가, 스러졌다.

백검, 진짜 무인이라 할 수 있는 내력을 형성한 무인. 전 중원을 따져도 정말 쉽게 볼 수 없는 무인 중의 무인 은여령, 그녀를 설명할 수 있는 문장이다. 솔직히 말해 아직 오홍련의 그 누구도, 조휘조차도 은여령의 진짜 무력을 본 적이 없었다. 서창과 싸울 때는 부상 중이었고, 남사제도의 작전 때도 실제로 전투는 벌어지지 않았다.

겨울을 보낼 때도 마찬가지였다.

그녀는 조휘의 곁에 있었을 뿐, 따로 검술 수련 같은 건 하지 않았고, 아침과 저녁, 하루 두 번씩 심상 수련만 할 뿐이었다.

그렇기 때문에 공작대는 물론 장산, 위지룡도 그녀가 조휘보다 강하다, 정도로만 인식했지, 실제 작정하고 터뜨리는 무력은 본 적이 없었다. 하지만 오늘, 오늘에서야 그녀는 진실 된 무력을 세상에 내보이기 시작했다.

쉭.

달려들던 왜의 척후병 하나가 은여령의 검에 목이 따였다. 은밀히 숨어 있다가 달려들었는데, 은여령은 그냥 조용히 걸어가다가 목을 툭 쳐 버렸다. 뒤따르고 있던 장산과 위지룡은 언제 어떻게 그녀가 검을 휘둘렀는지 육안으로 파악할 수 없었다.

"허, 봤냐?"

"아니, 번쩍이는 것도 못 봤어."

장산의 물음에 위지룡이 고개를 절레절레 저으며 대답했다. 이차 기습을 대비해서인지, 안주평야로 들어서는 거의 모든 길목에 척후가 쫙 깔려 있었다. 그걸 지금, 은여령이 홀로 쳐내고 있었다.

파삭, 파삭. 나뭇가지를 밟으며 전진하는 은여령. 그녀는 몸을 숨기지 않았다. 대놓고 모습을 드러낸 다음, 그저 강상현이 지시했던 길목을 따라 걸을 뿐이었다. 침투가 목적이 아니었다. 일차는 흔들기.

장산이 조용히 주변을 살피며 걷다가 다시 작게 위지룡에게 물었다.

"이렇게 한다고 놈들이 움직일까?"

"모르지."

"너도 모른다고?"

"내가 다 아는 줄 알아? 나도 전투 쪽이 적성에 맞아. 이런 큰 작전은 무리라고. 그러니 강상현 그 사람의 작전을 믿는 수밖에."

"칫, 조장, 무사하겠지?"

"그 사람이 어디 쉽게 죽을 인간이야? 지옥의 구덩이에 떨어뜨려도 악착같이 기어 올라올 독종이야. 그러니 분명 살아 있다."

"후우."

짧게 한숨을 내쉬는 장산.

그 순간, 서걱, 은여령이 척후병 하나의 목을 또 쳐냈다. 이번에도 마찬가지였다. 천천히 사뿐사뿐 지정된 길을 걷다가 훅 튀어나오는 왜병의 목을 그대로 쳐냈다. 얼마나 빠른지, 아무리 어둠 속이라지만 안력이 상당히 좋은 두 사람의 눈으로도 파악이 안 됐다.

"히야, 장난 아니네. 막을 수 있겠냐?"

"저걸? 조장이면 어찌어찌 피할 수 있겠지. 너나 난 그냥 모가지 따일 거다."

"그렇겠지? 대단하네. 저게 내공의 힘인가."

"그렇겠지."

혹시 몰라 붙은 거다.

은여령은 그래도… 여인이니까. 하지만 그럴 필요가 없었다. 벌써 은신지에서 출발한 지 이각이 넘었다. 그동안 은여령이 쳐낸 목은 거의 삼십에 달했다. 말도 없이 조용히 걸어가며 그냥 툭툭 쳐낼 뿐이다. 전투는 아예 하지도 않았다.

자박, 쉭!

왜병 하나가 갈대숲에서 다시금 은여령을 기습했다. 불쑥 튀어나와 꼬챙이 같은 검을 그녀의 가슴에 찔러 넣었다.

퍽!

그러나 푹 소리가 아닌, 퍽! 아예 터지는 소리가 울렸다. 은여령이 검면으로 얼굴을 후려친 것이다. 얼굴 한쪽이 함몰되며 푸르스름한 달빛 아래 피가 훅 튀어 올랐다. 뒤따르던 두 사람은 생각했다.

저건 무조건 즉사라고.

"성깔도 대단한데?"

"들릴걸?"

"아, 씁."

장산이 장난처럼 입을 막았다. 위지룡은 그런 장산의 긴장감 없는 행동에 피식 웃어주고, 주변을 살폈다. 풀벌레 소리도 일절 들리지 않는 갈대밭. 강변을 타고 조성된 갈대밭이니 분명 풀벌레가 잔뜩 울어야 하는데, 모조리 침묵하고 있었다.

위지룡은 이런 경우를 잘 안다. 몇 번 겪어본 적이 있는데, 가장 기억에 남는 건 조휘가 지금 은여령의 모습과 비슷한 행동을 할 때였다.

후퇴 중 퇴각로를 따라가다가, 누가 봐도 왜놈들이 은신해 있을 것 같은 갈대숲을 지나게 됐다. 돌아갈 곳이 없으니 강행 돌파. 그때 조휘가 그랬다. 자신이 앞장서겠다고. 쌍악을 쥔 그는 살기를 있는 대로 풍기며 은신한 왜구의 시선을 끌어모았다. 그때 딱 지금처럼 갈대숲 자체가 침묵했다.

"아, 따끔따끔해서 아주 간지러 죽겠다."

"진짜 화났나 본데. 아, 혹시… 조장을 좋아하나?"

마지막 말은 정말 작게 소곤거리는 위지룡. 이제 그도 긴장감을 버렸다. 서걱! 또 하나의 목이 떴다. 저 정도의 무력을 보여주니 긴장할 이유가 없었다. 공격을 서로 주고받아야 불안하기라도 하지, 암습을 가하려 일어서는 순간 목을 날려버리는데 무슨 긴장을 할까.

쉭! 쉭!

시간 차이를 두고 두 놈이 일어섰다.

서걱.

깔끔한 절삭음이 딱 한 번 울리고, 또 둘 다 쓰러졌다. 이건 뭐, 아예 상대가 안 되고 있었다. 진심으로 두 사람은 그렇게 생각했다. 절대로 저 여인을 화나게 하지 않겠다고. 까불지도 않겠다고.

스르륵.

안 되겠던지 이번엔 다섯 놈이 일제히 모습을 드러냈다. 모두 새까만 복장에, 눈, 코, 입만 뚫린 복면을 뒤집어쓰고 있었다. 그런데 분위기가 조금 달랐다. 조금 전까지 은여령이 목을 쳐내던 놈들과는 격이 달라 보였다.

즉, 실력자들이라는 뜻.

그리고 두 사람은 저놈들을 알고 있었다.

인자(忍者).

왜의 간자 중 가장 실력이 좋은 놈들이다. 무력은 타격대 정예 정도 되나, 첩보, 공작, 추적, 납치, 방화 같은 특수 임무에서는 타의 추종을 불허하는 것들. 그걸 알기에 장산과 위지룡이 나서려는 순간, 은여령이 고개를 돌리더니 두 사람과 시선을 마주친 다음, 저었다.

"……."

"……."

오지 말라는 명확한 뜻이 담겨 있는 눈빛과 행동에 두 사람이 걸음을 멈췄다.

쉭! 쉭! 암기 두 개가 날았다. 은여령이 고개를 돌리자 기습한 것이다. 은여령의 신형이 귀신처럼 주르륵, 옆으로 흘러갔다. 말 그대로 귀신처럼 스르륵 흘러갔다. 암기는 그녀의 뒤에 있던 장산과 위지룡에게 향했다.

"흥."

까강!

장산이 콧방귀를 뀌더니 아주 정확하게 손도끼의 면으로 막아냈다. 그리고 그 막는 소리에 은여령이 움직였다.

쉭.

어느새 가장 오른쪽에 있던 놈에게 달려들어 검을 휘둘렀다. 지극히 안정되고, 깔끔한 검격이었다. 검을 좀 배웠다면 누구나 할 수 있는 검격이지만, 분명히 다른 게 있었다.

속도(速度).

일반 무인들의 배? 그 이상이었다. 어둠 속이라 그런지, 신형이 아예 꺼졌다가 그 앞에서 나타난 것처럼 보였다.

서걱.

목을 쳐내지는 못하고, 짧은 도를 쥐고 있던 손목을 절단시켜버리는 일격. 손목이 날아간 인자가 눈 하나 깜빡하지 않고 오히려 은여령에게 달려들었다. 품으로 쏙 들어오더니 복부에 검을 꽂아 넣으려고 했다.

퍽!

우득!

"크륵……."

그러나 그 뜻은 이루지 못했다.

그 자리에서 발등으로 턱을 먼저 가격, 목뼈를 아예 뒤로 부숴버렸다. 무시무시한 각력이었다. 서걱! 그리고 발이 내려옴과 동시에 순속으로 검을 그어, 옆구리로 파고들려던 인자 하나의 머리를 관자놀이부터 절단시켰다.

스르륵, 육체가 무너지며 절단 부위도 같이 미끄러졌다.

푸확!

이후 피분수가 튀었는데, 쏟아지는 부분에 은여령이 있었다. 사뿐. 그녀는 두어 걸음을 다시 물러나 검을 쭉 늘어뜨렸다. 달빛에 반사되는 그녀의 검엔 핏물 따위는 묻어 있지 않았다. 다만, 미약한 증기만 피어오르고 있었다.

달빛 때문일까, 아니면 솟구친 피 때문일까? 그도 아니면 그녀가 펼친 살상극 때문일까? 피어오르는 증기가 붉은빛을 띠고 있는 이유는 대체 뭘까.

"……."

검을 늘어뜨렸던 그녀가 먼저 움직였다.

정인(情人)을 구하는 게 아니다. 그녀가 먼저 백검의 기치를 버리며 이용했던 사내를 위해서. 이번에 다시 그 백검의 기치를 세우고, 나아가 살아 있는 이유, 그리고 욕구를 충족하기 위한 그녀 본인의 의지다.

남은 인자 셋은, 순식간에 동료 둘이 죽는 걸 보고 극도로 조심스러워졌다. 그러다 서로 눈빛을 교환하더니, 한 번에 달려들었다.

은여령의 정면으로 하나, 옆구리, 빙글 돌아 등 뒤를 노리고 동시에 공격해 들어갔다. 더불어 노리는 위치는 사타구니, 옆구리, 그리고 뒷목. 각기 상중하로 나뉘어 위치도 다르다. 또한 치욕적인 부위까지 들어가 있다.

그 공격에 장산과 위지룡의 몸이 본능적으로 반응했다. 하지만 반응만 했지, 끼어들지는 못했다. 거리도 멀었고, 반응한 직후, 상황이 종료되어 버렸기 때문이다.

휘리릭!

후웅!

은여령의 신형이 한 바퀴, 섬뜩한 검광과 함께 빙글 돌았다. 그리고 세상이 멈춘 것처럼, 그녀의 몸에 무기를 꽂아 넣으려던 인자들의 움직임도 멎었다. 정말 우뚝 멎어버렸다.

"……."

"……."

휘이잉!

뒤늦게 밀려온 검풍이 두 사람의 얼굴을 쓸고 지나갔다. 다시 그 이후 인자 셋이 모래성처럼 무너져 내렸다.

달빛을 받으며 오연하게 서 있는 그녀. 천상의 선녀? 아니었다. 두 사람의 눈에 그녀는 선녀가 아닌, 검을 든 귀신으로밖에 보이질 않았다.

*　　　*　　　*

조휘는 숨을 죽였다.

싸늘한 긴장감이 전신을 훑고 지나갔다. 감각이 좋은 그는 본능적으로 뭔가 벌어지고 있다는 걸 깨달았다. 일단 기습은 없었다. 하지만 진형 내의 왜병이 긴장하며 생긴 묵직한 기운이 느껴졌다.

'뭐지?'

조휘는 왜 이런 현상이 일어나고 있는지 몰라 집중했다. 이런 종류의 긴장감은 보통 뭔가 일이 터지기 직전에나 감돈다. 현실적으로 조휘가 생각하고 있는 모든 것들을 조합하고, 다시 찢고 다시 짜 맞췄다.

몇 가지 의심되는 건 있었다.

'나를 잡아둔 이유.'

이 한 가지부터 시작해 조휘의 사고가 뻗어나갔다. 현장에서의 임기응변, 탁자 위가 아닌 실제 전투 지역에서 발휘되는 조휘의 특별한 능력이다.

'이유가 있다면 몇 개나 되지? 가장 처음으로 떠오르는 건 역시 생포인데…….'

조휘도 그랬다.

복수를 위해 생포를 염두에 뒀다. 그냥 죽이는 건 말도 안 되니까. 하지만 이건 조휘의 경우다. 어차피 적가의 두 놈이 조휘의 존재를 몰랐기에 가능한 일이었다. 그리고 바로 조휘가 일을 치르지 않았던 건 역시 준비가 부족했기 때문이다.

하지만 지금은 좀 다르다.

'어차피 가뒀잖아? 벌써 내 위치도 알고 있고. 적각무사와의 싸움으로 인상착의도 알려졌다고 봐야 돼. 그런데 왜? 왜 나를 가만히 두는 거지?'

이게 문제다.

조휘는 지금 당장 감돌고 있는 긴장감의 원인이 뭔지, 갈피가 안 잡혔다.

'나를 잡기 위해 긴장하고 있다. 아니지, 설마 그럴 리는 없고.'

무려 일만 오천의 병력이 있다. 게다가 적각무사도 있다. 조휘의 힘을 빼놓고 적각무사만 투입해도 조휘는 분명 잡힌다. 그리고 이게 어려울 리가 없으니까, 긴장감이 흐를 이유도 없다. 하지만 자신이 연관되어 있지만 다른 무언가가 있다는 생각은 역시 변함이 없다. 문제는 그게 뭔지 모르겠다는 점이다.

적의 노림수가 파악이 안 된다.

이건 진짜 중대한 문제였다. 뭘 알아야 대처를 하지, 알지도 못하는데 모슨 대처를 하겠나.

조휘는 눈살을 찌푸린 채 한참 생각에 잠겨 있었다. 자정은 이미 예전에 지났고, 조금 더 있으면 해가 뜰 시각이다. 달의 위치를 보니 묘시가 지나가고 있었다. 잠깐 휴식을 취하다가 지금까지 계속 머리를 굴렸더니 골이 띵했다. 하지만 그래도 조휘는 멈추지 않았다. 이상한 긴장감이 흐르고 난 이후부터 지금까지 조금도.

물론, 조휘가 느끼는 감각이 틀렸을 수도 있었다. 여태 계속된 기습으로 그저 날카롭게 곤두섰을 수도 있었다. 아니, 상식적으로 생각해 보면 솔직히 이게 맞을 가능성이 훨씬 높았다. 그런데 왜일까? 계속해서 후자는 아닐 거라는 생각이 든다. 그래서 조휘는 생각하는 걸 멈추지 않았다.

'떠올라라. 뭐냐, 뭘 노리는 거냐. 나한테 원하는 게 있나? 나를 이용하려는 생각이냐?'

막 사고가 진행되다가 우뚝, 멈추어버렸다. 고개를 푹 숙이고 있어 누구도 조휘의 표정을 볼 수는 없었지만, 지금 그의 표정을 봤다면 본능적으로 흠칫했을 것이다. 그만큼 무섭게 일그러져 있었다.

'나를 이용한다……? 아, 아!'

조휘는 몸을 한 차례 부르르 떨었다.

답이다.

이게 정답이다.

'미끼!'

우둑!

우두둑!

꽉 쥐어진 조휘의 뼈마디가 비명을 내질렀다.

조휘 자체가 미끼가 된 것이다. 그래, 이게 아니면 말이 안 된다고 생각했다. 물론, 모든 것에 절대적인 것이란 없으니까 또 틀릴 수도 있다. 하지만 조휘의 직감이 말하고 있었다.

내가 미끼가 되었노라고.

'그래, 그렇지. 아직 나를 잡지 않은 건 언제든 잡을 수 있다는 자신감 때문이고, 내가 중요한지 안 중요한지도 알아볼 수 있는 절호의 기회이기도 하지.'

중요하면 기습은 사라지고, 구출 작전이 펼쳐진다. 안 중요하면 지금까지처럼 기습만 계속 일어난다.

딱 이 두 개로 이 작전을 구상한 놈은 조휘의 중요성을 알 수 있을 것이다. 그렇다면 뭘 위해서? 조휘를 왜 미끼로 썼을까?

'끌어들여서 모조리 잡아들이겠다… 이거냐?'

조휘를 미끼로 써서 적을 유인하는 거다. 긴장감의 원인을 알았다. 이미 이놈들은 만약 구출대가 들어오면 포위망을 바로 짜라는 명령을 받았다. 그러니 이렇게 긴장한다. 한두 명도 아니고, 만 단위가 넘어가는 이들이 하나의 목적을 위해 움직이니 공기 자체가 변해버렸다.

'나를 살려둔 건, 내가 살아 있다는 걸 알리기 위해서인가? 어떤 놈인지는 모르지만, 나 말고 침입한 놈이 더 있다는 판단을 내린 모양이지?'

한 부분이 밝히자, 그 부분을 중심으로 전체가 밝히기 시작했다. 원하는 것들이 보이기 시작하고, 그 위험성도 보였다.

'도건이 못 나갔나? 아니지. 지금까지 조용한 걸 보면 나간 게 분명해. 위지룡도 분명 도망쳤을 거야. 이 경우도 상정했나?'

했나, 안 했나는 중요하지 않을 수도 있었다. 만약 조휘가 죽었다고 판단되어 공작대가 움직이지 않으면?

'그땐 그냥 나를 잡으면 되는 거지.'

어떤 선택이든 결국 조휘를 내버려둘 필요성이 있었다는 거다. 연락을 몰래 해줘도 좋고, 안 해줘도 좋다.

어차피 조휘는 포위망에 넣었으니까, 언제고 잡을 수 있는 어망 속의 물고기가 되어버렸다는 뜻이다.

위험한 냄새가 풍겼다.

그것도 마구.

'이거, 잘못하면 몰살이다…….'

자신만의 위기가 아닌, 공작대 전체의 위기가 됐다. 조휘는 더 생각해 봤다. 그럼 과연 공작대는 자신이 죽었다는 판단을 내리고 구출 작전을 포기했을까? 이 부분은 좀 긴가민가했지만, 장산과 위지룡 때문에 확신할 수 있었다.

'두 놈은 절대 내가 죽었다고 생각할 리가 없어…….'

그들은 조휘를 이런 상황에 실제 능력을 뛰어넘는, 가히 불사신으로 생각할 것이다.

실제로 경험도 했었다. 적진 한가운데 갇혔는데, 조휘는 그곳에서 며칠을 버티며 살아남았다.

'물론 그때는 지형지물이 은신하기에 딱 좋았지만…….'

상황은 절대 다르지만, 비슷하다면 또 비슷하긴 하다. 그러니 장산과 위지룡은 절대 조휘가 죽지는 않았을 거라 생각할 것이었다.

'만약 두 놈의 말이 받아들여진다면? 이화도 있고, 은여령도 있어. 지들끼리라도 날 구하러 올 거야. 이건… 진짜 위험하다.'

이 작전을 짠 놈은, 아마 촘촘하게 판을 그리는 성격일 것이다. 그러니 조휘를 그냥 내버려두는 것으로 여러 가지 상황을 유도하고 있었다. 그것만 봐도 구출 작전이 시작될 시 역으로 포위망을 구성해 일망타진이 가능한 판을 짜 놓았을 것이다. 말했지만, 조휘가 느끼는 이 공기도 그걸 위해 긴장하는 와중에 생긴 변화일 것이고.

하지만 이 계략을 짠 놈이 아직 모르는 게 있었다. 조휘는 그 부분에 주목했다.

'내가… 누구인지 아직 제대로 모른다는 거지.'

바로 이 부분이다.

마도 진조휘.

오홍련이라는 거대한 단체의 수장이 그토록 원했던 사내. 이게 뜻하는 바는 솔직히 말해 정말 크다.

조휘가 전역 후 미친 모습만 보여줬지, 타격대에서 보여주던 실제 모습은 솔직히 보여주지 않았다.

경험이 쌓이면, 그건 그 자체로 무력이 된다. 그 사람의 능력이 된다. 조휘는 그런 게 넘치고 넘치는 인간이다. 조휘의 눈빛이 서늘해졌다. 사고가 반대로 팽팽 돌아갔다. 군사로 보이는 놈의 작전은 이미 준비되어 있었다.

구출대가 들어오는 순간 가동되고, 천라지망이라는 이름이 되어 구출대를 옭아맬 것이다. 그럼 그걸 구출대가 깰까?

'그럴 수도 있지. 능력만 된다면. 하지만… 안에서 깨는 것도 효율적이지.'

이 상황, 반대로 설명하자면 지금 왜놈들은 품에, 심지에 불만 안 붙은 화탄을 안고 있는 격이다.

피식.

'어떤 놈인지 모르지만… 너, 실수한 거야.'

조휘에게 생각할 기회와 체력을 보충할 기회를 동시에 주고 있다는 건 정말 큰 실수다. 하긴, 아직 이들은 조휘가 누구인지 모른다. 풍신도 없고, 쌍악도 없다. 인상착의야 왜구들 대부분은 알고 있겠지만 이놈들은 바다 위에서 날뛰는 놈들이 아닌, 육지 위에서 전쟁을 치르는 놈들이다.

아마 조휘에 대해 잘 모를 가능성이 높았다.

게다가 조휘는 지금 절망하지 않았다. 아주 솔직히 말하자면 조휘는 어떻게든 되겠지, 라는 무책임한 생각보다 어떻게든 빠져나간다, 라는 생각을 하고 있었다. 본인이 생각했던 틈을 봐서, 그 틈이 안 온다면 억지로 비집고 열어서라도 튀겠다는 생각을 하고 있었다. 조휘는 그럴 능력이 있다고 스스로 자부한다.

이건, 자만이 아니다.

자신이다.

무수한 실전을 토대로 쌓아 놓은 마도 진조휘의 자신감이다.

게다가 조휘에게는 그 어떤 상황에서도 불굴의 투지를 불태울 수 있는 동력이 있었다. 바로, 적무영이라는 개새끼. 그놈을 죽이기 전까진 절대로 죽을 수 없다는 마음가짐 자체가 의식에 박혀 있었다.

'깨뜨려주지. 내가 그런 건 정말 잘하는데… 니들 진짜 실수한 거다.'

연 백호가 조휘를 신임했던 이유 중 하나가 바로, 자신이 생각한 모든 작전을 수행할 능력이 조휘에게 있었기 때문이다. 이화매도 그런 부분 때문에 원했고.

그럼 지금 제일 필요한 건?

'때에 맞는 탈출.'

조휘는 지금 이 순간도 느끼고 있었다. 공기 자체가 옅어지고 있었다. 그건 곧 작전은 취소가 아닌, 보류되었다는 것. 구출대가 안 들어왔다는 거다. 그러니 다시 내려진 부대 대기 명령에 이렇게 긴장감이 풀어지며 정상으로 돌아오고 있는 거다. 조휘가 할 일은 다시금 긴장감이 팽팽해질 때, 어떤 놈의 판을 깨뜨리러 이 목책을 탈출하는 것이다.

물론 자신에 대한 감시는 사방에 깔려 있을 게 분명하다. 하지만 그 정도야, 뭐. 적각무사가 아니면 조휘는 순식간에 돌파할 자신이 있었다.

'겨우내 놀고만 있진 않았으니까.'

극한으로 자신을 몰아붙이며 무력은 분명 상승했다. 무력뿐만 아니라 체력 또한 상승했다. 정신력도 다시 단단히 부여잡았다. 눈부신 발전은 아니지만, 진일보했다고 해도 과언이 아니다.

조휘는 주변을 조용히 살폈다. 감시의 눈길을 찾기 위함이었다. 분명 자신을 감시하는 눈길이 있을 거라 판단했다. 작전을 짠 놈이 이렇게 자신을 무방비로 내버려둘 것 같지는 않았기 때문이다.

잡았다는 자신감과 감시는 별개다.

'의심 가는 자는 둘.'

하나는 사내고, 하나는 당연히 남장 여인이다. 두 사람 다 지나치게 조용했다. 거의 아무런 미동도 없이 조휘처럼 무릎에 얼굴을 파묻고 있었다. 좌절? 그럴 수도 있다. 조선인 포로들 대부분이 그러니까.

하지만 그 역시 연기일 수도 있었다. 아니면 조선말이 어눌해서 대화를 나눴다간 들통날까 봐 조용하고 있는 것일 수도 있었다.

어떤 식이든 일단 둘이 의심스러웠다.

조휘는 그렇다고 바로 움직이지 않았다. 여기서 움직이는 것은 솔직히 바보짓이었다. 오히려 존재감만 더 부각시키는 꼴이 된다. 만에 하나, 정말 만에 하나 자신을 포착하지 못하고 있을 가능성도 있으니까.

'물론 그쪽은 희박하겠지만……'

그래서 콩알 반쪽보다도 적지만, 딱 그 정도만 가능성을 열어두었다. 모든 것을 생각해야 한다.

모든 가능성도 열어둔다. 아주 희박한 확률일지라도, 그래도 열어둔다. 조휘는 그 희박한 확률에게 구제를 받은 적도 있었다. 무작정 다 포기하는 건 미친 짓이다.

꾸욱. 주먹을 한 번 쥐어봤다. 힘이 제대로 들어간다. 발가락도 마찬가지다. 다만 자세가 좋지 않아 근육이 굳어 있는 상태이긴 했다.

천천히, 근육을 풀었다.

이제 다시 전장의 광기와 작전의 압박감이 사라지고, 공기 자체가 정상치로 내려왔지만 언제 다시 시작될지 모른다.

그 안에 몸을 최대한 풀어놔야 했다.

꾹, 꾸욱.

웅크렸지만 조휘의 몸은 미세하게 움직이고 있었다. 그런 조휘를 힐끔 보는 자가 있었다. 아니, 자들이 있었다.

전부 둘.

조휘가 의심스럽다고 생각했던 이들이다. 그리고 조휘도 그들이 자신을 힐끔 봤다는 걸 파악했다.

눈빛도 마주쳤다.

"……"

"……"

"……"

그 뒤로는 당연히, 가묘한 침묵이 시작됐다.

*　　*　　*

작전은, 강상현의 주도하에 모두 만들어졌다.

"제가 서쪽에서 의병 천오백을 이끌고 움직이겠습니다. 조용히 달려들어 주변을 쓸고, 바로 퇴각할 모습을 보일 테니 대사님이 동쪽에서 이천 기병으로 공격해 주십시오. 아직 이들은 우리 기병을 모르니 작정하고 들이받으면 아주 잠시간이겠지만 승기를 잡을 수 있을 겁니다. 그 여세를 몰아 돌파합니다."

강상현의 말에 대사(大師)라 불린 이가 곰곰이 생각에 잠겼다가 다시 강상현에게 되물었다.

"이천 기병으로 돌파는 무리라 생각된다만."

"맞는 말씀이십니다. 그래서 완전한 돌파는 아닙니다. 어차피 혼란을 일으키는 게 목적인 기습입니다. 돌파라 했지만 일직선으로의 돌파는 아닙니다. 조금만 들어간 다음 남쪽으로 선회를 시작해, 반원을 그리며 빠져나옵니다. 그다음은 뒤도 돌아보지 않고 주둔지로 빠져주십시오."

"으음… 알겠네."

대사가 조용히 고개를 끄덕이며 수긍했다. 강상현은 다시 진형이 그려진 지도를 보다가, 이번엔 장산과 위지룡, 그리고 중걸과 도건을 보며 입을 열었다.

"그다음은 공작대가 움직입니다. 준비했던 복장으로 갈아입고 어수선해진 틈을 타 잠입, 진 대주의 생존을 확인하고, 생존해 있을 시에는 이어 구출 작전을 바로 진행합니다. 이 부분은 작전이 없습니다. 공작대의 기량에 맡기겠습니다."

"……."

"……."

공작대의 부조장이라 할 수 있는 네 사람은 전부 말없이 고개만 끄덕였다. 조휘가 확실히 살아 있다는 가정하에 이루어지는 작전이다. 그러니 긴장이 안 될 수가 없었다.

"진 조장이 현재 있는 장소, 상황에 대한 정보는 아무것도 없습니다. 그러니 솔직히 당부를 드리고 싶은 건, 무리는 하지 말아 달라는 겁니다."

"조장은 살아 있을 거요."

"저도 믿습니다. 하지만 만에 하나……."

"거기까지."

여태껏 조용히 하고 있던, 철권 오현이 손을 들어 강상현의 말을 막았다. 침착한 얼굴, 오히려 살짝 미소 띤 얼굴을 하고 있는 오현이다. 긴장감이 전혀 없는 얼굴이었지만, 누구도 나무라지 않았다.

"그렇게 쉽게 죽을 사람이 아니오. 그대는 마도라는 별호를 모르겠지만, 왜구 놈들이 치를 떨 정도로 위명이 쟁쟁하오."

"……."

"어떠한 상황에서도 극한의 정신력과 능력을 보여준다는 게 바로 마도요. 만에 하나라는 가정은 이해하지만, 이 작전은 애초 마도가 살아 있다는 가정하에 이루어지는 게 아니요? 그러니 믿읍시다."

"후우, 네, 알겠습니다."

사실, 강상현은 작전을 짜긴 했지만 조휘가 살아 있다고 장담할 수 없었다. 무려 일만 오천이다. 자신도 도를 제법 잘 쓰지만, 그 안에서 살아 있을 거라고 예상하기는 힘들었다. 하물며 암살을 몇 번이나 자행한 상태에서 말이다. 자신이 적장의 입장이라면, 반드시 죽였을 거다. 후환 따위는 절대 남겨두지 않으려고.

"이제 문제는 적각무사네요."

강상현의 뒤에 서 있던 이화의 말이었다.

"그들은 걱정 말아요."

바로 되받아치며 나온 이것은 은여령의 말이었다. 모두의 시선이 은여령에게 향했다. 조용히 동굴 벽에 등을 기대고 있는 은여령.

횃불에 비친 그녀의 눈빛은 어떤 확고한 심정이 자리를 잡고 있는지 굉장히 무겁게 느껴졌다. 그래, 솔직히 무섭다고 해도 과언이 아닌 눈빛이었다. 모두가 그녀를 보던 와중에 장산과 위지룡이 거의 동시에 말문을 열었다.

"은 소저면 믿을 만하지."

"적각무사가 아니라 청각, 흑각이 와도 버틸 무인이니까."

확고한 믿음이 깃든 말이었다.

그녀의 무력은 어제 새벽, 아주 확실하게 느꼈다. 진짜 무인이라는 게 뭔지, 제대로 보았다. 눈으로는 좇을 수 없는 고속의 검격. 검광조차 뒤늦게 쫓아가는 것처럼 보이는, 그런 무시무시한 검술을 선보였다.

그냥 걸어가면서 툭툭, 목을 무슨 나무에 달린 과실 따듯이 쳐올리던 모습은 솔직히 생각만 해도 피부에 오돌토돌한 게 올라올 정도로 소름 끼쳤다. 그때 은여령의 반대편에서 다시 시선을 잡아끄는 말이 들려왔다.

"저도 같이 갈 거예요."

"너까지?"

"네. 마도에게 무슨 일이 생기면… 제독 언니한테 많이 혼날 거예요."

"위험할 거야. 무려 일만 오천의 군진 안으로 들어가는 일이니까."

"괜찮아요. 제 몸 하나는 어떤 순간에도 빼낼 자신은 있으니까요. 그리고 그렇게 만들어준 건 사형이잖아요?"

"그렇기야 하지. 후우, 알았다. 다만, 하나만 약속해 다오. 무리하지 않기로."

"네."

이화는 그렇게 대답하고 동굴 밖으로 나갔다. 그리고 뒤이어 은여령도 밖으로 나갔다. 두 사람이 나가자, 짝짝, 강상현이 손뼉을 쳐 시선을 다시 끌어모았다.

"이제 한 시진 남았습니다. 내용을 다시 한 번 설명할 테니 꼭 숙지하시고 준비해 주십시오."

모두가 그 말에 고개를 끄덕이자, 강상현은 처음부터 다시 설명을 시작했다. 짧고, 빠르게. 하지만 확실하게 전달하고 나자 동굴에 있던 모든 이들이 뿔뿔이 흩어졌다.

현재 시각 인시 초, 작전 시작 시간은 인시 말.

휘영청 떠 있는 달님이 자신이 떠 있던 장소를 부지런히 옮겨 갔고, 때가 되었는지 안주평야에서 약 오 리 정도 떨어진 곳곳에서 일단의 무리가 평야로 조용히 이동하기 시작했다. 그리고 정확히 인시 말, 마도의 구출 작전이 시작됐다.

제36장
구출 작전 개시

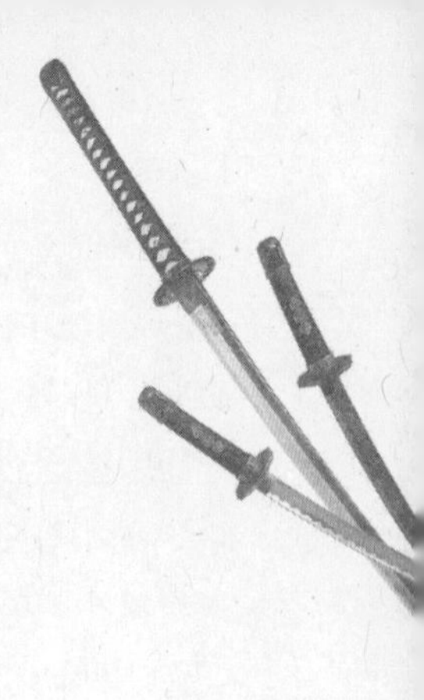

번쩍!

조휘는 눈을 떴다. 새파란 안광이 줄줄 흐를 것 같은, 예리한 눈빛이었다.

'공기가… 변하고 있다.'

선, 후천적으로 갈고닦은 감각이 말해주고 있었다. 그리고 매우 익숙했다. 보통 이렇게 변하는 공기에는 이런 단어를 붙인다.

전운(戰雲).

'시작됐어.'

출진이 아니다. 만약 출진이었다면 이런 야심한 시각에 할 리가 없었다. 그리고 한 번 군이 움직이려면 여러 가지 준비가 필요하다. 준비를 시작하면 당연히 소란이 일어나야 한다. 하지만 지금까지는 그런 게 없었다. 아니, 새벽이니 당연히 있을 리가 없었다. 야밤에만 일어나는 기습이라 경계병의 수가 많긴 하지만, 조용하기는 매한가지였다. 그렇지만 이제 변했다. 자신이 살아 있다는 확신으로 인한 구출 작전일 것이다.

이런 건 굳이 오래 생각지 않아도 바로바로 답이 나왔다. 아직은 전운이 감도는 정도지만, 조용히 숨죽인 진형 속에 짙은 살기가 퍼지기 시작했다. 이건 정말 작정했다는 뜻이었다.

'준비해야지.'

조휘는 몸을 풀기 시작했다.

조선인 포로들은 모두 잠들어 있었다. 오늘 낮, 이상하게도 협곡의 복구에 조휘가 들어가 있던 목책은 동원되지 않았다. 덕분에 피로를 날려버리고, 최대한 체력을 보충할 수 있었다. 하지만 이 부분에서 조휘는 알 수 있었다. 수뇌부는 자신의 존재를 제대로 잡고 있다고.

우둑, 우둑!

'요행은 없다.'

낮에 들어온 한 끼의 식사. 조휘는 그중 젓가락 두 쌍을 챙겨두었다. 그나마 끝이 뾰족하니, 제대로 찌르기만 하면 맨살 정도는 쉽게 뚫고 들어갈 것이다. 몸을 다 풀자, 공기가 이제는 아주 대놓고 변하기 시작했다. 진형 곳곳에 불길이 치솟았다. 아, 화공이 아닌, 진형 곳곳에 횃불을 걸어 시야를 확보한 것이다.

작정하고 준비를 한다는 뜻.

사방팔방에서 고함이 들려왔다. 조휘는 왜어를 조금 했다. 아니, 대충 알아듣기만 한다. 하도 지겹게 싸웠으니 귀에 익은 것이다.

'서?'

서녘 할 때의 서(西) 자를 들었고, 지원이라는 단어도 들었다. 그건 곧 기습이 서쪽에서 시작될 것이라는 말이다.

'들켰어. 아니면 이건 눈속임인가?'

조휘는 감이 좋다.

그동안 강상현이 보여준 신출귀몰함은 그렇게 쉽게 걸릴 정도가 아니었다. 부대 지휘 능력을 본다면 대규모일 때는 오히려 강상현이 더 좋을 것이라고 조휘는 생각했다. 그런 이가 아직 전투도 시작되지 않았는데 발각됐다?

'그럴 리가 없지. 성동격서다.'

아주 유명한 전술이다.

그리고 이 단어가 생겨난 이후, 감히 셀 수 없는 숫자의 전투에서 이 전술이 사용되었다. 이유는 딱 하나.

잘 먹혔기 때문이다.

상대의 허를 찌르는 전술.

하지만 약점도 있었다.

이 전술이 태어난 지 너무 오래되었기에 쉬이 간파가 가능하다는 점이다.

'하지만 그에 대한 대책이 있겠지.'

그렇게 생각하며 조휘는 천천히 일어났다. 그리고 조용히 반대편 구석으로 걸음을 옮겼다. 특정해 두었던 둘 중, 사내 쪽이다.

사내도 조휘를 보고 있었다. 확신은 낮에 했다. 여인은 힘이 없는지 거의 침묵에 가까운 행동을 보였지만, 사내는 조휘의 일

거수일투족을 몰래 계속 파악하고 있었다.

그 차이가 조휘에게 확신을 주었다.

슥.

어느새 양손에 젓가락 하나씩을 쥔 조휘. 사내의 눈빛이 변했다. 살짝 찡그려진 얼굴. 그리고 그 찡그림 속에는 뭔가 마음에 들지 않아 생기는 짜증이 자리를 잡았다. 지금 이 순간 그런 표정이 올라왔다는 건, 역시 딱 하나다.

"맞네?"

"……."

조휘는 그 침묵에 웃었다.

때에 따라, 침묵은 긍정이라는 진리를 떠올렸기에 나온 웃음이었다. 그러면서도 걸음은 멈추지 않았다. 그러니 자연히 거리는 계속해서 가까워졌다. 처음 이십 보였던 거리는 순식간에 오 보까지 가까워졌다.

쉭!

그리고 한 걸음을 더 들어갔을 때 사내가 용수철처럼 튕겨 올라왔다. 품에서 꺼내 든 단도가 정확하게 목젖을 노리고 올라온 기습. 아니, 기습은 아니다. 이미 조휘가 눈치채고 있었기 때문이다. 더불어 근육도 팽팽하게 당겨 놓았다.

언제고 반응할 수 있도록 말이다.

스륵.

조휘는 손에 쥔 젓가락을 슬쩍 놓고 신형을 빙글 옆으로, 유령처럼 돌았다. 유키나 은여령이 보여주던 움직임과 비슷했다. 돌아서며 단도를 쥔 손목을 잡아 꺾었다. 두둑! 뼈가 강제로 분리되는 소리가 나고, 휘릭, 채찍처럼 휘감아 간 조휘의 다른 손이 놈의 목을 감고는 바짝 당겼다.

빡!

그리고 끌려오는 순간 오금을 발바닥으로 밀어 차 무릎을 꿇렸다.

"넌 너무 티가 났어."

"큭!"

두둑!

손목을 우악스런 악력으로 다시금 꺾어, 쥐고 있던 단도를 떨어뜨리게 만들었다. 긴말할 시간은 없었기 때문에 마지막 숨을 끊는 작업을 바로 가했다.

우둑! 우두둑!

한계치 이상 부풀어 오른 팔뚝이 기도를 압박했고, 이어 손목을 쥐고 있던 손을 놓고, 놈의 아래턱을 잡고 비틀어 올렸다. 강제로 꺾여 올라가는 목. 뼈가 뽑혀 나가는 기음이 들렸다.

주변은 시끄럽지만 조휘의 행동으로 목책 안 모두가 이미 침묵했고, 그 침묵 속에 울린 소리는 가히 충격적인 공포를 선사했다.

"……."

움직임이 멎었다.

비명도 제대로 지르지 못하고 황천길로 떠난 감시자 사내를 바닥에 대충 눕히고, 조휘는 단도를 챙겼다. 이어 놈의 품을 뒤졌다.

뭐든 좋다.

무기가 될 만한 것이라면 정말 뭐든 좋다.

상의 안쪽 깊숙한 곳에서 길쭉한 단봉이 두 개나 나왔다. 그 봉은 쇠사슬로 연결되어 있었다.

"호."

짧게 탄성을 흘린 조휘는 그걸 서로 연결시켜 봤다. 키릭, 하는 소리와 함께 합체되는 단봉. 합쳐지자 창보다는 짧지만, 딱 풍신만 한 쇠봉이 됐다.

만족감에 한 차례 고개를 끄덕인 조휘는 봉을 손끝으로 튕겨 봤다. 퉁, 하고 묵직하게 울리는 진동에 다시 한 번 만족했다.

"품에 고이 넣어 놓은 걸 보니 아주 아끼는 물건인가 봐? 고맙다. 내가 잘 써줄게."

무언가 무기가 있을 거라 생각했었다. 그게 굳이 이 중요한 순간에 사내를 공격했던 이유였다. 물론 하나 더 있다. 조휘가 움직이기 시작하면 놈이 어떤 식으로든 보고를 할 것이다. 그걸 막기 위함도 있었다.

조휘는 상체를 세우고 주변을 둘러봤다. 조휘와 눈이 마주치자 조선인 포로들이 화들짝 놀라더니, 모두 고개를 푹 처박았다.

이미 살인을 저지른 조휘.

눈빛은 당연히 변해 있었다. 그렇게 변한 조휘의 시선을 받아내기란 분명 힘든 일이니, 저들의 행동도 이해는 갔다.

그래서 별다른 감정은 들지 않았다. 다 챙기고 조휘가 움직이려는데 방해하는 이가 있었다.

"그 상의를 벗겨 가셔요."

"……."

북방 쪽 방언이 섞인, 약간은 부자연스러운 한어. 하지만 처음 검영의 말투가 저랬기 때문에 조휘는 금방 알아들을 수 있었다. 말을 한 사람은 남장 여인이었다. 힘겹게 치켜뜬 눈으로 조휘를 보다가, 다시 손가락을 내밀어 조금 전에 조휘가 죽인 사내를 가리켰다.

"살짝 변색되어 보이지만, 제대로 무두질이 된 피의(皮衣)예요. 분명 도움이 될 거예요."

"누구지?"

그 말에 조휘는 고개를 끄덕이기보단 오히려 질문을 날렸다. 잘 알지도 못하는 여인이 한 말을 곧이곧대로 들을 조휘가 아니었다. 그래서 되묻자, 여인이 또박또박, 자신의 정체를 얘기했다.

"조선 무관의 딸이에요."

"무관의 딸?"

"예. 그런데 이럴 상황이 아닌 줄 알아요. 어서……."

"……."

조휘는 잠깐 그녀를 보다가, 상체를 숙여 가죽을 만져 봤다. 손끝으로 느껴지는 감촉. 확실히 일반적인 피의와는 재질이 달랐다. 이걸 어떻게 알아봤냐고 묻지 않았다. 무관의 딸이다. 그걸로 모든 게 설명되지는 않지만, 눈빛으로 남은 부분이 보충되었다.

지쳤지만, 타오르는 눈빛.

모종의 각오가 진득하게 들어가 있는 눈빛.

그것은 곧, 여인의 한이라 할 수 있을 것이다. 또한, 독심(毒心)

이라는 단어로도 설명이 가능한 눈빛이었다.

전쟁이다. 여인이 저런 눈을 하는 건 별로 이상하지도 않았다. 주변만 봐도 은여령에 이화매. 바로 찾을 수 있었다. 게다가 지난 십 년간 왜구의 약탈을 받은 마을에서 정말 숫하게 봐왔었다. 그러니 저런 눈빛을 본다고 해도 신기하지 않았다. 이상하게 생각되지도 않았고.

그럼 도움을 준다?

설마.

안 그래도 여인에게 휘둘리는 짜증 나는 인생인데.

상의를 바꿔 입은 조휘가 여인을 다시 봤다. 다시금 고개를 떨구고 있었다. 처음과는 달리 급격히 기력이 떨어졌는지, 숨 쉬는 것도 힘들어 보였다. 아니면 저 자체도 어떤 목적을 가진 연기일 수 있었다. 하지만 이젠 궁금하지 않았다.

조휘는 여인의 발아래 써진 단어를 읽었다.

玄風 郭(현풍 곽),

恭慧(공혜).

다섯 단어다.

'곽공혜.'

아마 여인의 이름일 것이다. 조휘는 이쯤에서 관심을 끊었다. 감각이 다시금 서며, 주변을 예리하게 살폈다. 어차피 자신은 감시받고 있었다. 지금 바로 나가면 아마 행용총에 벌집이 될 것이다.

그래서 조휘는 일단 기다렸다.

자신은 준비가 됐다.

하지만 아직 때는 오지 않았다.

피부로, 감각으로 느껴지는 전운은 점차 거칠어지고 있었다. 일촉즉발이라 해도 과언이 아닐 정도로 과열되고 있었다. 이제 충천하는 일만 남겨 놓은 것이다. 뻥! 하고 터지는 순간이 바로 조휘가 움직일 순간이었다.

'와라.'

조휘는 그 순간을 기다렸다.

온몸의 세포가 발작을 일으키는 것 같았다. 타격대에서도 이렇게 빡센 작전을 뛸 때면 언제나 그랬다.

인간 진조휘가 아닌,

마도 진조휘로 변하는 과정이다.

눈빛이 달라지고, 그로 인해 기세도 달라졌다. 전역 후 용강장에서의 조휘, 방원과 적운양을 처단할 때의 조휘와도 달랐다. 그때는 광기가 깃든 마도라면, 이번에는… 지극히 섬세한 감각을 지닌, 냉철하고, 피도 눈물도 없는 냉혈한에 가까운 마도의 모습이다.

후우, 후우.

심호흡을 했다.

심장이 뛴다. 그로 인해 공급되는 혈액에 마치 각성 성분이라도 들어 있는 것처럼 정신이 또렷해졌다.

그런 감정을 적절하게 통제하며 목책에 붙은 조휘는 청각을 활짝 열었다.

"……."

역시, 목책 뒤는 조용했다. 마치 조휘가 나오기만을 기다리고 있는 것처럼.

'너무 적나라하잖아…….'

이렇게 티를 내서야, 어디 속고 싶어도 속을 수가 없었다. 그는 감각 자체가 매우 뛰어났다. 이런 건 굳이 감각을 세우지 않아도 알 수 있을 정도로 잘 잡아내는데, 이렇게 고요한 걸 보니 밖의 전경까지 그려졌다.

'죄다 행용총을 겨누고 기다리고 있겠지?'

미치지 않은 이상 지금은 못 나간다.

그러니 기다리는 거다.

서쪽이 한 번 시끄러워질 거고, 그다음 지형상 동, 아니면 남쪽에서 한 번 더 타격이 있을 것이다. 현재 이곳은 중군 부근이다. 정중앙은 아니지만, 중앙 쪽에서 동쪽으로 조금 치우쳐진 곳에 위치해 있다.

조휘는 잘 모르지만, 이쪽이 정확하게 격에 해당되는 곳이다. 물론 조휘가 있는 곳까지 깊게 들어오진 않겠지만, 그래도 지리적 이점은 상당히 좋았다. 만약 알았다면 쾌재를 불렀을 것이고, 좀 더 기다렸을 수도 있었다. 하지만 연락이 닿지 않는 상황이다.

와아!

갑자기 서쪽에서 거대한 함성이 솟구쳤다. 그 함성에 조휘는 본능적으로 서쪽의 하늘을 올려다봤다.

아무것도 보이지 않지만, 조휘는 웃었다.

'역시, 이번엔 가깝게 붙었어.'

생각했던 대로다.

판이 너무 왜의 군사가 생각했던 것처럼 흘러가긴 한다. 하지만 조휘는 그 부분을 크게 걱정하지 않았다.

왜냐고?

그 판을 깨는 데 일가견이 있었기 때문이다. 이건 앞서 설명했지만 자만이 아니다. 무수히 많은 경험을 토대로 가슴과 정신에 때려 박은 자신감이다. 와아! 이윽고 첫 번째 터진 고함을 맞상대하듯, 왜병들 또한 거대한 고함을 터뜨렸다. 수가 많아서 압도적인 고함이었다.

바람을 타고 병장기 부딪치는 소리와 각자 나라의 언어로 터뜨리는 욕설들이 실려 왔다. 사기가 충천했고, 살의가 충만했다.

강상현은 이번엔 좀 더 적극적으로 부딪쳤는지 이번에는 좀 더 오래갔다. 전에는 거의 일각도 안 되어 퇴각했는데 말이다.

그때였다.

탕!

최초의 격발 소리가 들렸고,

흠칫!

조후의 몸도 그 소리에 일순간 굳었다.

타다다다다다다……!

이어 마치 우레가 터지듯 행용총이 일제 격발하는 소음을 냈다. 고막을 찢어내는 기음. 얼마나 오래 쏴대려고 하는 건지, 행용총의 격발 소리는 쉽게 가라앉지 않았다. 천둥번개가 마치 쉬지 않고 때려대는 느낌이다. 정신이 아득해지고, 훨훨 육신을 떠나는 그런 느낌도 들었다.

하지만 시작이 있으면 끝이 있다는 말이 지금 이 순간에도 적용이 되는지, 어느 순간 우뚝 멎었다. 이후, 일순간 정적이 찾아왔다.

"……."

"……."

이거다.

이게, 지금 조선을 지옥으로 만들고 있는 악마의 무기가 만들어내는 파괴력이었다. 그리고 모두가 행용총의 파괴력에 침묵한 순간, 조휘는 본능적으로 목책을 타고 넘었다.

얼어붙은 순간, 조휘는 이걸 틈이라고 봤다. 아군이 아닌 적군이 열어준 틈.

가히 본능적으로 그렇게 인지하고, 목책을 두어 번의 손짓 발짓을 합쳐가며 타고 넘자, 역시 생각한 대로 곳곳에 왜군이 보였다. 그리고 모두 행용총을 들고 조휘가 있던 목책을 겨누고 있었다.

하지만 조휘가 틈이라고 생각한 것처럼, 틈이 맞긴 했나 보다. 서쪽에서 울려온 행용총의 격발음에 모두가 잠시간 얼어붙어 있었다. 조휘에겐 이게 진짜 절호의 기회였다.

행용총이 가진 최대 단점의 하나.

그건 바로…

'격발하려면 심지에 불을 붙여야 하고, 그 심지가 타들어 갈

때까지 기다려야 한다는 거지!'

습기에 대한 약점과 함께 양대 산맥이라 할 수 있는 약점이다. 속사, 연사가 불가능하다는 점 말이다.

탁, 파바박!

지면에 안착하자마자 조휘는 그대로 몸을 가장 가까운 왜병에게 쏘아냈다. 조휘가 등장하고 나서야 얼음을 깨고 나온 왜병들이 급히 심지에 불을 붙이려고 했지만, 이미 조휘는 적에게 도착한 상태였다.

빡!

길쭉한 쇠사슬이 연결된 단봉을 한 손에 하나씩 쥐고, 그대로 다가가자마자 한 놈의 대가리를 후려쳤다.

피부는 물론 뼈까지 뭉개지는 소리와 함께 피가 푸숙! 튀어올랐다. 즉사? 확인도 하지 않고 조휘는 그대로 지나쳤다.

다음 목표는 바로 뒤에 있던 놈이다.

큭!

억눌린 신음과 함께 치이익! 심지에 불이 붙었다. 하지만 조휘는 오히려 웃었다. 저 심지가 타들어 가는 것과 조휘가 먼저 후려치는 것 중 어느 게 빠를까? 조휘는 본인에게 걸 것이다. 그것도 재산 전부를.

빠각!

사선으로 내려친 단봉이 어깨와 목이 만나는 지점을 그대로 후려쳤고, 놈의 목을 요상하게 꺾어 버렸다.

캑, 소리도 못 내고 무너지자 저 뒤에서 빠가야로! 하고 욕설을 내뱉는 게 들렸다. 조휘는 그 욕을 알아들었고, 속으로 비웃었다.

'등신은 네가 등신이지. 포위망을 구성하는 도중에 딴 데 정신을 팔아?'

그것도 마도를 포위한 와중이었다.

좀 더 냉정하게 조휘를 지켜봤어야 했다. 꼭 망각하는 것들이 있다. 제대로 가둬 놨으니까, 이제 위험하지 않다고 말이다.

그런 게 이런 사달을 일으키는 거다. 물론 조휘에게는 좋다. 더없이 좋을 뿐이다.

쉬릭!

철컹!

"컥!"

두 놈을 보낸 다음, 바로 다음 표적에게 단봉을 한쪽만 잡고 마치 휘두르듯이 던졌다가 당겼더니 단봉의 사슬에 목이 걸려 고통스러운 신음을 내뱉었다. 그리고 빠르게 다가가 어느새 뽑아 든 단도를 심장에 쑤셔 박았다.

푹!

그다지 질이 좋은 단도는 아니었지만, 의복 정도는 아주 쉽게 뚫고 지나갔다. 게다가 조휘의 힘이 더해지니 부드럽게 꽂혀 들어가, 심장에 구멍을 냈다.

푹.

다시 뽑아냈더니 피가 어김없이 튀었다. 쉭. 조휘는 피를 피했다. 탕……! 하지만 피를 피한 게 아니었다. 조휘가 옆으로 몸을 돌려세우자마자 울린 첫 번째 격발음.

"컥!"

그리고 그 첫 탄은 아군의 대갈통을 날려버렸다. 조휘는 포위당한 상황이다. 조휘를 못 맞히면? 포위에 가담하고 있는 자들의 육체에 구멍이 뚫릴 것이다. 조휘가 실제 탈출할 생각을 하며 행용총을 두려워하지 않은 이유도 여기에 있었다. 정면 대치라면 모를까, 포위라면 승기는 오히려 조휘에게 있었다.

갖가지 왜어가 조휘의 귀로 울려왔다.

대충 해석하자면,

잡아! 포위해! 죽여! 이 개새끼! 등등이었다.

피식.

한 차례 웃음을 흘리는 조휘. 몸은 이미 움직이고 있었다. 갈지자로 움직이다가 가장 정면에 있는 놈을 표적으로 잡고 덮쳐가는 조휘. 그러다 힐끔, 휘릭! 옆을 잠깐 봤다가 바로 몸을 틀고 띄워 축으로 회전시켰다.

탕! 타당!

연달아 세 번의 격발음이 났고, 푹! 소리가 한 번 울렸다. 두 발은 그냥 땅바닥에 꽂혀 튀었고, 한 발만 조휘와 동선이 겹치던 놈의 가슴에 박혔다. 컥, 커어어……. 신음과 함께 행용총을 놓치고, 다음 잠깐 제 가슴을 내려다보더니, 손으로 한 번 스윽 닦아 보고, 이내 다시 고개를 들어 아군을 바라봤다.

크, 크으……!

이후 흉신악살처럼 일그러졌다. 믿을 수 없던 것이다. 아군의 탄에 가슴이 뚫리는 일을 겪게 될 것이라고는. 그리고 아마 알 것이다. 이번 경험은 이후, 다시는 할 수 없으리라는 것도. 탄이 박힌 위치가 아주 기가 막혔다.

조금이라도 손상이 가도 즉사인 심장에 운 없게도 아주 정확히 박혔으니까.

움찔거리며 두세 걸음 물러나더니, 주르륵 무너져 내렸다.

그럼 조휘는?

그건 안중에도 없었다.

바닥에 착지하자마자 이미 목표로 했던 놈의 정면에 도달, 쇠사슬이 연결된 단봉을 그대로 후려쳤다.

빡!

뿌득!

정수리에 꽂힌 거력이 놈의 두개골을 그대로 두 조각을 냈는지 움푹 함몰됐다. 이후 다시 옆으로 회전했다. 휘릭! 소리가 날 정도로 거세게 돌고, 동시에 앉으며 단봉을 휘둘렀다. 빠각! 단봉이 옆 무릎을 찍자, 으악! 하는 고통 가득한 신음이 대번에 튀어나왔다. 동시에 실 끊어진 인형처럼 훅 주저앉았다.

그와 반대로 조휘의 신형은 솟구쳤다.

빡!

일어나며 그대로 발등으로 턱을 걷어찼고, 목뼈가 발등에 실린 힘을 이기지 못하고 우둑! 소리를 내며 뒤로 꺾였다가 제자리로 돌아와 덜렁거렸다.

탕!

핏.

그때 날아온 탄이 조휘의 허벅지를 아주 살짝 스쳤다. 화끈한 통증이 허벅지에서부터 일어났지만, 이미 조휘는 그 정도는 무시할 정도의 마(魔)와 동화되었다.

번들거리는 눈빛으로 옆으로 몸을 구르는 조휘. 탕탕! 두 발의 총성이 다시 울렸다. 그리고 조휘가 있던 곳에서 흙이 튀어 올랐다. 아마 가만있었다면 등짝이나, 대가리 중 어디 하나는 구멍이 뻥 뚫려 바람이 솔솔 통했을 것이다.

죽어!

악에 찬 고함을 지르며 왜병 하나가 총에 달린 조잡한 칼로 일어서는 조휘를 찔러왔다. 깡! 조휘는 그걸 바로 왼손의 단봉으로 막고, 밀어냈다. 퍽! 이후 바로 오른손의 단봉으로 어깨를 두들기고, 왼손의 단봉으로 뒤통수를 후려쳤다. 캑! 소리와 함께 앞으로 고꾸라지고 조휘는 다시 몸을 굴렸다. 어김없이 직후 탕탕! 총성이 울렸다. 극한으로 집중한 조휘다. 심지가 타들어 가는 소리. 그 소리의 진원지를 찾아 겨누고 있는 위치를 대략적으로 가늠하고, 또한 심지에 불을 붙이는 칙! 소리를 기점으로 격발까지의 시각을 계산했다.

이게 가능해?

…라고 묻는다면… 조휘는 가능했다.

조휘는 겨울에 단단한 쇠 갑옷을 입고 이 훈련을 집적 했던 적이 있었다. 미친 짓이다. 하지만 반드시 필요하다고 생각했기에 그는 그 미친 짓을 한 달이 넘도록 했다.

모두가 말렸다. 하지만 행용총이 대거 사용될 전쟁이라면 필수다, 라고 조휘는 목을 박고 진행했다. 이화매가 드디어 미쳤나? 하고 말하며 말렸던 것도 무시했다. 촉각 정보와 공간 정보를 극한으로 이용하는 전투술이다.

솔직히 누가 봐도 불가능하지만, 마도 진조휘는 가능하게 됐다. 놀고만 있지 않았다고 했었다. 그가 가장 신경을 써서 준비했던 게 바로 이 전투술과 바로 암살에 대한 모든 기예였다.

또 소리가 들렸다.

겨우내 정말 혹독하게 단련한 감각이 경종을 울려댔다.

'제각각?'

한쪽이 아닌, 조휘의 등 뒤에 있는 놈들이 여기저기, 아무 데서나 지금 행용총에 불을 붙였단 소리다. 이렇게 되면 탄의 궤적이 아군을 향할 수도 있다. 아니, 분명 향할 것이다. 그런데도 이렇게 한다는 건 아군의 목숨도 도외시하겠다는 뜻이었다.

팍!

조휘는 자각과 동시에 휙 뛰어, 표적이 되고 있을 현재 위치에서 벗어났다. 파박! 흙이 튀어 올랐다. 퍽! 자갈 하나가 튀어 조휘의 볼을 쳤다. 다행히 그렇게 세게는 안 날아와 그냥 인상만 찌푸릴 정도였다. 그러면서도 조휘는 움직였다. 움직이지 않으면 당한다. 극한의 단련을 했어도 실전은 다르기 때문에 훈련 때보다 더 집중한 상태였다.

탕!

또 한 발.

이번에는 조휘의 종아리를 살짝 스쳤다. 순간적으로 자세가 무너지며 움찔했지만, 이 정도는 곧바로 제어가 가능했다. 무너지는 쪽으로 자연스럽게 몸을 눕혀 구른 다음 일어서서 전면을 향해 단도를 뿌렸다.

쉭!

바람을 가르고 날아간 단도가 정면에서 조휘를 겨누던 놈의 얼굴에 처박혔다. 컥, 하고 외마디 비명과 함께 고개가 뒤로 젖혀졌다. 탕! 조휘가 단도를 뿌렸던 틈을 타 다시 한 발. 그러나 이미 조휘는 그 자리를 벗어났다. 소리와 동시에 벗어나는 기예를 펼치는 건 아니었다. 그냥, 제자리에 있지 않으려고 하는 것뿐이었다.

그것만으로도 충분히 행용총의 공격은 피할 수 있다는 걸 알기 때문이다.

발출되는 순간 절대 탄의 경로는 수정이 안 된다. 그러니 계속해서 움직이는 거다. 꼬리에 불붙은 망아지도 아니고, 누가 보면 경극단의 성성이가 아니냐며 킬킬거리겠지만, 이건 목숨을 걸고 하는 일이었다.

웃겨 보인다고 해도, 절대로 웃어선 안 되는 행동이란 소리다.

탕! 타당! 이후 조휘의 움직임을 잡으려고 포위했던 왜의 행용총병들이 마구 총을 쏴댔다. 그러나 그 전에 이미 조휘는 뿔난 망아지처럼 뛰어 한 막사의 뒤로 숨어들었다.

"후우……."

들어서는 순간, 멈추고 있던 숨을 토해내고, 빨리, 빨리! 공기를 내놓으라는 폐의 협박을 들어줬다.

후우, 후우, 후우……. 몇 차례 호흡을 들이켠 조휘는 숨을 겨우 안정시키고, 돌아가는 판을 살폈다.

'왜? 설마 틀린 건가?'

조휘의 생각대로라면, 실제 성동격서였다면 지금쯤 다른 곳에서 공격이 터졌어야 한다. 증거는 서쪽의 소란이 조금씩 가라앉아 가는 게 느껴졌기 때문이었다. 더 이상 지체해 봐야 죽도 밥도 안 된다.

자박, 자박자박.

조휘가 숨은 막사를 포위하려는 발소리가 들렸다. 경각심이 들었다. 본능이 다시금 머리를 치켜들고 조휘에게 속삭였다.

위험해,

위험하다고.

으득!

'알아……!'

뇌리로 직접 속삭여 온 형태 없는 뭔가에 짜증을 버럭 낸 조휘는 다시 몸을 세웠다. 이렇게 있다가는 또다시 포위되고 만다. 이번엔 위험할 것이다. 장담하건대, 이번엔 정말 만만치 않을 것이다.

조휘는 빠르게 주변을 살폈다. 그러다 바닥에 있던 천이 급히 손에 잡혀 딸려 올라오는 걸 느꼈다.

'……'

순간의 임기응변이 발휘되며, 고민할 틈을 빼앗았다. 벌컥 들어 올린 다음 작게 나온 틈으로 몸을 구겨 넣었다. 그리고 마구 기어 안으로 들어갔다. 막사는 어두웠다. 그리고 아무도 없었다. 빠르게 입구로 달린 조휘는 휘장을 걷어내고, 바로 옆으로 돌아 달렸다.

가장 뒤쪽에서 움직이던 왜병이 조휘를 발견하고 소리를 질렀다. 짜증이 확 올라왔다. 일만 오천의 군세 안.

전투가 몇 번 있었으니 일만 사천쯤 될까? 그래도 많았다. 조휘 하나가 감당하기에는 버거운 수.

조용히 움직이면 승산이 있고, 발각되면 솔직히 힘든, 그런 상황이다. 그래서 조휘가 기다리는 건?

'시작하라고!'

강상현이 준비했을 성동격서의 이막(二幕)이다. 그리고 그와 동시에 어째 진행될 것 같은 본막(本幕)도 기다리고 있었다. 조휘의 바람이 통했나? 달려들던 그는 어느 순간 세상이 환해지는 것 같은 기분을 느꼈다.

그래서 본능적으로 시선을 돌려보니, 보였다. 밤하늘을 가득 수놓고 있는 불화살이. 시작된 것이다.

화시(火矢).

진형을 공격할 때 가장 기본적인 구성으로 쓰이는 전술이다. 불이라는 놈은 옛날부터 혼란을 이끌어내는 최고의 재료로 쓰였다. 이게 여기저기 옮겨 붙으면? 불이 아닌, 화마(火魔)로 단계가 올라간다.

화마는 재앙이다.

안 당해 봐서 그렇지, 당해 보면 안다.

이놈들이 얼마나 무서운지.

수천 발의 불화살이 밤하늘을 메우는 광경은, 그야말로 일대 장관이었다. 재앙의 시작이긴 하지만, 시작은 정말 아름다웠다. 세상에 가장 아름다운 불꽃을 보는 기분이었다.

하지만 그것도 잠시, 조휘는 바로 몸을 숨겼다. 가만히 있다간 그 아름다운 불꽃에 몸이 꿰뚫려 생명을 뺏길 수도 있었다.

아름다울수록 위험한 법.

조심해야 된다.

푹, 푸부부부북!

최초의 불화살이 처박힐 때는 마치 천둥처럼 거세더니, 이후 다른 잔여 불화살이 박힐 때는 마치 굵은 소나기가 쏟아붓는 소리가 났다.

거센 소나기가 진형 내를 가득 울렸다. 동시에 세상이 점차 환해지는 게 느껴졌다. 수천 발의 불화살이 강제로 안 그래도 밝은 소서행장의 진형 내를 더욱 환하게 밝히기 시작했다.

이제는 숫제 낮이었다. 그 정도로 환하게 밝아졌다. 다만 다른 게 있다면, 낮의 환함과는 조금 다른, 붉게 밝다는 것이었다.

조휘는 그래도 움직이지 않았다.

'아직, 아직이다.'

이게 끝이 아닐 것이다.

강상현과 대화하면서 느낀 점은, 그가 군략에 밝다는 것이다. 그런 그가 겨우 이것 하나만 준비했을 리가 없었다.

그러니 분명 더 있다.

진짜 공격은 따로 있을 것이라는 본능적인 판단에 이은, 숨죽임이다. 아니나 다를까, 아비규환이 도래하기 시작하자, 지축이 울리기 시작했다.

두드드드드!

'이거지…….'

조휘의 입가에 더없이 환한 미소가 걸리기 시작했다.

일단의 기병이 등장해 왜군의 서측 진영의 소란스러움이 가라앉을 조짐이 보이기 시작했을 때, 동측 진영을 때려 박았다.

모두 새까만 흑의를 입어 어둠에 최대한 동화되었고, 고함도 없이 그냥 달려들어 냅다 뚫어버렸기에 돌파는 생각보다 쉽게 이루어졌다.

"야, 장산! 지금!"

"안다고!"

휙!

새까만 흑의를 뜯듯이 벗어 던지자 일만 오천 군상이 입고 있는 옷과 똑같은 게 나왔다. 어느 순간을 기점으로 말에서 자연스레 뛰어내린 위지룡. 위지룡이 뛰어내리자 장산도 바로 따라 뛰어내렸다. 위지룡처럼 부드럽게 착지는 하지 못해 몇 바퀴 구르고 나서야 일어난 장산은 그냥 편안한 표정과 자세로 옷을 툭툭 털었다.

마치 아무 일도 없었다는 듯이.

두 사람이 뛰어내리자 기병대 곳곳에서, 기마 위에서 이탈하는 이들이 있었다. 그들 또한 아주 자연스럽게 말에서 내려 주변으로 동화되어 갔다. 당연히 공작대였다. 그리고 맨 마지막으로 가녀린 체형을 가진 이가 말에서 내려, 위지룡과 장산에게 다가왔다.

"위 조장."

은여령이었다.

그녀는 긴 머리를 숨기기 위해 동그랗게 말아서 묶고, 두건으로 가렸다. 얼굴은 까맣게 흙칠을 했다. 그래 봐야 여인이라는 건 조금만 유심히 보면 금방 들통나겠지만, 이런 혼란 속이라면 그렇게 쳐다보는 자들도 없을 것이다.

"네, 앞장서겠습니다."

위지룡이 은여령의 부름에 대답하고, 조용히 앞장섰다. 주변은 온통 난리였다. 기병대가 휩쓸고 들어가고 있고, 지나가면서 불이란 불은 모조리 때려 우측 진영은 점차 어둠에 잠기고 있었다.

움직이기 아주 딱 좋을 정도였다.

위치를 아는 위지룡이 앞장섰다. 그의 행동은 자연스러웠고, 또한 대담했다. 휘적휘적 걷다가도 왜병의 움직임에 맞춰 마구 달렸다. 그러면서도 요리조리 진로를 틀어 원하는 방향으로 가고 있었다.

위지룡이 최초 잠입했을 때 했던 것도 바로 진형 자체를 머릿속에 집어넣는 일이었다. 그래야 움직이기 편하니까.

두드드드!

지축이 뒤흔들리는 소리는 점차 멀어지고 있었다. 대사(大師)라 불린 이가 이끄는 기병대가 작전대로 선회하며 빠져나가는 소리일 것이다. 물론 무책임하게 그냥 바로 사라지진 않는다. 왜군의 신경을 최대한 잡아 끈 다음 빠질 것이다. 하지만 말 그대로 최대한이다. 왜병이 행용총을 쓰는 모습을 보인다면 지체 없이 퇴각할 것이다.

애초에 그렇게 약속되어 있었다.

그 안에, 공작대와 장산, 위지룡, 그리고 은여령은 조휘를 구출해야 한다. 하다못해 그의 생사라도 확인해야 한다.

"멀었나요?"

"더 가야 됩니다. 직선으로 달리면 금방이겠지만, 그랬다간……."

"…알겠어요."

은여령은 순순히 수긍했다. 후우, 어딘가 답답한 한숨을 내쉬면서 말이다.

위지룡은 뭔가 말을 할까 하다가 멈췄다. 자신 역시 현재 조급한 심정이었다. 하지만 그 조급함을 겨우 이겨내며, 의심받지 않을 진로를 찾아 움직이고 있었다. 모두 밑으로 내려가는데, 혼자 위로 올라가 봐라. 의심을 사나, 안 사나.

누가 봐도 이상할 것이다. 그래서 위지룡은 최대한 의심을 안 사면서도, 빠르게 움직이는 길로 가고 있었다.

얼마나 달렸을까?

일각?

그쯤 달리자 진형의 분위기 자체가 달라졌다. 뭔가 묵직하고, 서늘한 감각이 느껴졌다. 내단을 형성한 은여령이 그러한 분위기의 전환을 가장 먼저 알아차렸다.

"잠시만요. 멈춰 보세요."

작지만, 이상하게도 또렷하게 들려온 은여령의 말에 위지룡은 막 디디려던 발을 움찔하며 멈췄다.

그리고 상체를 빼내고, 천막 뒤로 몸을 숨겼다. 이어 고개만 들어 은여령을 바라보는 위지룡. 말 대신 눈빛으로 물었다. 은여령도 그 눈빛을 이해하고, 손가락으로 바닥에 글자를 썼다.

적(敵).

매복(埋伏).

단 세 글자였지만 의미는 충분하게 들어 있었다. 게다가 이 상황이라면, 굳이 생각할 것도 없었다.

"……."

"……."

"……."

시선을 서로 마주치고 고개를 끄덕인 세 사람. 무작정 들어온 게 아니다. 이런 상황에 따른 대처 방안도 충분히 있었다. 약속된 작전. 이제 그걸 할 때가 됐다. 상대가 매복해 있다면 끄집어내면 된다.

어떻게 끄집어내냐고?

가장 쉽지만, 어려운 방법이 적당하다.

스륵.

은여령이 천막을 빙 돌아 사라졌다. 이건 은여령만 할 수 있는 일이었다. 내공을 익힌 진짜 무인, 즉 기감이 극한으로 발달된 무인만 쓸 수 있는 작전이란 소리다.

슥, 스륵.

마치 귀신처럼, 허공을 부유하는 혼백처럼 사뿐사뿐 걸어가는 은여령. 그녀의 움직임은 소리도, 형태도 없는 것처럼 느껴졌다. 인간이 보여줄 수 있는 움직임을 넘어선, 정말 말도 안 되는 모습이다.

스릉.

푹.

지나가다가 갑자기 검을 뽑더니 어느 한 지점을 푹 찍었다. 흙바닥을 찌르는 느낌이 아니다. 손끝으로 느껴지는 건 그녀가 광주에서 느꼈던 사람을 찌르거나 베는 감각이다. 흙을 뒤집은 다음 숨어 있던 거다. 그걸 은여령은 정말 귀신같이 알아채 찔러버린 거고.

정수리부터 뚫고 들어간 검.

볼 것도 없이 즉사다.

슥, 스륵.

매복했던 적의 숨이 끊어질 때쯤 은여령은 이미 그 자리서 훌쩍 멀어져 있었다. 휘릭, 휘릭. 바람 부는 소리가 들렸다. 펄럭이는 소리도 뒤따랐다. 단단히 동여맸지만 그녀의 움직임이 너무 빨랐다.

푹!

지나가다 또 한 번 그냥 맨바닥에 검을 찔러 넣는 은여령. 손바닥으로 역시 익숙한 감각이 올라왔다.

또 하나의 적이 죽은 것이다. 그녀가 이렇게 적의 위치를 특정할 수 있는 데는 여러 가지 이유가 있었다. 하지만 그중 가장 큰 부분을 차지하는 건 딱 셋.

경험.

감각.

그리고 내공이었다.

청각을 극한으로 올려 들려오는 아주 미약한 소리를 일단 잡아낸다. 그 옛날처럼 숨을 아예 죽이는 방법 같은 건 이제 없었다. 시각으로 인위적인 부분을 찾아낸다. 그리고 적의 시선에서 바라본다.

매복, 기습하기 딱 좋은 곳.

이후는 경험을 토대로 그냥 찔러 넣는 거다. 의심이 가도 찌른다. 찔러서 없어도 어차피 손해 볼 건 없으니까.

푹.

세 번째 땅바닥을 찌르는 은여령. 그러나 이번에는 흙바닥의 느낌이다. 적이 매복해 있지 않았던 것이다.

이후, 한 발 더 걷는데… 콰악! 천막이 허물 벗듯 일부분만 벗겨지며 낫처럼 생긴 무기가 목을 노리고 날아들었다. 검을 이미 바닥에 찌른 상황에서 들어온 기습. 상식대로라면 그냥 피해야 한다. 그리고 그 회피는 다른 선택 자체를 할 수 없기 때문에 이루어져야 하지만, 은여령은 그 선택의 폭 자체를 넘어설 능력이 있었다.

서걱!

목으로 낫이 들어오기 직전 허리가 뒤로 젖혀지며, 반대로 땅바닥에 박혔던 검은 거칠게 흙을 파헤치며 사선으로 비껴 올라갔다. 인체의 신비? 그렇게 봐도 무방했다. 허리를 거의 직각으로 꺾은 상태에서 나온 공격이니까.

기습했던 적의 가슴 앞섶이 쫙 갈라졌다. 이후 뭉클, 피가 튈 조짐이 보였다. 퉁! 그 순간 은여령의 상체가 다시 올곧게 서더니, 튕기듯이 자리를 벗어났다.

푸확!

그녀가 사라지자 상체가 쩍 벌어지며 피가 튀었다.

'셋.'

그녀는 착실히 숫자를 셌다. 전방의 공터. 저 공터를 포위 형

식으로 매복, 기습하려면 어느 정도의 인원이 필요할까? 그녀가 봤을 땐 적어도 삼십 전후다. 공터는 크지 않다. 비슷하게 서른 전후의 숫자만 들어가도 움직이기 불편할 정도의 크기다.

푹!

그녀의 검이 또 바닥을 찔렀다. 생각을 하는 와중에도 적의 위치는 계속해서 잡아내고 있었다. 말했듯이, 의심되면 찌른다. 손해 볼 게 전혀 없으니까. 적의 수준도 좀 되는지, 함정도 있었다.

세 번째 놈처럼 누가 봐도 매복이다 싶은 곳을 함정으로 파 놓고, 그 옆에 숨어 있었다. 이건 곧 이렇게 당해본 적이 있다는 뜻. 당해본 적이 있다는 건 또 나름 정예라는 소리였다. 하지만… 매복을 해체하고 있는 이는 은여령이다.

그녀는 중원에서도 수위를 다투는 백검의 최정예였다. 정예로는 그녀를 막을 수가 없었다. 그녀를 막고 싶으면 적어도 뿔 달린 새끼들은 나와야 할 것이다. 이후 그녀의 행동은 거침이 없었다.

푹!

푹푹!

찌르고, 또 찌르고, 가르고, 베고, 공터를 중심으로 두고 원처럼 돌며 매복한 적을 모조리 황천으로 보냈다.

그녀가 한 바퀴를 돌고 왔을 때, 위지룡이 그녀에게 말했다.

"함정 같습니다."

"네?"

역시나 작은 목소리지만, 은여령은 살짝 올라온 숨을 차분한 표정으로 고르며 역시 차분한 어조로 답했다.

"매복은 이곳 한 군데가 아닐 겁니다. 분명 조장이 있는 곳을 중심으로 거미줄처럼 깔렸을 겁니다."

"함정… 진 대주를 미끼로 한 함정인가요?"

"그렇게 예상됩니다. 이 자체가 놈들이 즐기는 방법입니다."

"그럼 살아 있을 확률은 더 높겠네요?"

"어떤 놈인지에 따라 다르지만, 놈이 조장을 죽이고 싶어도 그 뜻은 못 이룰 겁니다. 조장은 이럴 때 무시무시하니까요."

"다행이네요. 후우, 이제 어떡해야 되죠? 아, 물러나자는 소리는 하지 말고."

"미쳤습니까, 물러나게? 강행합니다. 어차피 우리 둘도 아니고, 뒤에 공작대도 있는데."

"강행인가요?"

"네. 하지만… 방향을 좀 바꾸겠습니다. 우리가 여기서 뭔가 하나를 크게 해주면 조장은 분명 우리의 움직임에 맞춰줄 겁니다."

"그런 가요?"

"네, 그게 대주입니다. 그러니까 화끈하게, 아주 화끈하게 해봅시다."

"네, 좋아요. 그럼 제가 뭘 하면 되죠?"

"조장이 움직이기 쉽게 크게 터뜨려 줘야죠. 다만 이걸 하면 이목이 우리한테 싹 집중됩니다. 피해가 생길 수도 있습니다."

"저 혼자 하면요?"

"혼자 말입니까?"

"네. 예를 들어… 적장의 목을 노린다든가."

"적장이면… 소서행장 말입니까?"

"네. 강상현, 그 사람이 소서행장은 건드리지 말아 달라고 했지만, 지금 당장은 그런 걸 따질 때가 아닌 것 같으니까요."

흔들림 없는 은여령의 말에 위지룡은 바로 대답을 하지 못했다. 그녀의 무력이야, 몇 번이나 봐서 아주 잘 안다. 상식적으로 봐도 조휘보다는 개인적인 무력에선 앞서고 있었다. 아마 조휘는 물론 본인과 장산이 한 번에 덤벼들어도 승리를 장담할 수 없는 수준에 올라 있는 은여령이다.

하지만 위지룡은 물론 왜놈과 싸워본 모두가 안다. 왜에도 이런 은여령을 상대할 수 있는 자들이 있다는 것을.

중원에서는 그런 자들을 무인이라 부르고, 왜국은 무사라고 불렀다. 서로 거의 같은 뜻을 담고 있지만 어쨌든 이들을 분류할 때 쓰는 단어는 양국이 서로 달랐다.

"위험합니다."

"전체가 위험한 것보다는, 하나가 위험한 게 낫지 않나요? 그리고 저 혼자라면 어떻게든 몸을 뺄 수 있어요. 진 대주처럼."

"하지만……."

"제가 크게 일을 만들어 볼게요. 그러니 걱정 말고 적장의 위치나 말해줘요. 그리고 지금 이러는 와중에도 진 대주의 목숨은 점차 위험해지고 있을지도 몰라요."

"……."

현재 공작대를 이끄는 건 위지룡이라 해도 과언이 아니다. 조휘의 역할을 지금 이 작전 한정으로 맡고 있는 거다. 위지룡이 고개를 끄덕이면 그게 결정된 사항이고, 진행될 상황도 된다. 그런 위지룡에게 지금은 생각을 깊게 할 시간이 주어지지 않았다.

"하, 조장. 조장은 항상 이런 급박한 순간에 그런 완벽한 선택을 했던 건가? 다시 한 번 존경스럽네."

위지룡은 그동안 조휘가 해왔던 무수한 작전 중의 선택들을 다시 한 번 상기하며 감탄했다. 솔직히 말해, 지금도 급박한 순간이다. 아직 들쑤시고 있는 강상현과 대사의 의용군이 있기에 이렇게 움직이지, 약속된 시기가 되어 두 사람이 이끄는 부대가 퇴각을 시작하면 그때부터 이곳은 완벽한 사지(死地)가 된다.

이런 작전은 타격대에서도 많았고, 언제나 선택에 선택을 해야 했다. 빠져나갈 것인가, 강행할 것인가 등등.

그때 모든 선택을 했던 건 당연히 마도 진조휘다. 위지룡이나 장산은 그냥 따랐던 거다. 조휘의 선택을 일말의 의심도 품지 않고 우직하게. 그러나 입장이 바뀌니 그게 얼마나 힘든 일인지 뼈저리게 느껴졌다.

혼자 보내는 건 너무 위험하다.

하지만 혼자 보내는 것만큼 안전한 것도 없다.

짧은 고민 끝에, 위지룡은 결국 후자를 선택했다.

제37장
마도의 진면목

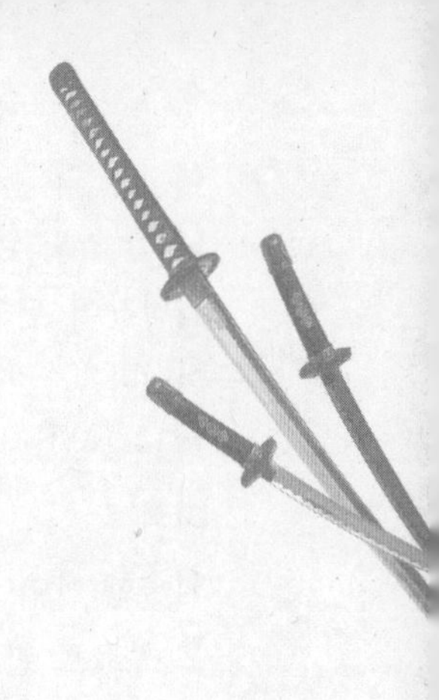

푹.

빼앗은 왜도를 바닥에 꽂은 조휘는 구부리고 있던 허리를 폈다.

"후우……."

한숨을 내쉰 조휘는 입을 벌려 공기를 마음껏 빨아들였다. 폐에 신선한 공기가 들어가면서 요동치던 숨이 서서히 멎어갔다.

지축이 울리던 그때, 일대 혼란이 갑작스럽게 찾아온 그때, 조휘는 그 틈을 놓치지 않았다. 모두의 이목이 돌아갔을 때 조휘는 바로 그 자리를 이탈했다. 아니, 이탈한 척했다. 자신의 뒤를 쫓는 것들의 뒤를 역으로 잡은 조휘는, 학살을 벌였다.

하나씩, 아주 확실하게.

모조리 죽였다.

단 한 놈도 남겨두지 않았다.

악착같이 뒤쫓아 주기에, 조휘도 기회를 잡았을 때 악착같이 죽여줬다.

"오니……."

피식.

익숙한 단어에 조휘는 웃었다. 달빛에 반사된 조휘의 웃을 본 놈은 부르르 한 차례 떨더니, 구멍이 송송 뚫린 두 다리를 질질 끌면서 악착같이 조휘에게서 멀어지려 했다. 아직 숨이 끊어지지 않은 놈이다. 아, 이놈은 조휘가 일부러 살려둔 놈이었다.

"틀렸어. 귀신이 아니라고."

조휘는 저벅저벅 걸어 놈의 앞으로 갔다. 양쪽 허벅지, 그리고 손목을 끊었다. 출혈이 커서 그런지, 안색이 창백했다. 곧 뒈져도 이상하지 않을 모습이었다. 놈은 조휘를 보고 지들 말로 귀신, 악마, 그런 단어만 연발했다.

놈의 머리를 잡은 조휘는, 순간 자신이 실수했다는 걸 깨달았다. 왜의 말로 이놈에게 정보를 뽑아낼 능력이 조휘에게 없었다.

"후, 쓸데없이."

쯧, 혀를 한 번 찬 조휘가 다시 물었다.

"한어를 할 줄 아나?"

"오니……."

역시 똑같았다. 공포에 잠식된 건지, 어버버 하는 걸 본 조휘는 자신의 실수에 대한 미련을 접었다.

서걱.

놈의 허벅지에 꽂혀 있던 단도를 뽑아, 그대로 울대를 갈라버렸다. 피가 훅 솟구치며 얼굴에 튀었지만 조휘는 그걸 그대로 맞았다. 어차피 피해 봐야 별 차이가 없었다. 조휘는 지금 완전히 피에 젖은 악마였다.

무시무시한 기습전을 펼쳤다. 온 지형지물을 이용하며 행용총을 무력화시켰고, 그래서 훨씬 잔인하게 상대해야만 했다. 그래야 놈들의 정신이 흔들려 조준점도 같이 흔들릴 테니 말이다.

그래서 꼴이 정말, 심약한 이는 그대로 심장이 멎을 정도로 망가져 있었다.

자리에서 일어난 조휘는 주변을 살폈다. 고요했다.

"아, 이 새끼가 진짜……."

솔직히 조휘는 슬슬 뭔가 이상한 점을 느끼고 있었다. 자신의 생각이 빗나갔나, 의심을 하기 시작한 것이다. 이유는 하나, 조용하다. 행용총 부대 하나를 완전히 말살시켰는데도 조용하다. 격발음이 진지 내를 수십 차례나 뒤흔들었다. 아니, 수백 번은 될까? 그런데도 아무런 지원도 없고, 심지어 확인조차 없었다.

조휘의 주변은 아예 비워놓았는지 기척조차 느껴지지 않았다. 그럴 수도 있지 않냐고? 아니, 그럴 수가 없는 거다.

맹수를 길러도 우리에 가둬 놓는다. 아니면 목줄을 걸어 놓는다든가. 그런데 지금은 그런 상황이 아니었다.

우리와 비슷하긴 하지만, 사방에 창살이 없었다. 주변의 모든 걸 물어뜯을 수 있게 만들어진 상황인데도 대비가 없다는 게 어떻게 정상일까.

"뭘 노리는 거냐……."

이렇게까지 자신을 풀어놓는 이유, 이것도 분명 있다. 이게 없이는 애초에 말도 안 되는 상황이니까.

조휘는 이 부분이 매우 꺼림칙했다. 구출 작전은 시작됐다. 그는 그걸 확실히 느낄 수 있었다. 기병 부대가 사라져가는 것도 이미 느꼈다. 그 기병대의 혼란에 맞춰 분명 공작대나, 못해도 은여령, 장산이나 위지룡은 분명 들어왔을 것이다. 이건 확신이다. 그렇기 때문에 알아내야 했다.

모두를 위험에 처하게 할 수는 없으니까.

생각하고, 또 생각하면 이걸 알아낼 수는 있을 것이다. 정답은 못 찾아도 근사치까지는 갈 수 있을 것이다. 진조휘라는 인간은 정말 이쪽에 특화되어 있으니까. 하지만 지금은 그럴 상황이 아니었다.

시간은 조휘의 편이 아니다.

오히려 정반대, 이 판을 짠 놈의 편이었다.

조휘는 그 부분을 잊지 않고 있었다. 따라서 자신이 지금 당장 해야 할 일이 뭔지 깨달았다.

"일단 움직이자. 동선은… 구출대 쪽으로."

안에서 판을 어지럽히고 싶어도 지금은 안 된다. 작전은 언제나 유동적으로 흘러야 한다. 자신의 생각을 손바닥 뒤집듯 뒤집는 상황은 예사란 소리다.

단도, 그리고 한 놈에게 얻은 나름 질 좋은 왜도를 챙긴 조휘가 막 발을 떼려는데…

탕! 타다다다당!

행용총이 밤하늘을 찢는 소리가 들렸다.

그 소리에 그는 우뚝 멈췄다. 겁먹어서? 아니었다. 소리가 굉장히 가까운 곳에서 들려왔기 때문이다.

강상현이 이끄는 보병, 조휘도 한 차례 만난 적 있는 대사가 이끄는 기병대에게 쐈을 때는 좀 아련하게 들려왔다. 거리가 멀다는 뜻. 지금은? 가까웠다. 고막으로 불시에 쳐들어온 소음에 인상이 찡그려질 정도로.

이게 뜻하는 것도 금방 알 수 있었다.

"근처까지 왔다?"

행용총을 쐈다는 건 당연히 어떤 표적을 죽이기 위해서다. 그럼 아군을 적으로 오인하고? 그럴 리가 있나.

조휘의 동료들이 표적이다.

공작대나 장산과 위지룡, 그리고 은여령을 노리고 쐈을 거란 소리다.

파바박!

멈춰 있던 조휘의 신형이 갑작스럽게 움직였다. 목적지는 당연히… 소리의 근원지와는 정반대이다. 지금 당장 조휘는 자신이 해야 될 일을 정했다.

분산.

이목의 분산이었다.

날뛰면서 저쪽에 집중된 이목을 최대한 흔들 생각이었다. 아무리 공작대라고 해도 단시간의 작전은 승기를 잡을 수 있지만, 장시간은 절대 무리였다. 애초 오십으로 만 단위의 진지에서 전투를 벌이는 것 자체가 미친 짓이다.

'그리고 저렇게 걸렸다는 건, 대놓고 모습을 드러냈다는 거지. 그리고 공작대는 은신에 능하다. 걸린 게 아니라 스스로 모습을

드러낸 거야.'

그럼 왜 모습을 드러냈을까.

조휘는 당연히 답을 알았다. 그걸 몰랐으면 이화매가 조휘를 이리 높게 평가하지도 않았을 것이다.

막사, 막사, 막사, 창고, 막사, 창고, 순서대로 지나치면서 조휘는 어느새 손에 든 횃불로 막사에 불을 붙였다. 하나 빼서 하나 태우고, 다시 하나 챙겨서 또 태우고. 그걸 계속 반복했다. 조휘의 등 뒤로 서서히 화광(火光)이 승천했다.

그렇게 불장난을 하며 달리는 조휘가 지금 생각하고 있는 건…

'뭘 노리는지 모르겠지만, 쉽게는 안 될 거다…….'

그래, 뭘 원하는지 모르겠지만, 그걸 이루려면 무시무시한 피해를 감수해야 할 거다. 막 그 생각을 끝낼 때 전방에서 소음이 들려왔다.

처저적!

일단의 무리가, 특정한 행동을 일사불란하게 펼치는 소리. 조휘는 소리 다음, 눈으로 확인했다.

행용총 부대가 다시 나타났다. 그리고 조휘를 정확하게 겨누고 있었다. 다시 다음 행동으로 불빛이 번쩍이는 것도 봤다. 그걸 보는 순간 조휘는 이미 수를 세고 있었다. 그걸 열에서 십까지 나눈다면, 조휘는 칠쯤에서 갑자기 달리던 경로를 틀었다.

탕!

타다다다당!

조휘는 이미 사라졌는데, 놈들은 애꿎은 자리에다 탄을 허비했다. 그에 조휘는 일단 단도 세례를 먹였다.

푹! 푸북!

연거푸 세 개를 던져 한 놈의 머리, 그리고 바로 옆 놈의 어깨에 꽂았다. 하나는 빗나갔다. 위지룡이었으면 다 맞혔을 거다. 그것도 전부 머리에.

하지만 머리나 어깨나, 어쨌든 행용총이나 무기는 못 쓴다. 무력화 자체만 따지자면 거의 비슷하다.

'나중에 따로 암기술도 연습해야겠어.'

그 순간에도 그런 생각을 하는 걸 보면 역시 아직 여유가 있었다. 타다닷! 퍽! 달려들어 붕 떴다가, 훅 날아들어 무릎으로 적의 가슴팍을 찍었다. 행용총을 들어 막았지만 단련된 조휘의 무릎, 가속도, 그 자체의 파괴력을 막지는 못했다.

"컥……!"

소리를 내며 물러나는 놈에게, 그대로 쉬이익! 왜도를 뽑아 먹였다. 날카로운 왜도의 칼날이 목을 갈랐다.

푸슉!

동시에 피가 분수처럼 솟구쳐 올랐다.

빡!

이후 바로 손목에 반동을 줘 칼등으로 좀 전에 그렸던 궤적을 정반대로 그렸다. 두터운 칼날이 달려들려던 적의 옆구리를 때렸고, 맞은 놈이 옆구리를 부여잡고 물러나자 발의 축을 회전시켜 앞으로 쭉 나가며 발등으로 놈의 턱을 차올렸다.

빠각!

두둑!

힘이 제대로 실린 발등차기가 목을 덜컥 꺾어 놓았다. 순간 가속, 종아리, 허벅지의 근력에서 나오는 폭발적인 각력은 무방비 상태의 목뼈 따위는 단숨에 분지를 수 있을 정도로 강력했다.

휘릭! 빡!

발등차기 후, 내려선 상태로 빙글 돌아 행용총에 달린 칼을 피하고, 스치듯이 지나가며 팔꿈치를 접어 관자놀이에 다시 한 방. 한 방이 들어갈 때마다 여지없이 하나씩 무너졌다. 육체적인 무력의 수준은 정말 적수를 찾아볼 수 없을 정도로 강했다. 게다가 조휘는 아주 잘 안다. 이놈들의 전투 방식을.

특히 협공은 진짜 지겹게 당해봤다. 과장을 좀 보태면 자면서도 슥슥 피할 수 있는 정도라 할 수도 있다. 물론 행용총을 들면 달라지지만, 근접전으로 들어서자 이전과 똑같았다. 아니, 반대로 손에 안 익는지 오히려 더 상대하기가 쉬웠다.

하긴, 수년, 십 수 년을 쓰던 무기를 놓고 이런 무기를 손에 들고 싸운다고 생각해 봐라. 아주 미칠 맛일 거다. 지금 당장 조휘만 해도 풍신과 쌍악의 존재가 절실히 그리운 상태였다. 그나마 모든 무기에 조예가 있는 조휘가 이 정도인데, 그 정도가 아니라면 아마 손발이 안 맞는 걸로 끝나지 않을 거다.

지금처럼,

퍽!

도끼처럼 행용총을 바닥에 내려찍는 일이 벌어질 테니까.

푹! 그놈의 목 줄기를 단도로 찢어 놓은 조휘는 두어 걸음을 날듯이 뛰어, 발을 내질렀다. 퍽! 하고 놈이 밀려나자, 조휘는 다시 똑같이 뛰어 이번엔 발이 아닌 왜도를 내려쳤다.

스악!

앞섶을 넘어, 그 안의 살까지 깊게 가른 왜도. 조휘는 이후 옆으로 굴렀다. 탕! 간발의 차로 조휘가 있던 자리에 탄이 박혔다. 조금만 늦었으면 발목 부분을 맞았을 것이다.

굴러서 일어난 조휘는 좀 전에 자신이 벤 놈의 뒤로 돌아가 뒷머리와 허리춤을 잡아 세웠다. 그리고 앞으로.

탕! 타다다당!

퍽! 퍼버버벅!

귀가 찢어지는 소리와 함께 조휘가 잡고 있던, 이미 죽어 영혼이 빠져나간 육체가 마구 요동쳤다. 요동치면서 시각 효과를 살벌하게 일으켜 주는 선홍빛의 피도 같이 튀었다.

조휘는 완전히 박살 난 시체를 잡고 뒤로 물러났다. 그러자 왜놈들이 악을 쓰는 소리가 들렸다. 전부 이해하지는 못했지만 대충 네놈은 악마냐! 이렇게 외치고 있었다. 시체를 방패로 사용한 조휘.

윤리, 도덕적 죄악감?

그딴 게 있겠냐.

여긴 전쟁터다.

살기 위해서는 시체도 뜯어먹는 곳이다.

그렇게 해서 살 수만 있다면 무슨 짓이든 한다고 했다. 아니, 실제로 그렇게 해서 살아남은 게 바로 마도 진조휘라는 놈이다.

그런데 시체를 방패로 이용하는 것 정도야 뭐, 아무런 죄의식도 없다. 그나저나 이 새끼들 참 웃긴다.

지금 누가 누구한테 악마라고 하는 걸까? 이놈들을 근본부터 정의해 보자면 정복군이다. 점령군이다. 근데 이건 말이 좋아 정복, 점령이라는 단어를 쓰지, 실제로 본다면 이 새끼들은 그냥 학살군이다. 사람을 소, 돼지 같은 가축처럼 생각하고 도륙하는 학살군.

'개새끼들이…….'

실제로 이놈들이 이 조선 땅에서 자행한 일은, 인간이라면 차마 할 수 없는 것들이었다. 근데 누구한테 악마, 귀신이라고 하는지. 조휘는 기도 차지 않았다.

그래서 흔들리지 않았다.

그 절규 같은 악다구니에도.

반대로 좀 더 냉정해졌다.

아니, 좀 더가 아니라 확실하게 냉정해졌다. 뒤에 뭐가 있나, 전방에 있는 적이 하는 위험 행동, 사각의 확인부터 시작해서 모든 걸 살펴보며 방패로 삼은 고깃덩이를 잡고 뒤로 물러났다.

탕!

머리로 날아오는 탄 한 발.

제대로 노렸다.

하지만 조휘는 이미 슬쩍 옆에서 보고, 그 탄이 향할 궤적에다 방패를 가져다 댄 뒤였다. 퍽! 머리 바로 위에서 형용할 수 없는 것들이 튀었다. 큭! 하고 짧은 신음을 흘리는 것까지 조휘는 들었다. 이야, 이 개새끼들……. 확실한 게 하나 있다면 이 새끼들은 지옥조차 거부할 개새끼들이라는 것이다.

인질은 아니지만, 조휘는 방패를 들고 물러났다. 조휘는 느끼고 있었다. 자신이 해야 할 일, 그리고… 동료들이 해줄 일.

펑.

짧고 간결한 폭발음이 들렸다. 조휘는 그 소리에, 이제 마지막이 왔다는 걸 느꼈다. 이 소리는, 이 작전의 마지막을 장식할 신호탄이었다.

펑!

좀 더 큰 소리가 들렸다.

뭔가 터지면 안 될 것들이 터지는 소리.

쾅……!

이윽고 지축이 울리는 소리도 들렸다. 모두가 적응을 하지 못하고 주저앉았을 때, 조휘는 그 순간을 노려 장소를 이탈했다.

탕!

"크……."

짧은 신음을 흘린 조휘.

마도는 그래도… 신음을 흘리고는 어둠 속으로 사라져 들어갔다.

* * *

불타는 창고.

한 여인이 서 있었다.

조잡하게 만들어진 창고지만, 제 기능은 하고 있었다. 그 창고에 불을 지른 여인은 당연히 은여령이었다.

짧고 빠르게 위지룡과 해야 할 일에 대한 얘기를 나눴다. 소서행장을 치러 가기 전에 해야 할 일 하나, 그 진로 쪽에 존재하는 창고를 불태우는 일이었다. 그곳은 창고의 위치까지 전부 숙지한 위지룡이 알려줬다.

그래서 은여령은 그냥 가서 불만 지르면 됐다. 물론, 저항이 없지는 않았다. 여긴 적진의 정중앙에 가까웠으니까.

하지만 웬만한 저항 따위, 은여령은 단숨에 찢어발기며 전진했다. 유령처럼 다가가 찌르고, 베고, 자르고.

"……."

그런 은여령은 지금 여섯 번째 창고에 있었다. 손에 든 횃불. 후각을 통해 느껴지는 매캐한 화연. 또한 그녀가 증오하는 화약 냄새. 횃불을 가져다 대는 순간, 터질 것이다. 거대한 폭음과 함께.

툭, 그극!

칼끝을 비집어 넣은 다음, 상자의 뚜껑을 땄다. 새까만 화약이 새하얀 종이에 곱게 싸여 있었다. 행용총을 사용하려면 화약은 필수다.

'굳이 다 터뜨리지 않아도 좋습니다. 못 쓰게만 만들어 주십시오.'

위지룡이 했던 말이다. 은여령은 화약 상자의 뚜껑을 다 딴 다음 창고를 나섰다. 나서면서 휙, 횃불을 던졌다.

탕!

타다다다당!

노리고 있었는지, 은여령이 나가고 조금 지난 뒤 총소리가 울려 퍼졌다. 하지만 은여령은 단 한 발도 맞지 않았다. 행용총의 절대적인 약점, 표적을 확인한 후 심지에 불을 붙이기 때문이다. 이 잠깐의 틈은 은여령에게 너무나 넉넉했다. 몇 번 지면을 박차는 것 같더니 이미 빙글 돌아 훌쩍 멀어져갔다. 한 마리의 야조(夜鳥) 같은 모습이었다. 그녀가 멀어지자, 쾅! 창고가 거대한 폭발음을 내며 산산조각 났다.

으악!

창고가 폭발하며 파편이 주변을 휩쓸었다. 거대한 후폭풍, 조각나 비산하는 나뭇조각들이 은여령을 노리던 왜병들의 몸에 처박혔다.

횃불을 던졌는데도 바로 터지지 않았다. 이유는 하나, 화약에 안 던지고 그 옆 건초에다 던졌기 때문이었다.

그 횃불에 건초가 타오르다 불똥이 화약에 튄 것이다. 소량도 아니고, 몇천 정의 행용총을 운용할 화약이 분할되어 보관되던 곳이다. 양이 결코 적지 않았고, 또한 성을 공략할 포탄도 있었다.

그리고 극소량의 진천뢰도 있었다. 이 모든 게 첫 번째 폭발에 연쇄 반응을 일으키며 창고를 날려버렸다.

'이제…….'

소란은 피웠다.

창고를 털고 소서행장으로 향하기 전에 위지룡이 부탁한 일은 전부 끝냈다. 이후 은여령은 소서행장이 있을 거라는 지휘부 막사를 향해 몸을 날렸다.

화마는 혼란을 불러왔다. 온갖 고함들이 승천했고, 어수선의 극치를 보여주고 있었다. 그래서 은여령은 한결 움직이기 편했다. 특히 위지룡이 보여주던 이동 방식까지 따라 하자 더욱 쉬워졌다. 그러면서도 속으로는 조금 감탄하고 있었다.

'이런 대담함이라니…….'

대놓고 움직이는 위지룡의 이동은 스스로 직접 해보니, 뭔가 짜릿한 쾌감을 불러일으켰다. 물통을 가지고 불붙은 창고로 달려가는 왜병들은 그녀를 신경 쓰지 못했다. 그들에게 고함을 치며 독촉하는 간부들도 마찬가지였다.

은여령의 행동은 분명 이질적인데도, 아무도 신경 쓰지 못하는 걸 보면 솔직히 기괴할 정도였다.

혼자만 현실이 아닌 어떤 이상한 세계를 유영하고 있는 것 같았다.

막사와 막사를 돌아, 차근차근 지휘부의 막사로 이동하는 은여령. 그녀의 눈에 저 멀리, 좀 높은 지대에 설치된 왜의 일군 지휘부의 막사가 보였다.

멍청한 건지, 아니면 어떤 의도가 있는 건지 모르겠는데, 툭 돌출되어 있어서 오히려 눈에 띄었다. 이거야 암살자에게는 그저 고마울 따름이다.

"……."

그러나 은여령은 멈췄다.

저 지휘부를 시선에 담고도, 어느 특정한 장소를 지나가지 못했다. 끈적끈적한 뭔가가 은여령의 뒷골로 스며들었다. 은여령은 그게 뭔지 아주 잘 알고 있었다.

살기(殺氣).

그것도 농도가 아주 짙었다. 경고 정도를 넘어선, 그 이상이다. 흔히 말하는 단어, 필살(必殺). 그 정도의 살기가 담겨 있었다.

스르릉.

은여령은 검을 뽑았다.

처걱, 처걱처걱.

세 군데에서 갑주가 마찰하는 소리가 들려왔다. 방향은 정확하게 은여령의 전방, 그리고 좌우.

시선의 삼면을 정확하게 좁혀 들어오고 있었다. 어둠 속에서 모습을 드러내는 삼인(三人)의 무사를 보며 은여령은 표정을 굳혔다.

귀신, 야차, 악귀의 모습을 본떠 제작한 투구.

윤기도 흐르지 않는 흑과 적의 갑주.

결정적으로 투구에 달린 한 개, 혹은 두 개의 적각(赤角).

적각무사(赤角武士)의 등장이었다.

은여령의 눈동자에 파랑이 치고 지나갔다. 또렷하던, 굳건하던 그녀의 눈빛에 전혀 어울리지 않는 기운이 담겼다. 그건 곧 전방을 막은 적각무사들이 내뿜고 있는 기운과 매우 흡사했다. 아니, 흡사한 정도가 아니라 똑같았다.

조휘도 이놈들을 싫어하지만, 그 정도로만 따지자면 은여령도 만만치 않았다. 왜냐고? 광주 수군에 있을 때 동료들의 목숨을 수없이 빼앗은 놈들이 바로 이놈들이었기 때문이다.

최초 그녀가 광주로 갈 때, 파견 인원은 총 스물이었다. 하지만 복귀할 때는 정확히 다섯만 돌아왔다. 그들 반 이상이 저놈들에게 죽었다.

뿔 달린 무사들, 저놈들에게 말이다.

호오.

짧은 감탄성이 중앙에 선 놈에게서 들려왔다. 그러더니 은여령의 머리부터 발끝까지 한 번 쭉 훑고 내려왔다. 은여령은 놈이 자신이 여인이라는 걸 알아차렸다는 걸 알았다. 이놈들은 이렇다.

중원도 남존여비(男尊女卑) 사상이 강하긴 하지만, 왜는 정말 엄청 심했다. 그래서 왜의 여인들의 삶은, 그야말로 최악이라는 소리를 들은 적이 있었다.

투구 속 놈의 시선이 번뜩이는 걸 알 수 있었다. 뚫어져라 얼굴과 몸을 훑어보고 있지만, 살심은 다른 성질의 감정으로 변해 있었다.

여인으로서, 은여령은 알 수 있었다.

그가 성적인 욕망을 품었다는 것을.

하지만… 은여령은 오히려 웃었다.

불쾌하고, 또 불쾌하다.

그러나 그녀가 누군가. 한때 백검의 기상을 잇던 무인이다. 기상은 변질되었지만 그 실력은 변질되지 않았다.

오히려 더욱더 높은 곳으로 향하고 있는 상태.

"겨우… 적각 따위가."

이놈들은 모르겠지만 광주에서 그녀는 청각도 죽였다. 적각의 목은 무수히 떨어뜨렸다. 그런데 이놈들은 그때 은여령이 상대했던 무사들보다 급이 낮아 보였다. 어떻게 아냐고? 자신을 보고서도 아무것도 느끼지 못하고 있는 게 그 증거였다. 그런 놈들이 둘? 셋? 위협이나 될지 모르겠다. 서창의 함정에서 살아 돌아온 은여령은 이제 백검의 의지와는 다른 삶의 의미를 받았다. 그것은 복수.

조휘처럼, 삶 자체를 지탱하는 절대적인 원동력이다. 그 동력은 은여령에게 분노와 집착, 그리고 감히 크기를 가늠하기 힘든 독기(毒氣)를 주었다. 정면에 선 놈이 한 손으로 은여령을 까닥거리며 뭐라 중얼거리고는 팔짱을 꼈다.

스르릉.

그러자 그놈의 좌우에 선 놈들이 왜도를 뽑고, 아주 편한 걸음으로 은여령에게 다가왔다. 은여령은 가만히 서 있었다. 편한 자세. 하지만 이미 내부는 끓고 있었다. 의식은 극한으로 집중되고, 그녀의 몸속에 자리 잡은 익숙하면서도 이질적인 기운이 꿈틀거리기 시작했다.

킬킬킬!

적각무사 둘이 웃는 소리가 들렸다. 기괴하다 싶을 정도로 거슬렸다.

은여령은 그녀 자신이 극한으로 개척한 감각을 통해, 두 놈에게서 맡아지는 짙은 혈향을 느낄 수 있었다. 실제 후각으로 맡아지는 향이 아닌, 오감을 넘어선 다른 영역의 감각이 잡아 보내는 혈향. 지독했다.

그녀가 지금 구하려는 진조휘에게서 나는 향과도 조금 비슷하지만, 그보다는 훨씬 더럽고 역겨웠다.

그녀 나름 만든 정의에 따르면, 비도덕, 비윤리적 행동을 밥처먹듯이 하는 놈들에게서나 나는 악취다.

도저히 더 이상 맡아주기 힘들 정도. 그러니 자연 그녀의 표정은 굳어졌다. 거리는 계속해서 좁혀졌다. 십 보 거리. 그 거리도 금세 좁혀져 오 보 정도 거리가 되었다. 은여령의 눈이 새파랗게 변한 것도 이때였다. 꿈틀거리던 이질적인 기운이 마구 요동쳤고, 그와 동시에 어둠을 가르는 은빛 궤적이 순간 번쩍거렸다 사라졌다.

동시에 킬킬거리던 웃음이 우뚝 멎었다. 또한 뒤이어 다가오던 걸음도 멈췄다.

"……."

"……."

정말, 우뚝 멎었다.

웃음도, 걸음도.

치이익.

은여령은 미약한 끓는 소리를 내는 검을 한 차례 빙글 돌린 다음 앞으로 걸어갔다. 툭. 툭. 지나가며 멈춘 두 놈을 건드리니 실 끊어진 인형처럼 풀썩 무너졌다. 두 놈 사이를 뚫고 나온 은여령은 천천히 여유 만만하던 표정이 완전히 사라진 남은 한 놈에게 다가갔다.

스르릉!

거리가 가까워지자 급하게 왜도를 뽑았다. 왜도가 뽑혀 나오자 이번엔 실제 후각으로 맡아지는 피 냄새가 흘러나왔다. 손질도 잘 안 하는지 뭔가 덕지덕지 붙어 있었고, 검붉은 혈흔이 군데군데 묻어 있었다.

일반병이라면 그대로 토악질을 했을 것이다. 숙련병이라도 맡으면 구역질 정도는 할 것이다. 하지만 은여령은 익숙했다. 자신의 무력에 취해, 혹은 학살에 취한 놈들.

실력은 있으나, 인성은 바닥인 새끼들. 타인을 죽이거나, 괴롭히기 위해 무예를 단련한 놈들. 절대 살려둬서는 안 될, 정말 최악의 개자식들.

은여령은 이런 놈들이 진짜 싫었다. 그리고 이런 놈들에게 자신의 동료들이 그렇게 죽었다고 생각하니, 정말 억울해서 눈물이 날 지경이었다.

그래서 자연, 그녀의 표정은 전에 없이 싸늘했다.

죽어!

악다구니를 쓰며 왜도를 쭉 찔러 넣어왔다. 은여령은 그걸 상체를 슥 비틀어 피했다. 피하는 순간 오른손의 검이, 왼손으로 휙 옮겨갔다.

쉭!

이후 손목만 틀어 놈의 목젖을 노렸다. 놈은 그걸 급히 고개를 젖혀 피했다. 중앙에 서고, 명령을 내릴 정도로 실력은 있는 모양이었다. 하긴, 그러니 뿔을 두 개나 달 수 있었을 것이다. 하나의 뿔은 무사 계급 중에서도 하급이고, 두 개는 중급, 세 개는 적각무사 중 최고라 할 수 있을 것이다.

청각, 흑각도 똑같았다.

어쨌든 놈은 적각 중에서도 중급.

쉭!

길쭉하게 상체를 노리고 베어져 오는 왜도. 은여령은 막지 않았다. 휙. 그저 뒤로 물러나는 것으로 피했다. 피하고, 베는 동작은 전부 익숙했다. 왜국에도 중원의 문파와 비슷한 단체가 있고, 그곳에서 대부분의 무사들이 배출된다. 그러니 지금 이놈처럼, 전에 은여령이 상대했던 적각무사와 비슷한 움직임을 보이는 놈들이 나왔다.

언젠가 분명 지금처럼 몸을 쓰는 무사를 상대해 봤는데, 오히려 그 무사가 실력이 더 좋았다.

무려 뿔이 세 개나 됐었으니까.

그런데 은여령은 그런 무사도 목을 갈라버렸다. 이놈은 그놈보다도 수준이 아래이니 동작은 전부 눈에 읽혔다.

'다시 가슴.'

베기 이후, 손목을 비틀어 다시 위로 올려 긋는다. 은여령은 그것도 뒤로 물러나며 피했다. 정점에 선 왜도가 다시 비틀리며, 검붉은 광을 토해낸다. 지나가며 풍기는 악취가 극히 짜증나지만, 은여령은 조급하게 움직이지 않았다.

그녀는 잘 안다.

이럴 때 조급하면 오히려 당한다는 것을.

완전히 무시할 만한 놈들은 아니었다. 청각부터 내력을 사용하는 놈이 간혹 섞여 있지만 이놈들은 그저 조심만 하면 된다. 그래도 한 발 삐끗하면 어디 하나 잘리는 걸로 끝나지 않는다.

'세워서 내려치기.'

그러니 은여령은 차근차근 공격을 읽었다. 동작 자체가 보이니 못 피할 이유가 없었다.

쉭!

이번에는 비껴서 빙글 돌아 거리를 벌리는 은여령. 그녀는 놈의 왜도를 막지 않았다. 막아 봐야 소리만 난다. 그건 주변의 이목을 집중시킬 것이다. 또한 막는 행동 자체에 힘이 들어가고, 그건 곧 체력의 소모로 이어진다.

둘 다 은여령이 원하는 상황은 아니었다. 그래서 피하고 있었다. 차근차근 살피면서, 좀 전의 두 놈을 죽일 때 내력을 썼다. 그러니 다시 쓸 수는 없었다. 조휘를 구하는 게 목적이지만, 그렇다고 이곳이 자신의 사지가 되었으면 하는 마음은 없었기 때문이다.

그녀도 할 일이 있었다.

죽어!

같은 말을 또 외치며 달려들었다.

발도.

어느새 왜도를 납도하고, 빠르게 은여령에게 쇄도했다. 키아아앙! 쇠와 녹을 긁는 발도 소리가 울렸다.

퍽!

우득!

놈은 은여령을 스쳐 갔다. 하지만 은여령이 더 빨랐다. 어느새 튕기듯이 발도의 영역을 벗어나 왜도를 피하고, 지나가는 놈의 턱을 손바닥으로 툭 올려쳤다. 대비가 되지 않은 상황에서 당한 불시의 공격.

목뼈가 꺾이며 덜컥거리는 소리가 들렸다.

털썩!

놈은 그대로 앞으로 고꾸라졌다. 덜컹거리는 목뼈로는 아무것도 하지 못한다. 사는 것 자체를 바라는 것도 무리다. 목은 부러지면 회복 불능의 치명적인 급소다. 살아난다 해도 아군의 칼에 목이 떨어질 것이다.

은여령은 잠깐 놈을 보다가, 저 멀리 우뚝 솟은 곳으로 다시 몸을 날렸다. 아니, 날리려고 했다.

삐익!

화마와 함께 어우러진 밤하늘을 찢는, 효시(嚆矢) 소리만 없었다면 말이다. 이건 말 그대로 신호였다. 공작대가 조휘를 찾으면 울리기로 약속한 효시. 약속이 되어 있었다. 이 효시 소리를 듣는 즉시, 소리의 진원지로 즉각 합류하기로.

'진 대주…….'

쿵, 쿵쿵, 뛰는 마음을 진정시킨 은여령은 바로 몸을 돌려 효시가 올라온 장소로 몸을 날렸다.

'빌어먹을…….'

비어 있는 창고 하나에 몸을 숨긴 조휘는 쓴웃음을 얼굴 전체에 피워 올렸다. 폭발 소리에 반응해 바로 피했는데, 한 놈이 쏜 행용총에 허벅지를 맞았다. 다행히 관통이 아니라 스쳤지만, 제대로 스쳐 버려 살이 뜯겨 나갔다. 근거리에서 격발된 행용총의 위력은 알면서도 못 막을 속도로 날아온다.

소리와 동시에 피격, 이라고 해도 결코 과장이 아닐 것이다.

'음…….'

조휘는 손바닥으로 화끈거리는 우측 허벅지를 만졌다. 피가 뭉클뭉클 올라오는 게 느껴졌다. 이미 바지는 허벅지 밑으로 축축하게 젖었다. 품에 손을 넣으려던 조휘는 멈추고 한숨을 내쉬었다.

작전의 특수성 때문에 지혈제를 챙기지 않았다는 걸 깨달아 나온 한숨이었다.

부욱! 일단 좌측의 바짓단을 아래부터 찢은 다음, 상처 부위를 감았다. 알싸하다 못해 화끈거리는 통증이 올라왔다. 절로 인상이 찌푸려지는 통증이다. 이후 몇몇 부위를 꾹꾹 누른 그는 자리에서 일어났다.

해야 할 일은 정해져 있었다.

폭음은 조휘가 지혈을 하는 와중에도 울렸다. 장소는 제각각이었다. 조휘가 있는 곳을 기준으로 북, 그리고 정반대인 남쪽이다. 북쪽은 폭음이 한 차례 울리면 재차 터지기까지 시간이 좀 걸렸고, 남측은 그 간격이 거의 없었다.

'북쪽은 소수. 많아야 둘이나 셋이다. 남쪽은 여럿. 최소 몇십.'

답은 금방 나왔다.

북쪽에 은여령이나 장산, 위지룡이 있을 거고, 남쪽에는 공작대가 있을 것이다. 조휘는 어디로 가야 할지도 이미 판단을 내린 상태였다.

'공작대와 합류한다.'

그럼 애초에 세웠던 작전은?

전면 폐지다.

부상을 입은 마당에 판을 깨려고 움직이는 건 진짜 미친 짓이다. 현장은 진짜 어떻게 돌아갈지 아무도 모르는 곳이다. 그러니 그때그때 상황에 따라 판단을 내려 기존의 작전을 수정, 변경하는 일은 비일비재한 거다.

물론, 아직도 문제는 많다. 이런 몸 상태로 또다시 움직여야 한다는 것을 포함해 진짜 산더미처럼 많다.

하지만 조휘는 불쑥 드는 조급한 마음을 강제로 지워버렸다.

자신의 선택에 스스로의 목숨은 물론 동료들 전체의 목숨이 걸려 있었다. 솔직히 압박감이 없지는 않다. 누가 이런 상황에 의연할 수 있을까. 하지만 경험이란 놈이 그나마 조휘에게 침착함을 유지시키는 원동력이 되어주었다.

슥.

창고를 나서는 조휘.

쾅……!

다시 한 번 폭음이 울렸다. 위치는 북쪽.

'이걸로 여섯 번째.'

북쪽에서 울린 폭음까지 모두 수를 세어 놓은 조휘다. 여섯 번이면 끝이었다. 조휘가 알기로 저 위에 있는 창고는 저게 전부였기 때문이다.

'은여령은 무조건 북쪽에 있겠군.'

경계가 가장 심한 곳이 저쪽이다. 화약은 극히 조심스럽게 취급해야 했기에 후방에 놓을 수도 없었다. 약탈을 걱정했기 때문이다. 그렇다고 지휘부 근처에 놓을 수는 없으니 또 중군의 한쪽에 놓았다.

그래서 경계를 극대화시켰다. 하지만 그래서 오히려 티가 나 도건에게 위치를 전해 들은 조휘다.

은여령이 북쪽에 있다고 판단한 이유는, 경계가 극심한데 폭발의 간격을 보니 경계를 순식간에 제압했다는 판단이 들었기 때문이다. 장산이나 위지룡의 실력은 조휘 본인이 가장 잘 안다.

'저렇게 단시간에 경계를 무력화시키지 못해. 후우.'

은여령은 제일 위험한 곳으로 갔다. 왜 갔는지도 알 것 같았다. 가장 위험한 곳으로 스스로 들어간 것이다. 조휘가 하려고 했던, 판을 뒤집기 위해.

조휘는 마음을 독하게 먹었다.

은여령의 진짜 무력은 아직 확인하진 못했지만 내력을 익힌 무인이 쉽게 당하지는 않을 거라 생각했기 때문이다.

휙! 타다닷!

피가 흐르는 허벅지로도 조휘는 잘 달렸다. 통각을 마비시키는 혈을 눌러, 일정 시간 전처럼 움직일 수 있었기 때문이다.

하지만 워낙 적진 중앙이다 보니, 완전히 이목을 숨기며 이동하기란 사실 불가능했다. 아니나 다를까, 남쪽으로 얼마 가지도 않았는데 발각되고 말았다.

쩌렁! 울리는 소리에 고개를 돌려 보니 일단의 왜병이 조휘를 발견하고 달려왔다. 쯧! 혀를 찬 조휘는 바로 뒤돌아섰다. 다행히 뒤쪽은 탄탄한 목책이 있었다. 조선인 포로가 뒤에서 살려달라고 아우성치는 게 들렸다.

다행인 점이 하나 더 있었다.

행용총 부대는 아니었다는 것이다.

'보병.'

각각 무기의 형태는 다르지만 근접용 무기를 모두 손에 들고 있었다. 넓게 퍼져 포위망을 형성해 오는 왜병을 보며 조휘는 빠르게 좌우를 훑었다. 목책을 등지면 정면으로 최소 셋, 많게는 다섯까지 감당해야 한다.

'해볼 만해……. 하지만.'

결론이 나왔다.

지금은 전투가 중요한 게 아니었다. 합류가 일단 가장 먼저였다. 조휘는 갑자기 신형을 옆으로 틀어 달리기 시작했다. 갑작스러운 행동이었기 때문에 왜병이 바로 반응을 하지 못했고, 거리는 순식간에 벌어졌다. 하지만 뒤이어 갖가지 고함과 함께 조휘를 쫓아왔다. 하지만 이미 늦었다.

가속을 받은 조휘는 빠르게 딱 붙어 있는 다른 목책까지 도착했고, 몸을 날렸다. 그리고 끝을 잡고 몸을 틀어 목책의 뒤로 넘어갔다. 뒤로 넘어갈 수 있던 건 목책이 동그란 원을 그리며 만들어졌고, 두 개가 거의 붙어 있었기 때문이다. 즉, 맞닿은 부분을 통해 뒤로 넘어간 것이다.

"……."

"……."

순식간에 조휘가 사라지자 멍하니 서 있던 왜병들이 다시 고함을 지르며 조휘를 쫓아왔다. 하지만 조휘는 이미 빠르게 움직이고 있었다.

막사 두 개를 돌고 돌아 남쪽으로 내려가는 조휘. 얼마나 내려갔을까. 갑자기 주변의 기척이 일시에 멈추는 느낌을 받았고, 덩달아 조휘도 멈췄다.

'뭐냐, 또?'

짜증스러웠다.

날카롭게 선 감각은 분명 근처의 기척을 잡고 있었다. 그런데 그 기척들이 일시에 세계가 멈추기라도 한 것처럼 정지해 버렸다. 그건 곧 움직임 자체를 멈췄다는 뜻.

고요해졌다.

저 멀리서는 아직도 화광이 충천하고 있었고, 혼란스러움이 고스란히 전해지고 있는데 조휘의 근방만 고요해졌다.

상식적으로 말도 안 되는 일이다.

변화가 생겼다.

그걸 느낀 조휘의 이마에 잔주름이 갔다.

처걱, 처걱처걱.

갑주의 철그럭거리는 소리가 들려왔다. 저것은 적각무사들이 움직일 때 나는 특유의 소리다.

조휘가 숨어 있던 곳으로 소리가 점차 가까워졌다. 하아, 한숨이 나왔다. 정확하게 조휘의 앞을 막고 서는 적각무사.

그놈이었다.

무(武)를 숭상하다 못해, 집착하게 된 놈.

스르릉.

이번에는 일언반구도 없이 왜도를 뽑아 조휘에게 몸을 날렸다. 정말 말 그대로 문답무용이다.

의지가 아주 절절이 느껴졌다. 그때, 다음에 만날 때는 반드시 승부를 보겠다고 외치던 게 기억났다.

스릉!

조휘도 왜도를 뽑았다.

깡!

아주 정직하게 내려치는 공격을 역으로 올려쳐 막고, 발바닥으로 복부를 밀어 찼다. 퍼벅! 소리가 두 번이나 들렸다. 연속으로 차서? 아니다. 조휘가 발을 드는 순간 놈도 바로 왜도에 힘을 줘 찍어 눌렀다. 그 결과, 조휘의 발이 놈을 차자, 반대로 조휘의 칼등이 조휘의 어깨를 찍었다.

찌릿한 통증이 올라왔다.

역시 쉽지 않은 놈…….

뒤로 물러난 조휘는 왜도를 다시 납도하고, 단봉을 꺼내 들었다. 보통은 풍신으로 상대했었지만, 왜도의 상태가 그렇게 좋질 못했다. 병사들이 쓰던 것답게 조잡하게 만들어 놓은 물건이었다. 말 그대로 그냥 찍어낸 무기.

제대로 된 무기와는 부딪치기만 해도 손상이 된다. 지금도 마찬가지. 단 한 번의 격돌로 이가 나갔다.

그래서 단봉을 꺼냈다. 웬만해서는 잘 안 쓰려고 했었다. 질이 안 좋은 약탈 무기들이 전부 못 쓸 상태가 될 때 쓰려고. 그런데 지금은 아낄 때가 아니었다.

놈이 씩, 웃는 게 보였다.

조휘는 마주 웃어줬다. 피식, 하는 비웃음으로.

이후 재격돌이다.

허벅지에서 통증이 알싸하게 올라오기 시작했다.

'어차피 떨쳐내지 못할 거라면 빨리 해결을 본다.'

조휘는 눈을 빛냈다.

속전속결.

말이 쉽지, 실력이 비슷할 때는 극히 어려운 법이다. 깡! 까강!

새까만 어둠 속에서 불꽃이 튀었다.

숙!

시린 칼날이 빙글 돌며 조휘의 목 옆을 스쳐 갔다. 빡! 그 순간 조휘가 놈의 허벅지를 걷어찼다. 둔탁한 소리가 들렸는데도 무너지지 않는다. 하체 단련도가 상당하다는 뜻. 조휘의 발차기는 진짜 웬만하면 맞는 즉시 악! 소리를 내며 무너지는데, 역시 적각무사들은 아직도 쉽지가 않았다.

그마나 다행인 건 버틸 만하다는 것.

예전에는 겨우 막고 버텼는데, 지금은 일격을 먹일 정도다. 확실히 겨우내 혹독한 수련이 효과가 있었다.

퍽!

하지만 바로 조휘의 허벅지에 충격이 왔다. 아주 똑같이 조휘의 허벅지를 걷어찬 것. 다행히 좌측 허벅지라 참고 버텼다.

하지만 까드득! 이가 갈리는 건 참을 수 없었다. 왜냐고? 피하려고 했기 때문이다. 그런데 스륵, 조금 더 다가오며 결국 공격을 성공시켰다. 이걸로 확실해졌다. 서로의 실력은 백중세. 결국은 한순간 승부가 날 것이다. 아니, 승부일까? 이건 생사결이다. 승자는 살고, 패자는 죽는다.

그게 전장에서 벌어지는 생사결의 절대 법칙이다.

휙!

다시금 비틀린 왜도를 쭉 회수하며 조휘의 목을 다시 그었고, 조휘는 고개를 숙여서 그걸 피했다. 휘릭! 그리고 그 상태서 다시 상하체를 동시에 회전 후 신형을 튕겼다. 퍽! 정확하게 회축이 복부에 다시 막혔다.

이번엔 힘이 제대로 실려 놈이 주르륵! 뒤로 물러났다. 하지만 역시 이 정도로는 미동도 없었다.

철그럭 하는 소리와 함께 다시금 거리를 좁히고, 왜도를 찔러 넣었다. 도는 베기에 용이한 무기다.

'그런데 찌르기?'

실제로 진짜 베는 동작은 아직 제대로 나오지도 않았다. 왜 무기의 이점을 버리고 있는 걸까, 생각하던 조휘는 찌르기를 피해 물러나며 그 이유를 알았다.

'베기 자체가 필살의 기예라는 거냐?'

반드시 상대를 죽일 수 있는 기예, 그러고 보니 이놈들은 그런 기예를 꼭 하나씩 챙겨 놓는다고 들었다.

특히 뿔의 수가 하나 이상인 놈들은 거의 전부. 베기를 아껴두는 건 조휘의 목숨을 자신이 원한 순간에 확실히 끊어 놓기 위함이었고, 그걸 간파한 조휘는… 그 장단에 맞춰 주기로 했다.

"큭!"

처음은 신음부터.

신음 이후 허벅지를 부여잡고 슬쩍 물러났다. 그리고 손을 다시 떼어 눈앞에 놨다가 다시 단봉을 잡았다. 조휘의 손에서 피가 뚝뚝 떨어졌다.

"……."

"……."

이후 둘의 시선이 딱 맞물렸다.

솔직히 의도가 뻔하긴 했다. 하지만 이 눈에 훤히 보이는 의도에 진짜가 들어가 있으면 얘기가 달라진다. 진짜란 조휘가 실제로 부상을 입었다는 점이다. 후각이 예민한 놈이 조휘의 몸에서 나는 피 냄새를 맡지 못할 리가 없었다. 아니, 처음부터 알았을 것이다.

몇 차례 격돌할 때도 충분히 맡았을 것이다.

'고민하라고.'

놈이 생각해야 하는 건 지금까지 잘 움직이던 조휘에게 진짜 이상이 왔나, 안 왔나에 대한 고민이었다.

이 고민에서 판단이 서는 순간 숨겨 뒀던 것을 꺼내올 것이다. 물론 이 또한 확신은 아니지만, 조휘는 자신의 판단을 믿었다. 놈은 확실한 기회가 오면 반드시 베기를 꺼낼 거라고.

타닷!

깡!

다시 찌르기를 단봉을 경로만 비껴냈다.

퍽!

그러자 이번에도 여지없이 왼쪽 허벅지에 일격이 들어왔다. 까득! 조휘는 신음 대신 이를 갈며 뒤로 물러났다. 표정은 미묘하게 찡그려져 있었다. 하지만 눈빛의 기세는 죽지 않았다. 후우, 한숨을 내쉬고는 이번엔 조휘가 먼저 달려들었다. 찌릿! 통증이 올라온 것처럼 아주 미약하게 몸에 제동을 걸었다가 튕기는 조휘.

쉬익!

어깨로 떨어지는 깔끔한 일격. 쉭. 상체를 틀어 피하는 모습에 조휘는 다시 몸을 움직여 품으로 파고들었다.

"큭!"

신음과 함께 오른쪽 발이 지면에서 떨어지는데 경련을 일으켰다. 조휘의 시선이 자연히 오른쪽 허벅지로 향했다. 그때였다. 놈의 눈이 빛난 건. 스르릉! 탁! 소리가 들리고 동시에 시선을 돌린 조휘의 눈도 빛났다.

그르릉!

쉬악!

뱀처럼 날카로운 소리를 내며 시작되는 발도. 조휘의 목을 향해 뱀 한 마리가 독니를 섬뜩하게 빛내며 날아들었다. 조휘의 신형이 무너졌다. 동시에 독니가 머리 바로 위를 스쳐 가며 머리카락을 뭉텅 썰어버렸다. 회피 성공이다.

이후 조휘의 신형이 회전, 튕기듯이 솟구쳤다. 팔은 곱게 펴져 있고, 손바닥엔 단봉이 잡혀 있었다.

휘릭!

빠각!

쇠사슬이 달린 단봉이 원심력까지 받아 놈의 턱을 그대로 후려쳤다.

"큭……."

외마디의 신음.

누누이 말하지만, 저렇게 두터운 갑주를 입고 있는 놈에겐 턱이 딱이다. 어디를 때려도 고통은 있겠지만, 순간적으로 무력화시킬 수는 없다. 틈새를 노려 날붙이를 비집어 넣지 않는 이상. 그러니 조휘는 턱을 노렸고, 승기는 조휘가 잡았다.

탁.

단봉을 놓고, 도를 뽑아 들며 다시금 회전했다. 쉬익! 까강! 파삭! 조휘의 왜도가 투구를 후려치고 경쾌한 소리를 내며 부서졌다. 이어 단도를 다시 꺼낸 다음 품으로 빠르게 달려들어, 투구 아래에 그대로 단도를 비집어 넣었다.

푹!

그그극!

끝까지 꽂힘과 동시에 양손으로 잡고 옆으로 쭉 그어버렸다. 푸확! 피가 훅 튀며 적각무사가 움직임을 멈췄다가 부르르 떨더니 무릎을 꿇었고, 떨림이 멈추자 앞으로 고꾸라졌다.

"하……."

한숨이 흘러나왔다.

심장이 쿵쿵 뛰었다.

조금만 늦었어도 머리카락이 아닌 머리가 썰릴 뻔했다. 아찔한 도박이었지만, 결국 승리했다. 이기면 된 거다, 이기면.

살아 있다는 거니까.

조휘가 놈의 목에 꽂힌 단도를 뽑고, 단봉을 챙기자 들려오는 목소리.

"후, 놀래라. 죽는 줄 알았잖아요?"

"언제부터 있었습니까?"

"저놈 턱에 한 방 먹일 때요."

"다행이네요. 구경만 하고 있었으면 진짜 화냈을 텐데."

"후후, 미쳤어요, 내가? 제독 언니한테 무슨 소리를 들으려고. 어쨌든 무사하니까 됐고. 이제 슬슬 나가야죠?"

"그럽시다."

조휘가 고개를 끄덕이자, 이화가 허리에 매달린 활을 풀어 살을 먹이고, 하늘에다 대고 쐈다.

삐이이이이익!

날카로운 소음이 밤하늘을 찢어발겼다.

제38장
모리휘원

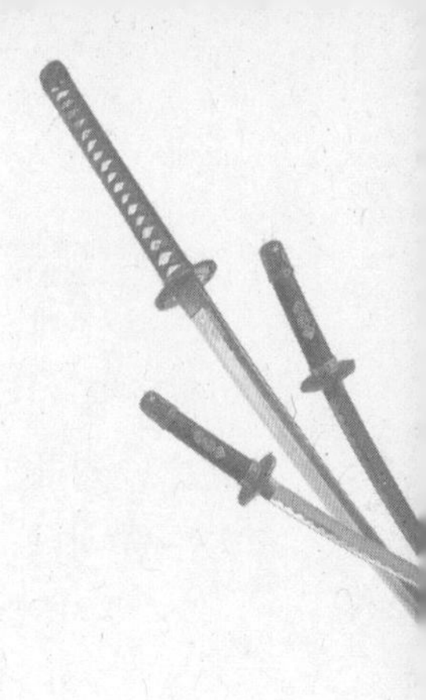

으득!

“어떻게 된 것이오…….”

소서행장이 이를 으득 씹고는, 눈앞의 사내에게 물었다.

“기다려 보세요, 좀.”

건너편의 사내는 소서행장의 분노에 찬 목소리에, 아주 태연한 목소리로 대답했다. 그런 대답에 소서행장은 울컥 울화가 치밀었지만, 그 이상 말을 꺼내 다그치지 않았다. 아니, 정확히는 못했다고 보는 게 맞았다.

사내는 자신과 비슷한 복장이긴 하지만 군데군데 다른 점이 있었다. 본국의 전통 갑주이긴 하나, 극히 실전형으로 만들어졌다. 불필요한 장식들을 떼고, 그만큼 활동성을 끌어 올린 갑주.

무사의 갑주였다.

소서행장은 일군의 총대장이다. 반대로 그의 눈앞에 있는 사내는 무사 계급이다. 하지만 소서행장은 반 존대를 하고 있었다. 이유는 둘 사이를 막고 있는 탁자 위에 올려져 있는 투구 때문이었다. 칙칙한 검은색, 악귀의 형상을 닮아 있는 형상에 우뚝 솟은 뿔 하나.

흑각무사(黑角武士).

그 투구가 반 존대의 결정적인 이유였다.

흑각무사는 희귀하다.

그것도 극히.

소서행장이 알기로는 본국 전체를 뒤져도 저 투구를 받은 무사의 수는 오십이 안 되는 걸로 알고 있었다.

무력에 대해서는 가히, 일인군단으로 분류되는 이들이 바로 흑각무사이고, 이들의 계급은 무사이나, 실제로 그 영향력은 일군 총지휘관인 자신에 비해 결코 부족하지 않았다.

"이대로는… 놈이 도망칠 거요. 벌써 놈을 구하려고 조선 놈들이 들어왔던 말이오!"

"조선?"

훗.

흑각무사가 웃었다. 명백한 비웃음이었다. 그 웃음에 소서행장의 얼굴이 더욱 붉게 변했다. 어떻게 들어도 모욕적인 웃음이었기 때문이다.

흑각무사는 검지만 펴서 소서행장의 얼굴에 대고 좌우로 흔들었다. 그러더니 붉은 입술을 다시 열었다.

"틀렸어요, 틀렸어. 놈들은 조선인이 아니에요."

"조선인이 아니다? 그 무슨!"

"놈은 한족, 중원인이에요."

"중원? 명?"

"후후, 그래요. 수하를 통해 다 확인해 보았지요. 틀림없어요."

"아니, 명이 왜?"

"글쎄요. 거기까지는 아직 저도 잘 모르겠군요."

"이게……."

소서행장은 잠시 혼란에 빠졌다.

주군이라 할 수 있는 풍신수길을 포함해, 정말 몇 사람만 알고 있는 극비 정보가 있다. 그건 바로 풍신수길과 만력제의 협약이다. 그런데 명의 인물이 왜? 소서행장은 다시 사내를 봤다.

아직 이립도 되지 않아 보이는 사내.

입가에 희미한 미소를 그리고는 진형도(陣形圖)를 보고 있었다. 저런 표정이 어떨 때 나타나는지는 그가 아주 잘 알고 있었다.

홍미.

아주 몹쓸 감정을 품었을 때 나오는 호기심 어린 미소, 눈빛. 제 자신도 요 근래 아주 많이 지었던 표정이었다.

이름조차 밝히지 않은 저 사내는 지금 분명 명(明)의 살수에게 홍미를 느끼고 있었다. 그런데 이건 아주 위험한 감정이었다. 평상시라면 괜찮으나, 지금의 상황에서는 가지면 안 될 감정이었다.

명의 살수는 호락호락한 이가 아니었다. 그 결과로 이미 자신의 직속 수하들이 몇이나 암습을 받아 죽었다. 조선의 기습에 딱 맞춰 일어난 살행은 전부 성공적으로 이루어져 자신의 자존심에 금이 쩌적 가게 만들었고, 일군이 여기에 묶이는 결과를 불러일으켰다.

'당장 잡아 죽여야 하는데…….'

살수의 무서움은 소서행장 그 자신이 가장 잘 알았다. 이 자리에 오르기까지 정말 셀 수도 없는 암습을 받았었기 때문이다. 몇 번은 정말 죽을 뻔했다. 지독하게 목숨만 노리는 놈들. 풀려나면 언제 어디서고 또 자신을 노릴 것이다.

그것만큼은 사절인데…….

'일시적 권한을 주는 게 아니었는데…….'

소서행장은 이맛살을 잔뜩 찌푸렸다. 불쾌감과 공포 때문이었다. 하지만 이제 돌릴 수가 없었다.

권한을 달라고 했을 때, 이번 한 번이지만 분명 전권을 위임한다고 분명히 자신의 입으로 대답했기 때문이다. 다른 이들과의 약속이라면 그냥 취소하겠으나, 흑각무사라면 얘기가 달라진다.

본국에 있는 주군에게 저 사내가 약속을 파기한 사실을 알리면, 자신의 자리조차 파기될 수 있음을 알기 때문이다. 그만큼 흑각무사의 존재감은 엄청났다.

이유는 하나 더 있다. 대체 무슨 생각인지 모르겠지만, 이미 작전은 진행 중, 뭘 노리는지, 그 끝에 나올 결과가 무엇인지 아는 사람도 저 사내밖에 없었다.

지금 다시 전권을 돌려받아 봐야 자신이 할 수 있는 게 없었다. 있다면 고작 포위, 섬멸 정도일 것이다.

'지금이라도 되찾을까…….'

고민이 되었다.

포위, 섬멸로 놈을 잡을 수만 있다면 되찾고 싶다. 하지만 말했듯이, 그렇게 해도 상황은 좋지 않을 거다. 최선의 결과가 나와도 신임을 잃는 거고, 최악의 경우가 나오면 자리 박탈이다.

'하다못해 뭘 노리는지만 말해준다면…….'

힐끔.

소서행장은 사내를 바라봤다. 사내의 표정은 여전했다. 그렇게 흥미로운 표정으로 진형도를 살피며, 붉은 기가 꽂혀 있는 막대와 푸른 기가 꽂혀 있는 막대를 조종했다. 붉은 기는 이 안에 들어온 놈들이다. 그래서 몇 개 안 됐다. 반대로 푸른 기가 꽂힌 막대는 무수히 많았다. 몇 개인지 세지도 못할 정도로.

기에는 각각 보(步), 기(騎), 궁(弓), 그리고 마지막으로 총(銃)이라 적혀 있었다. 보가 압도적으로 많고, 기, 궁이 비슷한 비율을 유지했으며, 총이라 적힌 막대가 제일 적었다.

실시간으로 진형을 조율하는 방법.

이건 소서행장도 할 줄 알았다. 소서행장의 눈이 빠르게 진형도를 훑었다. 푸른 기가 둥근 원을 만들어 붉은 기를 포위하고 있었다. 누가 봐도 포위한 것 같지만 포위는 굉장히 느슨했다.

몇 군데서 창고가 박살 났는데도, 화약이 몽텅 날아가 앞으로 행용총 부대 운용에 심각한 지장을 초래할 정도가 되었는데도 왜 바로 섬멸하지 않을까. 소서행장이 열 받는 이유가 바로 이 부분이다.

'대체 뭘 원하냐…….'

다시 사내를 힐끔 바라봤다. 그런데 이번엔 사내도 소서행장을 보고 있었다. 씨익. 붉은 입술과는 어울리지 않는 누리끼리한 치열이 보였다.

"궁금해요?"

"……."

"안 궁금해요?"

"……."

"말해주려 했는데, 아니면 말아요."

후우…….

한숨을 내쉰 소서행장은 결국 일단 감정을 억눌렀다.

"궁금하오……."

"후후, 그래야죠. 자, 그럼 물어보세요. 뭐든. 하나가 될지, 두 개가 될지는 모르지만 성실히 답변해 줄게요."

"……."

가지고 놀고 있다.

소서행장은 이놈의 마음도 어딘가 부서져 있다는 걸 알아차렸다. 적각무사만 봐도 정신이 멀쩡한 놈을 찾기 힘들었다. 항상 극한을 향해 달리는 감정을 보여주는 놈들. 이 사내도 마찬가지였다.

"원하는 게 뭔지 알고 싶소."

"원하는 거?"

"그렇소. 이렇게 질질 끄는 이유."

"아아, 그게 궁금하시구나."

후후.

사내는 낮게 웃더니 진형도를 바라봤다. 두 손을 뻗어 탁자를 짚더니 상체를 숙이고 진형도 여기저기를 다시금 살펴봤다.

"별거 없어요. 그냥 말려 죽이려고요."

"말려… 죽인다?"

"네. 말 그대로 말려 죽일 거예요. 아, 이렇게 말하면 안 되는구나. 굶겨 죽인다가 맞겠구나. 후후."

"하지만 저기엔 창고가……."

"아아, 걱정 말아요. 그 창고에서 인간이 먹을 수 있는 건 이미 전부 치워 뒀으니까. 즉, 우리가 포위망을 형성한 원 안에는 마실 것도, 먹을 것도 없다는 소리예요. 진짜 아주 조금도."

"……."

"인간은 물과 식량 없이 얼마나 버틸 수 있을까요?"

툭 질문을 던지는 사내.

소서행장은 대답할 수 없었다. 사내의 얼굴에는 정말 궁금하다는 표정이 서려 있어서 대답하지 못했다.

등골을 타고 소름이 돋아났다. 정상이 아닐 거라 생각했는데, 진짜 이 정도로 미친놈이었을 줄은 생각도 하지 못했다.

"몰라요? 모르죠? 그래서 제가 이번에 해보는 거예요. 음… 저는 한 이 주 정도는 겨우 버텨본 것 같은데. 그건 저니까 가능했던 거고… 이놈들은 좀 다르겠죠? 후후."

"……."

흥미, 호기심의 발원지는 바로 이 부분이었다. 놈은 사람을 통해 실험을 하고 싶었던 것이다, 전쟁 중에도. 소서행장은 사내를 다시 바라보며 물었다.

"만약 놈들이 탈출하면?"

"에이, 일만 오천 병력이에요. 무슨 수로 도망쳐요?"

"그럼 다시 구출하러 온다면?"

"이미 외곽 쪽에는 행용총 부대를 포진해 놓았어요. 달려들다가 전부 구멍이 뻥뻥 날걸요?"

아하하.

아이 같은 웃음에, 말투.

'인격의 성장이 멈췄구나.'

소서행장은 그렇게 판단했다. 호기심은 아이를 대변할 때 나오는 아주 흔한 감정이다.

인격의 성장이 멈췄기 때문에, 궁금한 게 생기면 참지를 못한다. 그러니 해보는 것이다. 빌어먹게도 아이이긴 한데, 영악했다. 게다가 육체적인 힘까지 있다.

하고 싶으면 할 수 있으니까… 지금 이런 상황이 벌어진 것이다.

'후우… 불쌍해지는군.'

순간적이지만 측은한 마음이 들었다. 살수가 누구인지는 모른다. 왜 명의 살수가 여기서 자신을 노리는 건지는 더더욱 모른다. 하지만 아는 게 하나 있다면, 이제부터 이 미친 사내에 의해 그들이 당할 것이라는 사실이었다.

상식적으로 생각해 보자.

쉽게 뚫려주고, 이후 일만 오천이라는 병력으로 포위, 작전 전 창고의 식량은 모두 치워 뒀고, 그 상태로 섬멸을 진행하지 않으며 기다린다. 이 경우 언제까지 버틸까?

'분명 필사의 탈출을 시도하겠지.'

힐끔.

"탈출은 안 돼요. 행용총 오백이 최전선에 있으니까. 다가오면 빵. 또 다가오면 빵. 계속 빵빵. 그렇게 계속 위협해 주면 아마 시도에서만 그칠 거예요. 후후."

하고 싶은 말을 읽은 건지, 사내가 웃으며 소서행장이 혼자 생각한 부분에 대한 답을 줬다. 정신은 미숙한데, 이상하게 지능은 발달했다.

소서행장은 이럴 때 쓰는 단어가 생각났다.

'변종(變種)…….'

혹은 돌연변이(突然變異).

육체는 인간인데, 정신은 인간의 범주를 아득히 벗어나 있었다. 말 그대로 괴물이다.

소서행장은 포기했다. 이제는 그냥 상황이 어떻게 돌아가는지 볼 수밖에 없다는 걸 깨달은 직후라 마음은 편안했다.

"나는 기대가 매우 커요. 음, 되도록 오래오래 버텨 줬으면 좋겠는데. 아, 맞다. 우리 내기 하나 할래요?"

"내기……?"

"얼마나 버틸지에 대한 내기예요."

"……."

"저는 십 일에 걸게요. 그 이후부터 사망자가 나온다, 에."

"지정일 뒤에 사망자가 나오면 이기는 건가?"

"맞아요. 지휘관님은?"

"나는……."

얼마나 버틸까?

소서행장은 불쑥 궁금증을 느꼈다. 그러다가 큭! 속으로 신음을 흘렸다. 이거야 원… 눈앞의 미친 사내와 다를 게 없지 않나. 그런데 그러면서도 며칠이나 걸릴까? 하는 의문은 계속해서 들었다.

보통 일주일을 산다 하던가?

그럼 이놈들은 훈련받은 놈들이니 더 버틸까?

착착 머릿속에서 계산이 되고 있었다.

호기심이라는 마물이 도덕적 사고 의식을 단번에 압살하고, 나름의 계산을 소서행장의 입 밖으로 나오게 만들었다.

"나는 십삼 일로 하지."

"오, 길게 잡았네요? 이유라도?"

"글쎄, 그냥 그 정도는 버틸 것 같군."

"후후, 그래요? 때로는 감이 정확할 때도 있죠. 아, 내기니까 보상이 있어야겠죠? 제가 줄 수 있는 건 이거예요. 지휘관님을 괴롭혔던 녀석을, 산 채로 잡아다가 대령하는 것."

"……."

쿵, 쿵쿵.

심장 박동 수가 올라갔다.

으드… 득!

그리고 절로 이가 갈렸다. 어떤 새끼인지 꼭 얼굴이 보고 싶었다. 대체 어떤 놈이 자신의 발을 묶었는지 꼭 확인해 보고 싶었다. 그리고 고문하고, 또 고문하다가… 죽일 것이다. 놈 때문에 밤잠을 설친 것만 생각하면 아주 피가 마른다.

"그럼 내가 졌을 때는?"

"당연히 그놈은 제가 가져야죠. 아, 그리고 이것도 하나 정해요. 최초의 사망자가 나온 날이 서로 다를 시 가장 근접한 날을 건 사람이 이기는 걸로."

"그러지."

소서행장은 고개를 끄덕였다.

이러나저러나 결국 소서행장도 다를 게 없었다. 하긴, 전쟁을 수행하는 자. 명령 한 번에 수천수만을 죽이는 자가 정상인 게 우스운 일이다. 그가 동의하자 사내는 활짝 웃었다. 그러더니 다시 진형도를 보고 흐흥, 흐흐흥, 흥겨운 콧소리를 냈다. 소서행장도 진형도를 다시 바라봤다.

"아, 맞다."

진형도에서 눈도 안 떼고 사내가 다시 말문을 열었다. 소서행장이 고개를 슬쩍 드는 순간 다음 말이 붉은 입술을 비집고 조용히 흘러나왔다.

"아까처럼 쓸데없는 지시를 몰래 내려놓는 일은 없었으면 해요."

"알고… 있었소?"

"그럼요. 어차피 그 정도로 죽을 놈은 아닌 것 같아 내버려 뒀을 뿐이에요. 만약 죽으면 별 볼 일 없는 놈이기도 하고. 하지만 이제는 알았어요. 저놈은 재밌어요. 그러니 이제 더 이상의 간섭은 사양이에요."

"…알겠소."

"믿을게요. 그러니 이 믿음, 배신하지 말아요. 제가 화나는 걸 보고 싶지 않으면."

"……"

마지막 말은, 다시 고개를 들어 소서행장의 눈을 똑바로 바라보며 했다. 비틀리고 깨진 동심(童心)이 자리 잡은 눈빛. 소서행장은 그 눈빛에 감히 대답할 수가 없었다. 결국 고개를 끄덕이자 시선을 거두는 사내.

'후우……'

소서행장은 그제야 속으로 안도의 한숨을 흘렸다. 이후는 침묵이 흘렀다.

그런데, 그런데 말이다.

이 두 놈.

아주 웃겼다.

북 치고 장구 치고… 아주 지들끼리 다 해 먹고 있었다. 지금 저 안에 갇혀 있는 사람이… 누구인지도 모르면서.

마도 진조휘가 그리 호락호락한 놈이 절대 아닌데 말이다.

제39장
포위

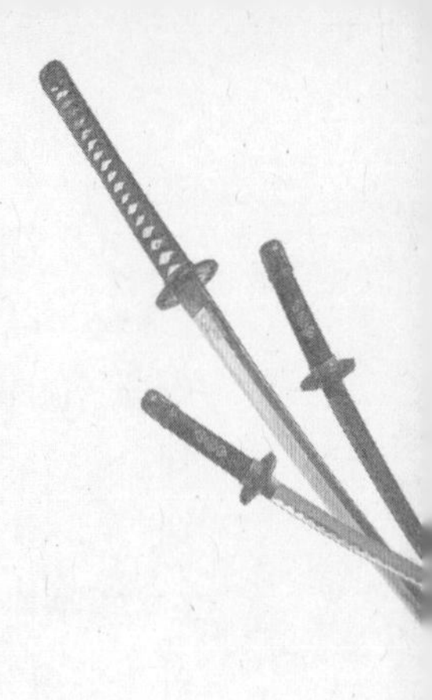

호락호락하지 않은 마도 진조휘.

그도 이미 뭔가 이상하다는 걸 눈치챘다. 이화가 신호용 활을 쏘고 사라진 뒤 얼마 지나지 않아 공작대 전원과 합류했다. 마지막으로 은여령이 오면서 전원이 모였다. 전원이 모였지만 해후 같은 건 없었다. 구해주러 와서 고맙다는 말을 할 겨를 자체가 없었다. 돌아가는 판이… 요상하고 거지 같은 걸 알고 있었지만 다 모인 뒤도 가관이다. 일체의 소란도 느껴지지 않는 고요함.

이게 말이나 되나?

안 된다.

조휘의 입장에서는 당연히 말이 안 된다. 그래서 조휘도 경거망동할 수가 없었다. 작전의 순번상 당연히 탈출을 시작해야 하는데, 단련된 감이 말하고 있었다.

움직이지 말라고.

주변을 노려보던 조휘의 입이 열렸다.

"장산, 위지룡."

"네."

"네."

조휘의 부름에 둘이 바로 대답하며 빠르게 다가왔다.

"이거, 돌아가는 판이 이상하다."

주변을 둘러보며 나온 나직한 말에,

"그렇습니까?"

장산은 그러냐는 투였고,

"저도 그렇게 생각하고 있습니다."

위지룡은 동감했다.

조휘는 손짓으로 다시 오현, 중걸과 도건, 그리고 은여령을 불렀다. 조휘의 손짓에 그들은 대원들에게 경계를 맡기고 조휘에게 다가왔다.

"들어오면서 이상했던 점은?"

조휘의 질문에 모두가 골몰히 생각에 잠겼다. 조휘의 표정, 어조에서 굉장히 중요한 질문이라는 걸 눈치챈 것 같았다.

위지룡이 먼저 대답했다.

"너무 쉬웠습니다."

"쉬웠다고?"

"네. 마치 길을 열어주고 있는 것 같았습니다."

"그래?"

"매복도 있었는데 은 소저 혼자서 전부 해결했습니다. 하지만 수가 적었습니다. 많아야 스물 정도?"

"그렇단 말이지……. 다른 건?"

위지룡이 얘기를 들은 조휘가 다시 묻자, 모두 같은 대답을 했다. 전체적으로 따지자면 딱 하나였다.

그냥 쉽다.

일만이 넘는 군세를 뚫고 들어오는데, 너무 쉬웠단다. 말이 안 되는 얘기는 아니다. 공작대는 정말 뛰어난 이들이니까. 하지만 이번 경우는 아니었다. 일단 지휘관이 무능한 자라 할 수 없었다.

듣기로는 어느 평야에서 조선이 자랑하는 기병대를 제대로 된 작전으로 궤멸시켰을 정도로 능력이 있는 지휘관이었다.

소서행장.

결코 쉬운 새끼가 아니란 소리다.

하지만.

'근데 이건 지금까지 놈이 보여주던 방식이 아닌데?'

조휘는 이게 소서행장의 지휘하에 이루어진 상황이 아니라는 걸 알아차렸다. 큰 판을 짜는 데 일가견이 있는 놈이다. 용병술 자체는 그리 좋지 않아 밑의 부관들이 대부분 도맡아 했다는 것도 알고 있었다.

이미 조휘와 위지룡이 몇 놈을 암살했다. 그런 상황에 이런 용병술이라니. 확신이다, 이건.

'맞아. 이건 놈의 방식이 아니야. 다른 놈이 끼어들었어.'

그림을 그리는 화가가 다른 사람으로 교체됐다면 조휘도 전혀 다른 방향으로 생각해야 했다. 다행히 조휘는 그 점을 자각했다.

"위지룡, 도건, 은어령."

네.

호명에 작게 대답이 들려왔다.

슥슥.

손짓으로 따라오라는 신호를 보내고, 천천히 움직이는 조휘. 사방을 경계하고 있는 공작대의 틈에서 네 사람이 빠져나왔다. 살금살금 전진을 시작했다. 현재 있는 곳은 중앙군 부군이다. 빠져나가려면 왔던 루트를 다시 되돌아가야 하니, 방향은 동쪽이다. 네 사람은 조용히 움직이는 데 일가견이 있었다.

기척을 최대한 죽인 채 얼마나 이동했을까. 약 반각? 거리상 얼마 되지도 않았다.

푹! 푸부북!

갑자기 조휘의 전방으로 화살이 꽂혔다. 약 이십여 발. 멀찍이 꽂혔기에 위험은 없었다. 하지만 조휘는 빠르게 전방을 살폈다. 은밀성을 죽여 놓기 위해서 사방팔방 불을 피워 놓았다. 그렇기에 환했고, 그 환함 속에서 조휘는 견제를 가한 적의 위치를 파악할 수 있었다. 약 사십으로 이루어진 일단의 무리.

반은 궁병이고, 반은 길쭉한 무기를 들고 있었다.

슥슥.

조휘는 뒤로 빠지라는 신호를 보냈다. 저 길쭉한 무기가 행용총이라는 걸 알아차리고 난 뒤 바로 나온 지시였다.

하지만 처음 있던 곳으로 돌아가지 않았다. 방향을 선회해서 다른 곳으로 이동하는 조휘. 그러나 결과는…….

땅! 따다다다당!

어둠을 찢어발기는 행용총의 견제만 받았다. 모두 조휘의 전방 사오 장 앞에 꽂혀 위협만 주고 끝났다.

그런 결과가 몇 번이나 더 나왔다. 조휘는 그 위협 사격을 통해 한 가지는 확신할 수 있었다. 조휘는 제자리로 돌아와 경계 인원을 뺀 모두를 불러 모았다. 모두의 시선을 받으며 조휘가 찡그린 얼굴로 입을 열었다.

“이놈들, 일부로 길을 열었다.”

“……”

“……”

적막함. 다른 질문을 하지는 않고 조용히 조휘의 뒷말을 기다렸다.

“후우, 확실하다. 아직 이유는 모르겠지만 이놈들 일부러 길을 열어 니들과 나를 합류하게 만들었어. 그리고 포위망을 짰다. 아주 촘촘해. 게다가 사방에 불을 지펴 놔 어둠을 최대한 죽였고, 우리 방식의 이동을 잘 아는 놈들이 최전선에 배치되어 있어. 어디로 나가든 기다리고 있는 건 화살과 행용총의 쇠구슬이다.”

“틈은 없나?”

오현의 질문이었다.

조휘는 그 질문에 고개를 끄덕이고는 다시 입을 열었다.

“나가려고 밀어붙이는 순간 벌집이 될 거야. 다가오지 못하게 견제 사격만 하고 있지만, 그것만 봐도 명확하지. 더 이상 다가오지 말라는 협박.”

"음… 안 좋군."

"……."

조휘는 말없이 고개를 끄덕였다. 안 좋다는 말이 아주 격하게 공감이 됐다. 더불어 가슴 한쪽에서 울컥! 치밀어 오르는 감정이 있었다. 그건 미안함이었다. 공작대 전원이 자신을 구하러 왔다가 그물 속에 갇혀 버렸다.

그 옛날 천라지망이란 포위망에 비교해도 결코 떨어지지 않을 것이다. 왜? 무려 일만이 넘는 병력의 정중앙에 갇혔으니까. 아주 단순하게 세어 봐도 일만 오천 대 오십하고 세넷이다.

이건 이란격석(以卵擊石) 정도가 아니었다. 그보다 훨씬 심했다. 원래는 이렇게 진행되면 안 되는 작전이었다. 조휘와 합류함과 동시에 바로 빠져나가야 했었다. 그런데 길을 열어주고 들어가는 순간, 그 뒤를 쫓아오며 길을 아예 메워버렸다.

인간으로.

그냥 작전을 진행했다면 순식간에 벌집이 되어 차디찬 흙바닥에 몸을 누였을 것이다. 조휘의 판단은 좋았다.

하지만 좋은 판단을 내렸음에도 상황은 결코 좋지가 않다. 뭐 이런 더러운 경우가 있나 싶었다.

"적이 원하는 게 뭘까요?"

은여령의 질문.

"……."

조휘는 고개를 저었다.

일단, 우리를 가두는 것이 목적이었다는 것만 확인했지, 왜 가두려고 하는지에 대한 것은 파악하지 못했다.

"그럼 그냥 이렇게 계속 기다려야 되나요?"

"일단은."

"그게 더 위험하지 않을까요?"

"뭘 원하는지도 모르고, 나가면 벌집이 될 마당에 무턱대고 움직일 순 없어. 그냥 힘으로 뚫다가는 다 죽어."

"……."

조휘의 말에 은여령은 조용히 입을 다물었다.

'뭐냐, 뭘 원하는 거냐…….'

조휘는 저 멀리, 먼동이 트는 모습을 보며 속으로 중얼거렸다. 하지만 속으로 자문하고 또 자문해 봐도 답은 아직 조휘에게 찾아오지 않았다. 그렇게 답답한 상황 속에서, 해가 뜨기 시작했다. 기묘한 대치.

이해가 안 가는 상황.

마도는 살기 위해 그 특성을 발휘하기 시작했다.

* * *

해가 중천에 떴다.

이해 안 가는 상황이 지속된 지 반나절. 조휘는 또다시 기묘한 상황과 마주했다.

아니, 기묘한 게 아니라 지극히 위험한 상황이었다.

"대주, 저놈들, 저거……."

"……."

휑하니 뚫린 공터에 나타난 일단의 인물. 그 인물들 모두 조휘와 공작대 전원에게 너무나 익숙한 복장을 하고 있었다. 조휘는 장산의 신음 어린 말을 무시하고, 놈들을 노려봤다. 왜 모를까.

어제 저놈들 중 하나를 제 손으로 끝장냈는데.

"흑각무사……."

조휘의 입에서도 결국 침음 섞인 단어가 흘러나왔다. 놈들 중 가장 선두에 있는 놈의 투구가 조휘의 심장을 마구 건드렸다. 쿵! 쿵쿵! 엇박자로 뛰는 심장이 조휘의 정신을 흔들려고 했지만, 그는 애써 참아냈다.

놈은 공터에 의자 하나를 가져다 놓고 거기에 앉아 공작대가 숨어 있는 방향을 바라보고 있었다.

의자 등에 등을 푹 기대고, 아주 편한 자세로.

저건 도발이었다.

"뭐 하자는 걸까요?"

"홍뢰(紅雷) 하나 줘봐."

"네, 여기."

조휘는 위지룡에게 그가 손목에 차고 있던 연노를 받았다. 이건 오홍련의 기술부에서 자체 제작한 특수한 연노였다. 아니, 연노라고 하기에는 좀 애매했다. 손목 위에 둘러찬 다음, 붉은 빛깔을 띠는 나무로 제작한 특수한 화살을 쏘니까. 사거리와 관통력도 매우 우수해서 공작대의 기본 무장으로 사용하는 원거리 무기였다.

그걸 받아 든 조휘는 바로 놈에게 겨루고, 방아쇠를 당겼다.

퉁!

슈아악!

튕기는 소리 뒤, 바람이 찢어지는 소리가 따라왔다. 아주 정확하게 놈에게 향한 화살은, 깡! 소리를 일으키며 그냥 튕겨나갔다.

"……."

그 장면을 본 조휘는 피식 웃었다. 그럴 줄 알았다. 흑각이 돌아난 투구를 괜히 뒤집어쓰고 있는 건 아닐 테니까. 그걸 본 장산의 입에서는 헛바람이 튀어나왔다.

"허……."

위지룡의 입에서는 현상을 설명하는 말이 나오고,

"저걸 손으로 튕겨내?"

이후 공작대 전체가 침묵했다.

홍뢰는 관통력이 좋은 만큼 묵직하다. 무기로 용케 막는다고 해도 손이 저릿저릿할 텐데, 그걸 그냥 벌레 쫓듯이 손을 휘둘러 막는 걸 보니 어이가 없는 것이다. 또한 저런 놈이 튀어나온 만큼 상황 자체가 만만치 않다는 걸 즉각 자각하며 나온 침묵이었다.

"은여령."

"네."

스윽, 조휘가 부르자 그녀는 바로 곁으로 다가왔다. 조휘는 시선을 흑각무사에게 고정한 채 그녀에게 물었다.

"할 수 있겠어?"

"네."

바로 대답이 나왔다.

"싸우면?"

"확실하진 않지만, 호각은 이룰 수 있어요."

"호각이라……."

호각(互角).

서로 역량이 같음을 뜻하는 단어. 보통 좋은 상황에 쓰일 단어 같지만, 아쉽게도 현재로서는 조휘가 가장 듣기 싫어하는 단어였다.

"당신이 호각이면… 여기서는 그 누구도 대적할 수 없다는 말인데."

"……."

이곳에서 은여령이 가장 강하다. 그런 그녀가 흑각무사에 묶여 있다면? 그다음을 꼽으라면 조휘일 거다. 그다음은 누구일까? 철권 오현일 거고, 그 뒤로는 네 명의 부조장들이다.

일반 공작대원들도 능력은 좋지만 적각무사 하나를 상대하려면 아마 서넛씩은 붙어야 할 거다. 대충 계산해 봐도 지금 저 공터에 있는 놈들을 상대하려면 은여령을 포함해 아군 모두의 전력이 반 이상 달라붙어야 한다는 계산이 나온다.

근데 그런다고 끝일까?

절대 아니다.

그다음은 왜의 일군을 상대해야 한다. 완전히 사지다.

"일만 오천의 병력 속에 적각 다섯에 흑각 하나라……. 이거야, 원. 허헛, 웃음밖에 안 나오는군."

쪼그리고 앉아 공터를 바라보던 오현은 헛웃음을 터뜨렸다. 조휘도 그 말에 아주 깊이 공감했다. 이건 도대체가, 구멍이 안 보였다.

의도도 몰라,

틈도 없어.

병력은 완전 열세고,

구조조차 기대하기 힘든 상황.

이런 상황 속에 조휘가 내릴 수 있는 판단은 애초에 굉장히 한정적이었다. 조휘는 굽히고 있던 무릎을 폈다. 그러자 아주 기가 막히게, 의자에 앉아 있던 놈도 일어났다. 그러더니 조금씩 앞으로 다가왔다.

“어? 대주, 저놈 다가오는데요?”

“보고 있어.”

“왜 나올까요?”

“글쎄…….”

위지룡의 질문에 조휘는 답을 피했다. 왜? 조휘도 몰랐기 때문이다. 하지만 머리는 팽팽 돌고 있었다. 그냥 놀러 오는 것 같지는 않았다. 조휘는 십 년간 전장에서 거의 모든 인간 군상을 겪었다. 그 군상들 중 저런 행동을 하는 놈들을 떠올려 봤다. 왜 다가오는지 알 것 같았다.

저런 것들은,

도취된 자들.

뭐에?

스스로의 능력에.

아니나 다를까…

"간은 다 봤나요?"

유창한 한어가 들려왔다.

그 말에 조휘의 눈매가 살짝 꿈틀거렸다. 유려한 한어 때문도 아니고, 놈이 계집처럼 곱상한 어조로 말을 해서도 아니었다. 거리가 상당히 좁혀져 있었기 때문에 놈의 표정이 잘 보였다.

화사한 미소다.

진정 즐거워 죽겠다는 미소였다.

하지만 다르다.

저건… 조휘가 반년 정도 전에 수없이 지었던 미소였다. 인간이 보통 특정한 감정을 집어넣어 만드는 미소. 방원과 적운양을 처단할 때 조휘 본인이 지었던 것과 똑같았다. 자신이 지었던 미소라, 자신이 더욱 잘 알 수 있었다. 그렇기 때문에 저 미소는, 저 말은 명백한 도발이었다.

스윽.

"대주."

"위험합니다."

조휘가 일어나자 장산과 위지룡이 동시에 조휘를 말렸다. 장산은 소매를 잡았고, 위지룡은 말로.

은여령이 조휘의 앞으로 나왔다.

"위험해요."

"비켜."

"위험하다니까요."

"그래도 알아야 돼. 저놈이 지금 이 상황을 만든 놈이야. 그러니 놈과 대화하면 뭘 원하는지 알 수 있어. 그걸 알면 탈출에 지대한 도움이 될 거고. 근데 저놈이 대화를 원하는 건 딱 나 같은데?"

"그래도……."

"배짱을 부려야 할 때도 있어. 그동안의 경험으로 보면 말이야."

"……."

은여령도 결국 비켜섰다. 그녀가 비킴으로써 조휘를 막을 사람은 아무도 없었다. 조휘가 천천히 걸어 나갔다. 손에는 풍신을 들고, 허리에는 쌍악을 차고 조휘가 앞으로 나가자 놈의 미소가 더욱 짙어졌다.

약 십 보 거리에서 마주선 둘.

서로 먼저 시선이 마주칠 줄 알았는데, 놈은 조휘의 손에 들린 풍신을 바라보고 있었다.

"……."

"……."

고개를 갸웃거리는 사내를 보며 조휘는 눈을 가늘게 떴다.

풍신을 본다?

조휘가 들고 있는 풍신과 비슷한 도가 엄청 많았다. 도집까지 포함해 정말 엄청 많았다. 하지만 풍신만의 특징이 있었다.

"어디선가 본 모양인 것 같은데, 아쉽게도 기억이 안 나네요."

다행히 놈은 풍신을 알아보진 못했다. 알았다면 바로 조휘의 정체가 탄로 났을 것이다.

"평범한 도니까."

"후후, 아니요. 조금 다르긴 해요. 형태를 보니 본국에서 만들어진 것 같진 않고."

"그런가?"

"뭐, 그런 것 같네요. 하지만 그게 중요한 건 아니고. 당신인가요, 숨어 있던 살수가?"

"왜, 아닌 것 같나?"

"아니요, 당신 같아요. 흐음… 근데 살수의 느낌은 별로 안 나는데요?"

"직업이 중요한가?"

"아니요. 그것도 그렇게 중요하진 않아요."

"그럼 나를 보자고 한 용건은?"

"후후, 그저 얼굴을 보고 싶었을 뿐이에요. 누가 대담하게 일만이 넘는 부대 안으로 침입해 암살을 일삼고 있는지. 근데 그럴 만하네요. 충분히 들쑤시고 다닐 만한 능력이 있어 보여요. 후후후. 그런데 어쩌나. 이제 끝났나요?"

"끝은 내가 내. 네가 아니라."

피식.

"지금 내줄까요?"

"해봐."

서늘하게 돌변한 놈의 눈빛이 조휘의 두 눈에 정면으로 꽂혔다. 한기에 파르르, 온몸에 잔 떨림이 생길 정도로 기세가 높았다. 아무리 조휘라도 이런 상황에서는 떨릴 수밖에 없었다. 하지만 그런 모습을 내보일 수는 없었다. 그러는 순간, 목젖을 물어

뜯길 테니까. 이런 놈은 아주 잘 안다.

그래서 내심을 보이지 않았다. 오히려 반대로 입술을 슬그머니 비틀었다.

이후 열리는 입술.

"이 상황, 당신이 짰나?"

"그럼요. 제가 짰어요. 제가 아니면 누가 하겠어요? 후후후."

웃음이 정말 거슬렸다. 제대로 성질을 건드리는데, 가능하다면 혀를 잡아 뽑아 흑악으로 확 썰어버리고 싶었다.

"뭘 원하지?"

"네?"

놈이 반문했다.

조휘는 질문을 조금 바꿨다.

"아니, 질문을 바꿔야겠어. 뭘 노리고 우릴 가뒀지?"

"흐음… 그걸 말해줘야 하나요?"

"뭐?"

이번엔 조휘가 반문했다. 그러자 다시 활짝 웃는데, 저절로 주먹이 꽉 쥐어졌다. 풍신을 뽑을까, 말까? 감정의 통제가 뛰어난 조휘가 순간 고민할 정도로 격렬한 살의를 일으키는 미소였다.

"말해주면 재미없잖아요? 제가 얼마나 공을 들였는데요. 거기다가 아끼던 수하를 몇이나 잃었고. 아, 당신 맞죠? 제 수하들의 목을 딴 게."

들어보니 자신 말고, 은여령이 셋이나 더 보냈다고 들었다. 하지만 굳이 그걸 알려줄 필요는 없었다.

"그래. 까불기에 보내줬지."

"음, 그런데 상처 하나 없네요? 이야, 그 정도는 아닌 것 같은데. 어쨌든 신세 졌어요. 이제 갚아줄게요."

"어떻게?"

"후후, 벌써 말해주면 재미없잖아요?"

"해주지, 좀? 이제 와서 뭐 변하는 것도 아니고."

조휘는 말을 더 걸었다.

딱 보니까 놈은 아직 공격 의사가 없었다. 왜 그런지는 당연히 의문이다. 하지만 그걸 알기 위해서는 대화가 필요했다.

물론,

'대충 어떤 놈인지는 파악했고…….'

이 잠깐의 대화로 이놈이 어떤 놈인지를 알아내는 성과는 있었다. 작은 성과가 아니었다. 지휘관의 성향을 아는 것 자체로 작전을 짜는 데 큰 도움이 되는 건 분명한 사실이니까.

"그건 스스로 알아내야 하지 않겠어요? 아, 그래도 작은 실마리 하나는 줄게요."

"말해봐."

"나갈 생각은 하지 말아요?"

"뭐?"

실마리 하나를 준다더니 이건 또 뭔 개소린지, 순간적으로 의문이 들었다. 그래서 저도 모르게 나온 반문이었다.

"후후, 자, 끝. 만남은 여기까지 해요. 앞으로 좀 즐겁겠어요. 아하하하!"

"……."

그렇게 말을 끊고 웃더니, 등을 돌리고 대담하게 돌아가는 놈을 조휘는 잠깐 바라보다가, 마주 등을 돌리고 공작대가 있던 곳으로 걸었다. 몇 걸음 떼지도 않았는데 등줄기가 서늘했다. 대놓고 날아오는 살기.

퉁.

슈아악!

익숙했던 반동 소리가 들릴 때 조휘는 이미 몸을 돌리고 있었다. 그리고 풍신을 가볍게 휘둘렀다.

깡!

지이잉.

부르르 떨리는 풍신에게는 눈길도 안 주고 전방을 보니, 놈이 히죽 웃고 있었다. 손에는 공작대가 쓰던 홍뢰와 매우 비슷한 연노가 들려 있었다.

"저만 선물을 받을 수야 있나요. 아하하!"

"……."

그러더니 다시 등을 돌리고 걸어간다. 조휘는 입술을 살짝 깨물었다. 솔직히 요번에는 운이었다. 돌아서는 순간 본능적으로 풍신을 회전시켰는데, 거기에 딱 맞은 것이다. 순간 심장이 덜컹했을 정도로 조휘도 긴장했다.

다시 등을 돌리고 걸어가는 조휘.

'약한 모습을 보이면 안 돼. 보이는 순간부터 물어 뜯긴다…….'

조휘는 확정적으로 생각했다.

놈은 강자에게 흥미를 보이는 성향을 지녔다. 이건 확실했다. 그러다 보니 또 한 가지 생각나는 게 있었다.

'설마 재미?'

그 생각이 딱 떠올랐을 때쯤 도착한 조휘에게,

"무슨 대화를 했습니까? 목소리가 작아서 저놈 웃는 소리밖에 안 들리던데."

위지룡이 바로 질문을 했다.

조휘는 그런 위지룡에게 손을 들어 멈추게 하고, 자리를 잡고 앉았다. 그러고는 바로 생각에 잠겼다.

그런 조휘에게 궁금한 표정으로 다가오던 이들은 장산과 위지룡이 바로 막아서며 고개를 흔들자 멈췄다.

둘은 안다.

마도 진조휘.

그의 능력은 이런 극한 상황에서 정말 진가를 발휘한다는 걸. 그러니 지금은 그가 생각하게 내버려 둬야 한다는 걸.

둘은 아주 잘 알았다.

그러니 막았고, 기다리는 거다.

'놈은 딱 봐도 즐기는 놈이다. 하지만 전투를 즐기는 놈은 아니야. 이놈은… 살인 그 자체를 즐기는 놈이야. 그것도 극악한 방법으로……'

정신 상태가 부서진 놈.

조휘 본인이 겪기도 했었고, 방원과 적운양에게 실제로 그런 모습으로 보여줬었다. 아니, 보여준 정도가 아니라 그런 마음으로 두 놈을 죽였다. 그런 걸 생각해 보면 일정 부분 감이 온다.

답이 나왔다.

이놈,

"우리 죽음을 보며 즐기려는 거야."

흠칫.

모두가 조휘를 바라봤다.

조휘는 감았던 눈을 떴다.

"이 개새끼 봐라……."

으드득!

주먹이 쥐어지고, 이가 혹 갈렸다. 아주 간만에 이런 놈을 만났다. 타격대에도 이렇게 굴다가 조휘에게 걸려 저승길로 올라선 왜구의 숫자는 감히 헤아리기가 힘들다.

"미친놈인가?"

"그래, 그것도 아주 제대로 돌은 놈."

"큥, 골치 아프겠군."

"하지만… 그렇기에 우리가 살아 있지."

"하긴, 그것도 그렇군. 하핫."

오현은 조휘의 말에 짧게 웃었다.

이건 솔직하게 말해 고마워해야 하는 상황이다. 저런 미친놈이 아니었으면 아마 공작대는 분명 죽었다. 그런데 저놈 때문에 살아 있는 거다.

기회를 줬다.

미친놈이, 미친놈에게 기회를 준 거다. 두고두고 후회할 짓을 해준 셈이다.

"우리가 먼저 나서기 전엔 아마 선제공격을 안 할 거야. 반대로 우리는 먼저 움직이지만 않으면 안전하다는 뜻도 되지."

"생각할 시각은 많다는 소리요?"

휙, 휙, 장산이 손도끼를 빙글 돌려 던졌다 받으며 조휘의 말을 받았다. 조휘는 고개를 끄덕였다. 입가에는 옅은 미소가 걸려 있었다. 그 미소를 보고 장산, 위지룡, 공작대도 웃었다. 이런 엿 같은 상황임에도 웃는 여유. 억지로 쥐어짠 미소가 아닌, 순수한 미소였다. 정신력이 정말 단단하지 않으면 절대 보여주기 힘든 모습이었기 때문에 조휘의 모습 자체는 든든했다.

"게다가 가만히 있으면 안전하기까지 해. 이걸 나쁜 상황이라 할 수 있을까?"

"흐흐, 난 잘 모르오."

장산이 조휘의 옆에 철퍼덕 앉았다. 다만 위치는 조휘를 저격할 수 있는 부분을 막고 앉았다. 몸에 익은 경계심. 위지룡도 마찬가지로 삼면을 막듯이 자리를 잡고 앉았다.

"다들 앉아서 쉬라고 해. 최소 인원만 남겨 두고. 아, 그리고 식량은?"

"삼 일 치 정도밖에 안 챙겼습니다. 홍뢰를 많이 챙겨 오느라."

"삼 일이라. 아껴 먹으면 이틀 정도는 더 버티겠군. 홍뢰는?"

"인당 이백 발입니다."

"많이 챙겼네. 한 방을 노릴 때 마구 쏴도 되겠어."

"네, 딱 그 정도 챙겼으니까요."

"나쁘지 않네. 후우. 좋아, 다들 휴식."

조휘의 말에 모두 자리를 잡고 앉았다. 적진 한가운데서 책상다리를 하고 앉아, 품에서 식량을 꺼내 먹는다. 그 모습이 참 천하태평처럼 보였다. 물론 불안감은 당연히 있었다. 하지만 단 한 번의 전투에서 조휘가 보여줬던 판단력을 통해 불안감보다 믿음,

신뢰의 감정이 훨씬 많아 심신이 안정된 상태들이었다.

물론 그걸 보는 조휘는 책임감을 통렬하게 느끼는 중이지만, 그래도 최대한 그 감정은 자제했다.

조휘도 위지룡에게 식량을 건네받아 입에 넣고 우물우물 씹었다. 콧속으로 스며드는 구수한 향. 혀끝으로 느껴지는 텁텁함. 오감으로 느껴지는 서로 상반된 맛.

조휘의 시선이 돌아갔다.

저 멀리 왜군의 진영에서 연기가 모락모락 나는 게 보였다. 점심시간? 고기를 굽는 냄새도 날아왔다. 뭐, 이해하지 못할 건 아니었다. 군의 식사야 조휘도 많이 해보았으니까. 하지만 지금은 뭔가 이질적이었다.

"……."

눈살을 찌푸린 채 자리에서 일어나는 조휘.

"왜 그럽니까?"

위지룡이 따라 일어나며 묻자, 조휘는 손을 슬쩍 가리키고 물었다.

"저렇게 가까이서 대놓고 식사 준비를 하고 있는데. 위지룡, 넌 저게 정상으로 보이나?"

"뭐, 못 할 것도 없지 않겠습니까?"

"그렇지, 못 할 것도 없지. 근데 왜 나는 이상하게 느껴지지?"

"뭐가 이상하게 느껴집니까?"

"뭐랄까… 보여주기 위한? 그렇게밖에 안 느껴져서. 잠깐, 잠깐만……."

아주 작은 것에서 조휘는 놈이 정말 원하는 것에 대한 실마리를 찾은 기분이 들었다. 솔직히 별다를 것도 없는 광경이지만, 뇌리를 간질이는 감각이 조휘를 마구 괴롭혔다.

"음식, 식량… 우리 삼 일 치라고 했나?"

"네."

"아… 이 새끼, 이걸 노리고 있구나."

의도적으로 보여준 거다.

식사를 준비하는 모습을.

지금이야 당연히 괜찮다.

하지만 나중에는?

오륙 일 뒤는?

아마… 미칠 거다.

"말려 죽이려는 거야."

"……."

"……."

정답은, 침묵을 불러일으켰다. 시선이 일제히 다시 조휘에게 향했다.

"움직이면 견제 사격. 아예 못 움직이게 만들겠다는 거지. 굶겨 죽이겠다는 거야. 그래서 미쳐 날뛰는 걸 천천히 즐기면서 보겠다는 생각이지. 미친놈이니까 충분히 구상할 만해."

어이가 없다는 듯 피식 웃는 조휘. 눈빛은 또다시 새파랗게 빛나기 시작했다. 입가에도 의미를 알 수 없는 미소가 그려졌다.

제40장
필사의 탈출

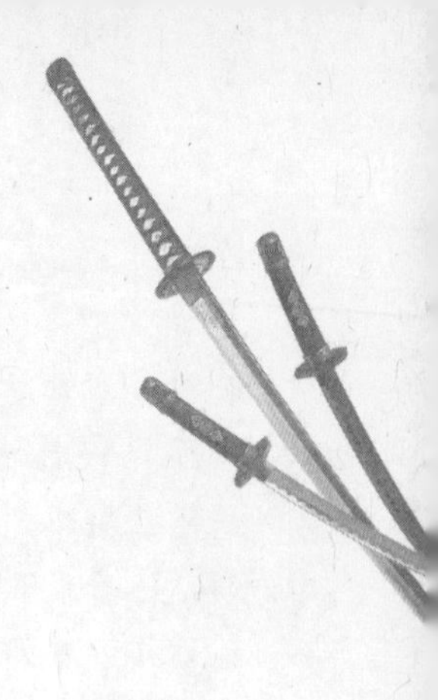

해가 뜨면, 당연히 지기 마련이다. 그리고 당연히 해 대신 달이 뜬다. 달이 뜨면 밤이 된다.

사위가 어둠에 잠기기 마련. 하지만 이곳, 안주평야는 예외였다. 대낮보다도 환하게 불빛이 올라와 있었다. 이십 보, 삼십 보 간격마다 모닥불이 켜져 있었고, 가능한 한 모든 곳에 횃불이 걸려 있었다.

단 하나의 어둠조차 허락하지 않겠다는 집념을 넘어선 집착이 엿보였다. 아니, 광기라고 해도 믿을 것 같았다.

'슬슬…….'

작전을 개시할 때가 다 와간다.

조휘는 다시 한 번 몸을 점검했다. 홍뢰는 없다. 조휘의 무장은 도건에게 받은 암기 열 개와 허리에 찬 쌍악과 풍신이 전부였다.

"후우……."

폐 깊숙한 곳에서 올라온 한숨이 적막함을 찢었다. 그 계집 같은 말투를 사용하던 흑각무사를 만나고 일주일이 지났다. 놈들은 조휘의 예상대로 공작대를 굶겨 죽이려고 했었는지 아무런 행동도 취하지 않았다.

오직 견제 사격만 가했다.

움직임만 보이면 땅바닥에 파바박 꽂아서 경고만 날렸다. 조휘는 확신한 상태로 명령 하나를 내렸다.

식량을 최대한 비축해라, 그렇게 모은 식량을 어제와 오늘 전부 섭취했다.

덕분에 떨어졌던 체력이 일순간 훅 올라왔다.

'식량도 다 소모했어. 이제 진짜 이판사판이다.'

조휘는 고개를 들어 달의 위치를 파악했다.

저물어가는 달.

이제 인시가 좀 지났다.

인시의 반이 지날 때가 딱 작전을 개시할 때였다.

"대주."

중걸과 도건이 다가왔다.

"끝났나?"

"네, 모두 몸 상태는 최상입니다. 물론 오래는 못 갈 겁니다. 곡기를 끊은 영향은 분명히 있을 겁니다."

"다행이군. 하지만 일시적인 거야. 어차피 상관없어. 이번에 실패하면 아무것도 안 남을 테니까."

"그건 그렇습니다만."

"왜, 무섭나?"

"하하. 그럴 리가 있겠습니까. 대주만큼은 아니지만 저도 꽤 경험이 있습니다."

"다행이군. 너나 도건, 조장들이 무너지면 밑에서부터 우르르 쓰러진다. 이 점 명심하고."

"네."

"가서 슬슬 준비시켜. 이제 시작할 때가 됐다."

"네."

둘이 돌아갔다. 그러자 이번엔 은여령이 다가왔다.

"괜찮을까요?"

"그럼. 놈이 계속 착각해 주는 한."

"음……."

은여령의 질문에 조휘는 확신 어린 어조로 말했다. 요 며칠간, 조휘는 결국 틈을 발견했다. 일단 가장 큰 틈은 놈이 지금 착각을 하고 있다는 거다. 딱 보니 놈이 개입하면서 전권을 물려받은 것 같았다.

거기서부터 틈이었다.

이건 놀이가 아니다.

전쟁이다.

근데 놈은 조휘와 공작대 전체를 두고 지금 놀이를 하고 있었다.

이건 정말 큰 착각이었다. 미쳐 버린 정신 상태가 이 부분을 지금 단단히 착각하게 만들고 있는 모양인데, 조휘는 이 부분에 정말 감사하고 있었다.

그다음 틈은 바로 놈이 내린 명령이었다.

놈은, 다가오면 견제 사격만 '하라고' 명령을 내려놨다. 어떻게 확신하냐고? 조휘가 직접 간을 봤다. 일부러 슬금슬금 탈출할 모습을 보여줬더니, 어김없이 견제 사격이 날아왔다. 하지만 거기서 멈추지 않고 좀 더 다가갔다. 거리를 상당히 나갔는데도 끝까지 위협으로만 끝나는 걸 보고 조휘는 확신했다.

아, 일정 선을 넘어도 죽이라는 명령은 내리지 않는구나.

이 또한 첫 번째 틈처럼, 매우 컸다. 첫 번째와 두 번째 틈이 만나 둑을 무너뜨릴 거대한 틈이 될 거라고 생각한 조휘는 이 부분을 공유, 상의해 봤다. 조장들과 은여령 모두 수긍했다.

물론 불안감은 있지만, 조휘는 못 박았다.

현재로서는 이 두 개의 틈을 이용하는 수밖에 없다고.

자잘한 것들도 꽤 된다.

지휘 체계다.

본부에서 명령이 내려오면, 그 명령이 현장으로 날아오는 데 걸리는 시간.

조휘가 보니 수기(手旗)의 색으로 명령 체계가 잡혀 있었다. 아무리 밝아도 낮은 아니다. 색을 파악하고, 다시 전달하는 데 걸리는 시간은 분명히 있을 것이다.

이 모든 것들이 모여, 조휘에게 탈출할 수 있다는 확신을 주었다. 자만 아니냐고? 아니다, 자신감이다.

그리고 이런 감정은 작전 수행 시, 매우 중요하다고 생각했다. 불안감을 안고, 안 될 것 같은데… 같은 감정을 안고 작전을 수행하는 것만큼 위험한 것도 없다. 왜? 머뭇거림이 생기기 때문이다.

작전 중 잠깐의 머뭇거림은 보통 죽음으로 직결된다. 자신 있게 지르고, 판단이 서는 순간 즉각 행동해야 하는 게 기본이다.

"대주."

위지룡의 부름.

때가 됐다.

"준비해."

조휘는 풍신을 허리에 단단히 매고 쌍악을 뽑아 들었다.

* * *

전방에 설 사람은 정해져 있다.

마도 진조휘.

최전방에 조휘는 자신보다 더 어울리는 사람을 찾지 못했다. 무력 자체만 따진다면 당연히 은여령이 어울릴 것 같지만, 그녀는 따로 할 일이 있었다.

돌발 상황에서의 대응이다. 그건 이동속도가 뛰어난 그녀만 할 수 있는 일이었다.

진형을 서는 공작대.

줄은 딱 엇갈린 두 줄이다.

"방패 세워."

처저적.

일주일간 주변의 목재를 쪼개 만든 나무 방패를 일제히 세웠다. 놀고만 있던 건 당연히 아니었다. 주변의 것들을 이용해 사용할 수 있는 것을 몰래 만들었다. 엇갈려 서 있기 때문에 줄마다 따로 오른쪽, 왼쪽으로 세우면 전부 막을 수 있었다. 물론 이걸로 행용총을 막을 수 있다는 보장은 없었다.

하지만 없는 것보다는 훨씬 낫다는 건 확신할 수 있었다.

"준비들 됐나?"

"……."

대답은 들려오지 않았지만, 조휘는 이미 대답을 들었다.

"이제 시작하면 못 멈춘다. 성공하면 탈출. 실패하면 전부 여기에 뼈를 묻을 거다."

"……."

역시 대답은 들려오지 않았다.

피식.

타격대에 있을 때 조휘가 이끌던 놈들이 딱 이랬다. 원래는 안 이랬는데, 근 반년간 진조휘란 인간과 함께하다 보니 조휘의 성향으로 공작대가 전원 물들었다.

"좋아, 시작한다."

팍, 파바박!

조휘가 땅을 박찼다.

촤앙……!

동시에 흑악, 백악이 서로의 날을 긁어대며 작전 개시의 울음을 터뜨렸다. 뒤이어 공작대가 각자의 무기를 뽑아 들었다. 그 소리 또한 격렬하게 야밤의 하늘을 찢어 울렸다. 사격! 전방에서 한 놈이 명령을 내리는 소리가 들렸다.

그러나 조휘는 그 소리를 듣고도 멈추지 않았다.

푹!

푸부부북!

일제히 날아든 첫 번째 견제 사격은 화살이었다. 하지만 전부 조휘의 이십 보 앞쪽에 박혔다. 이놈들은 지금 당장 살상을 노리고 쏘지는 않을 거다. 애초에 명령 자체가 그렇게 내려져 있으니까.

죽이지 마라.

견제, 위협만 해라.

그렇기 때문에 조휘는 멈추지 않았다. 살상 명령이 내려지기 전까지 최대한 뚫고 나가야 된다. 어? 어어? 명령을 내린 놈이 의문 섞인 탄성을 흘릴 때쯤, 조휘는 이미 일차 궁병 저지선까지 도착해 있었다.

파바박! 후웅……!

지면을 박차고 뛰어오르는 조휘. 촤앙! 놀라며 도를 뽑아 드는 대장이 목표다.

"늦어, 이 새끼야!"

푹!

비상했다가 떨어지며 그대로 오른손에 든 흑악을 놈의 쇄골에 깊숙이 꽂아 넣었다. 크아악! 통렬한 비명이 첫 번째 살상자가 나왔음을 만천하에 고했다. 그극! 좌아악! 비틀어 뽑아내자 피분수가 터지는 걸 보며 조휘는 히죽 웃었다.

시작이다.

이제 시작이라고.

퉁! 투두두둥!

공작대의 다른 한 손에 들려 있던 홍뢰가 붉은 번개를 내뿜었다. 푸부부북! 이어 몸에 꽂히는 소리가 울려 퍼지고, 우르르르! 일차 저지선이 무너지기 시작했다. 조휘는 어느새 전방으로 쏘아져 나가고 있었다.

뒤따라가던 오현이 소리쳤다.

"달려! 대주의 등을 놓치지 마라! 떨어지면 다 뒈지는 거야!"

거친 흉성이 터진 뒤, 퍼걱! 그의 무쇠 주먹이 달려들던 왜군의 아가리를 그대로 돌려버렸다. 단방에 눈동자에 초점이 사라지며 털썩 무너졌다. 파바박! 그를 스치며 공작대가 달렸다.

오현도 다시 달렸다.

그는 방패를 착용하지 않았다. 번거롭다는 게 이유였다.

진형 내에서도 은여령과 조장들처럼 철저히 개인 활동을 한다. 쉬이익! 오발? 깡! 얼굴로 날아들던 화살을 쳐내고 다시 조휘의 등을 쫓아 달리는 오현. 퉁! 투두둥! 달리는 와중에도 공작대는 쉬지 않고 홍뢰를 쏴댔다. 뭔가 위협이 되겠다 싶은 적에게는 가차 없이 퍼부었다. 이백 발밖에 없는데 너무 막 쓰는 게 아니냐고?

그런 걸 따질 때인가, 지금?

어차피 뒈지면 쓰지도 못하고 버려질 것들인데.

전방에서 달리는 조휘는 연신 사방을 훑었다. 아주 다행히도 밀집된 진형은 아니었다. 밀집된 진형이었다면 아예 뚫기가 힘들 거다. 하지만 주둔 중 진형을 짤 때는 당연히 분산시켜 배치한다.

화공이라도 당하면 모조리 뭉쳐 타죽을 테니까.

이 부분도 조휘에게 아주 큰 도움이 되고 있었다. 휘릭! 퍽! 조휘의 상체가 뒤틀린다 싶더니, 흑악이 창을 내지르는 놈의 안면을 날로 후려쳐 뭉개버렸다.

팍!

푸북!

'아직!'

아직도 살상 명령은 내려오지 않은 것 같았다. 견제만 날아오는 걸 보니까. 이때 조금이라도 더 나가야 했다. 그리고 그 길을 여는 건 당연히 자신이다.

막사를 요리조리 피하면서 달리는 조휘의 뒤를 공작대가 착실하게 따라왔다.

일만 오천.

무시무시한 숫자.

하지만 중요한 건 이 전부를 상대하는 건 아니라는 것이다. 공작대가 중앙이라고 치면, 한쪽만 상대하면 된다. 동서남북으로 삼천오백 정도 포진됐으려나? 근데 거기서도 삼천오백을 다

상대하는 건 또 아니다. 그중 조휘가 가는 길 정도만 막으면 된다.

조심해야 할 건!

'포위망의 밖을 뭉치게 하는 것!'

그 상태가 되기 전에 빠져야 한다.

하지만 그래도 마지막 회심의 수는 준비해 뒀으니까.

칙쇼!

왜어로 지껄이며 조휘에게 달려드는 무리가 있었다.

퉁!

투두둥!

조휘의 어깨를 넘어 네 발의 홍뢰가 날았다. 이런 좁은 폭과 막사와 막사 사이에는 불빛이 없었다. 천이니 삐끗하면 불이 아주 제대로 붙을 수 있으니 일부로 안 놓은 거다. 그러니 여기에는 어둠이 있다.

어둠은, 홍뢰를 쓰기에는 최적의 장소다.

푹!

"악! 아악!"

가장 앞에 있던 놈이 갑자기 눈을 부여잡고 발광을 했다. 뭐 볼 것 있나. 눈에 제대로 꽂힌 거다.

스각.

스쳐 지나가며 번쩍인 백악이 옆 목을 쭉 갈라버렸다. 깡! 그었던 동작 그대로 머리로 떨어지는 낫을 막았다. 흰 부분이 볼을 슬쩍 그었다. 화끈한 통증이 올라오자 조휘의 입가에서 미소가 다시금 살아났다.

아프다.

그러니 살아 있다.

전장의 광기가, 조휘의 몸을 감싸기 시작했다. 피와 정신에 내재된 마(魔)가 통증에 급속도로 눈을 떠 조휘를 휘감았다.

"흡!"

힘으로 밀어 올렸다.

"큭!"

상체가 쭉 열리는데 어쩌나. 찔러줘야지.

빙글!

푹.

역수로 쥔 흑악을 목에 한 방 넣고.

푹푹푹!

다시 세 방을 연속으로 넣었다.

그때마다 억! 억억! 하면서 신음도 토하지 못하고 부르르 떨더니, 스르르 무너졌다. 핑! 뒤에서 화살 한 발이 조휘의 볼을 스쳐 지나갔다.

카악……?

도를 양손으로 쥐고 번쩍 들어 달려오던 놈이 갑자기 괴상한 신음과 함께 멈추더니 제 가슴을 내려다봤다.

부르르, 떨리는 깃대.

위지룡의 저격이다.

심장을 뚫어버린 저격.

이래서… 호흡이 잘 맞는다는 거다.

위지룡 이놈과는.

그리고…

"으하하!"

장산이 조휘의 옆을 스쳐 달려갔다.

피식.

장산 저놈과도 마찬가지다.

파밧!

놈의 등을 보며 조휘의 질주가 다시금 시작됐다.

아직, 갈 길이 멀다.

스르륵.

누워 있던 상태에서 상체만 서서히 올리는 한 사내.

"……."

흑각무사, 모리휘원(毛利輝元)이다. 칠 군 지휘관과 똑같은 이름을 가졌지만, 지장의 성격을 띤 그자와 이 사내는 전혀 달랐다.

끔뻑, 끔뻑.

"이제야 움직였나요……?"

후후후…….

누구도 찾아오지 않았지만 그는 느꼈다. 진형 내의 공기가 서서히 변해가는 걸. 네 살, 다섯 살 때부터 겪어온 지독한 광기가 느껴지기 시작하니, 본능이 거기에 반응해 그의 잠을 급속도로 깨워버린 거다.

침상에서 일어난 그는 천천히 갑주를 챙겨 입기 시작했다. 중

갑(重甲)일 것 같지만 의외로 가볍고, 간편하게 착용할 수 있는, 오직 무사들만의 전유물이다. 반다경도 안 되어 갑주를 착용하고, 투구를 옆구리에 척! 끼고 대태도를 잡아 들자 그제야 휘장이 걷혔다.

"모리휘원 님!"

"알고 있어요. 어느 쪽으로 움직였나요?"

스르릅.

혀로 붉은 입술을 핥으며 조휘가 극히 짜증 냈었던 어조로 묻자, 들어온 적각무사가 바로 대답했다.

"동쪽입니다!"

"후후, 역시. 그리로 갈 거라 예상했어요."

스읏.

휘장을 걷고 나오자 저 멀리, 화광이 충천하고 있었다.

"호오?"

"지나가는 길에 있는 막사들을 태우고 있습니다!"

"그렇겠지요. 불만 붙여놓아도 뒤는 잘 막아줄 테니까요. 역시 그때 얘기했던 자는 머리를 제법 쓸 줄 아는 사람인가 봐요."

"네……."

"재미있지 않겠어요? 나는 저런 사람들을 꺾을 때가 그렇게 좋더라? 후후후."

"……."

수하의 침묵을 보며 모리휘원은 천천히 걸어갔다. 그의 걸음에는 여유가 있었다.

뭔가 따로 지시를 내려놓은 게 있는 걸까?

"일계를 시작하세요."

"네!"

있었다.

이 일계는, 조휘가 걱정하던 그 부분을 노릴 거다.

포위망의 가장 바깥 부분이 좁혀지면서, 인해장벽(人海障壁)을 세우는 것. 그래서 돌파 자체를 막아버리는 것.

포위망을 쭉쭉 죄어 포기하게 만드는 것.

그게 이자가 노리는 바다.

이미 정했다.

"굶겨 죽여 드린다니까… 왜 반항을 하고 그래요? 후후후."

피골이 상접한 모습.

이 미친 인간이 원하는 모습은 바로 그것이다.

극도의 배고픔에 이성을 상실해 미쳐 발광하는 모습. 그게 보고 싶은 거다. 하지만 그래도 죽이지 않고 안에 가둬 놓고 그걸 보고, 즐기고 싶은 거다. 그걸 위해선 죽으면 안 된다.

그래서 사살 명령은 내리지 않았다.

실수인지도 모르고서.

저 멀리서 소서행장이 헐레벌떡 달려왔다.

"놈들이 탈출하고 있소!"

"알고 있어요."

"뭔가 조치를 취해야 하는 게 아니오?"

"이미 해놨어요."

"그게 뭔지 말해 보시오!"

소서행장의 얼굴은 붉으락푸르락했다. 그의 입장에서 암살자는 절대 놓쳐서는 안 된다. 그런데 모리휘원이 저리 천하태평이니 조바심이 나고, 화도 같이 올라온 것이다.

"인해장벽."

"인해… 장벽?"

"네. 저들이 가는 길에 인간의 장벽을 쌓으라고 했어요."

"오오, 그 정도면……."

"하지만 사살 명령은 내리지 않았어요."

"……."

소서행장은 순간 말문이 턱 막혔다. 그래도 일군의 최고 지휘관답게 저 말이 뭘 뜻하는지 바로 알아차렸다. 사살 명령을 내리지 않았다는 건 직접적으로 죽이지 말라는 명령을 내렸다는 것이다.

"정말… 몸으로 막겠다는 거요?"

"네. 말했잖아요? 저들을 굶겨 죽일 거라고요."

"미친… 그럼 대체 몇이나 죽을지 생각은 한 거요!"

"했어요. 한 삼백 정도? 더 죽으면 오백 이상일 수도 있겠네요."

"그런데도!"

"상관없잖아요, 그 정도 죽어도?"

"……."

소서행장은 다시금 말문이 턱 막혔다. 아니, 그 전에 이 미친 인간이 대체 무슨 말을 지껄인 건지 제대로 이해도 하지 못했다.

그러나 그건 잠깐이었고, 빠르게 그 말이 가진 뜻을 해석, 이해했다.

"당신… 그 말이 진심이요?"

"네. 아, 조금 전에도 말했잖아요? 난 저들이 굶어 죽는 게 보고 싶다고요. 얼마나 버틸지 궁금하다고요. 죽기 전에 과연 어떤 모습을 보여줄지도 궁금하다고요. 입 아프니까 두 번 말하게 하지 마요, 좀."

낯빛 하나 바뀌지 않고 나온 그 말에 소서행장의 얼굴이 악귀처럼 일그러졌다.

"미쳤군……."

"후후, 하하, 아하하하!"

미쳤다는 말을 듣더니 마구 웃어젖히는 모리휘원. 밤하늘이 쩌렁쩌렁 울릴 정도로 큰 웃음이었다.

그러더니 나중에는 배까지 잡고 광소를 터뜨렸다. 정상이 아니다. 그는 높은 위치에 있기 때문에 많은 이들을 만나 봤다. 게다가 전장도 수두룩하게 겪었다.

별의별 군상을 다 봤는데, 단언컨대… 이렇게 미친 놈은 처음이었다. 웃음 속에 깃든 감정에는 별의별 것들이 다 들어 있었다.

기쁨.

슬픔.

분노.

살의.

그리고 허무까지.

여전히 웃고 있었지만 그의 눈은 정반대의 감정을 담고 있었다. 울고 있다. 설상가상으로 눈물까지 또르르 흘렀다. 이게 뭔가.

괴물인가?

그러더니 갑자기 뚝.

웃음이 멈췄다.

"그럼 여태 제가 정상으로 보였어요?"

"……."

히죽.

"이건 부탁인데요. 무사들에게 정상적인 행동은 기대하지 말아주세요."

"……."

"특히, 우리… 흑각에게는."

씨이익.

누리끼리한 치열이 나오도록 웃더니, 모리휘원은 소서행장을 스쳐 지나갔다. 그러고는 흥, 흐흐흥, 흥흥, 콧노래를 부르더니 다시 아하하! 하고 웃음을 터뜨렸다.

"……."

소서행장은 말없이 그의 등을 바라봤다. 그러다 문득 옛날에 들었던 말이 떠올랐다. 흑각 계급 무사의 '제작 과정'과 그 지독함에 대해.

그러나 이들이 이렇게 잠깐의 대화를 나누는 동안, 마도는 이미… 포위망의 중앙을 뚫고 있었다.

* * *

전진 사격.

다른 말로는 속보 사격.

살짝 뛰듯이 걸으며 홍뢰로 주변을 말살하며 이동하는 공작대의 첫 번째 전술(戰術)이다. 이는 탈출, 돌파, 방어, 겨우내 공작대가 주력으로 익힌 전술이었다. 산, 들판은 물론 시가(市街)나 갑판 위, 전천후로 사용될 수 있는 전술이다.

퉁!

투두두둥!

표적이 보이면 어김없이 공작대의 홍뢰가 불을 뿜었다. 시위가 튕기는 소리가 들린 후에는 항상 비명이 뒤따랐다.

홍뢰의 위력은 가히 무시무시했다.

연노궁의 특성상, 사거리는 그리 길지 않았다. 하지만 그건 단점이라 할 수도 없었다. 최대 이십 발까지 연사가 가능하고, 살상 거리 안에서의 관통력은 사거리의 단점을 완전히 지워버리고도 남았다.

문제는 장전이지만, 오십의 인원이 돌아가며 장전하면 그 단점 또한 사라진다. 장전도 쉽다. 화살을 보관하는 통을 열고, 촉을 전방으로 향하게 한 다음 차곡차곡 밀어 넣기만 하면 된다. 반다경? 아니다. 숙련만 됐다면 금방 끝난다. 호흡으로 따지면 이십 회 이내에 장전을 마칠 수 있다.

그런 오홍련의 홍뢰는 현재 왜군에게 재앙이었다.

칙쇼!

악을 쓰며 머리를 내밀어 행용총을 겨누는데, 퍽! 조준을 하기도 전에 홍뢰가 이마에 처박혔다.

살짝 뛰듯 이동하며 사격을 하는데도 조준은 정확했다. 홍뢰의 가장 무서운 점이 바로 이 부분이다.

표적을 잡아주는 뾰족한 끝이 있는데, 오차 범위가 한 치 정도밖에 안 된다. 정말 기가 막힌 명중률을 보여줬다. 조휘는 전방에서 길을 열어주고 있었다. 쌍악으로 적을 포착해 주면 공작대가 사격하는 방식이었다. 그런 조휘에게 위지룡이 빠르게 다가왔다. 그러면서도 그의 눈은 사방을 훑고 있었다.

"대주!"

"말해!"

"움직임이 이상합니다. 뭔가 명령이 내려온 것 같은데요?"

"느끼고 있어. 아마 포위망을 뭉칠 생각일 거다! 그럼 뚫기 힘들 테니까!"

"어떡합니까?"

"뭘 어떡해?"

물을 걸 물어야지?

여기까지 와서 포기할 조휘가 아니었다. 아니, 포기하는 순간 여기서 모든 게 끝난다. 죽이 되든, 밥이 되든 지금은 끝장을 봐야 했다. 그리고 준비는 착실히 했다. 말했지? 놀고만 있던 게 아니라고.

"몇 발씩 챙겼어?"

"뭘… 아, 대여섯 발씩은 챙겨 왔습니다. 더 챙기고 싶었는데 그러면 기동력이 떨어져서 포기했습니다."

"대여섯 발이라… 충분해!"

뭘까?

진천뢰다.

류큐제도에서 행용총 수만 정을 수장시킨 오홍련이 자체 개발한 진천뢰다. 아니, 거기에 다시 한 번 개량을 거친 특수한 진천뢰다. 심지를 당기면, 안에서 부싯돌이 튀면서 안쪽에서 한 바퀴 타들어간다.

그리고 펑.

사용 방법이 극히 간단해진, 살상력을 극대화한 미친 무기. 밀집? 그 안에서 터지면? 조휘는 장담할 수 있었다. 터지는 순간 아비규환의 지옥도가 재림할 거라는 걸.

그극!

퍽!

어깨로 떨어지는 도를 백악으로 비껴 쳐내고, 흑악으로 옆구리에 딱 한 방. 그리고 다시 뽑는 순간 무시하고 전진한다. 숨을 끊지는 않았는데……?

퍼걱!

장산의 손도끼가 웅크린 놈의 뒤통수에 떨어졌다. 날의 반대, 등으로 후려쳐서 아예 움푹 함몰되어 버렸다. 살아 있을 가능성은 결단코 없다. 무조건 즉사다. 장산의 완력은 못해도 조휘의 반은 되니까.

쉭!

조휘가 쌍악과 흑악을 치켜들어 서로 다른 부분을 짚었다. 투두두둥! 그리고 거의 동시에 홍뢰가 터졌다.

푸부북!

육신에 꽂히는 홍뢰의 화살. 그 소리는 분명 끔찍했지만 조휘에게는… 아름답게만 들렸다. 그래서 미소가 끊이지를 않았다.

'아직도 안 내렸어?'

살상 명령은 아직도 내려오지 않았다. 이것 또한 확신이었다. 행용총 부대는 계속 조휘와 공작대를 겨누고 있었다. 그런데… 오히려 사격 명령을 내리는 현장 지휘관들이 말리고 있었다. 쏘지 말라고! 바닥에 쏘라고! 고래고래 소리치고 있었다. 그걸 들으니 확신을 안 할 수가 없었다.

'사람으로 그냥 막겠다는 거지? 넌 실수한 거야……. 지금은 네놈이 즐기는 놀이가 아니거든.'

지금은 전쟁 중이다.

무수히 많은 변수를 생각했어야지.

적의 무장 수준 또한 파악했어야지.

또한 어떤 술수를 부리지는 않았나 확인했어야지. 이쪽은 정말 악착같이 덤비는데, 죽일 생각이 없다고?

'끝까지 부린 고집이 어떤 결과를 초래하는지… 잘 봐둬라.'

히죽.

살벌한 미소를 지은 조휘는 저 멀리 단단히 뭉쳐 있는 '벽'을 시야에 담았다.

위지룡이 말했고, 조휘도 느끼던 놈의 방해 전술. 인간의 벽. 새까맣다. 이 말이 딱 어울렸다. 정말 말 그대로 인간이 뭉쳐 생성된 벽.

단단할 거다.

딱 봐도 수를 헤아리기가 힘들 정도로 뭉쳤으니까.

하지만 저건 단방에 찢을 수 있다.

"진천뢰 준비해!"

"네! 들었냐? 다들 뽑아!"

처저저적!

조휘의 명령을 받은 위지룡의 외침에, 공작대가 상의에 손을 넣어 주먹보다 조금 큰 동그란 쇳덩이를 꺼냈다.

그러면서도 전진은 계속된다. 전진이 계속되니 거리는 계속 좁혀졌다.

탕! 타다다다당!

왜군의 위협 사격 역시 계속됐다.

하지만 전부 땅바닥에 처박히는, 쓸데없는 물자 낭비였다.

'고맙다, 미친놈아…….'

속으로 중얼거린 조휘가 손을 번쩍 들었다.

그러자 공작대 전원이 길쭉이 나온 끈을 잡아당겼다. 한 호흡 뒤, 조휘는 들었던 손을 내려 전방을 겨눴다.

투척 신호다.

신호가 떨어짐과 동시에 새까만, 악마의 구슬 오십 개가 하늘을 날았다.

* * *

콰앙……!

콰과과광!

천지가 울리기 시작했다. 저 멀리 새빨간 화염이 넘실거렸고, 시꺼먼 흑연이 피어올랐다.

그리고 그 두 가지 색에 어울려 처절한 비명이 울렸다.

"어?"

느긋하게 걷던 모리휘원은 그 광경에 고개를 갸웃했다. 전혀 예상치 못했던 게 터졌기 때문이다.

"진천뢰가 있었어? 아, 이건 예상 밖인데?"

중얼거리는 모리휘원의 얼굴은 굳어 있었다. 항상 짓던 미소는 이미 사라졌고, 눈매가 꿈틀거렸으며, 입가에 매우 익숙한 비릿한 미소를 그렸다. 전혀 예상치 못한 전개에 심기가 어지러워졌고, 그건 바로 분노, 살의로 바뀌어 올라왔다. 그리고 그 안에 조급함이 섞였다.

어쩌면, 잘못하면 놓칠지도 모른다는 생각.

"그건 안 될 일이지요……."

겨우 가둬 놓았는데.

그 말이 끝나고 나서는 분위기가 완전히 바뀌었다.

지독한 기세, 마도 진조휘가 완전히 미쳤을 때와 비교해도 결코 뒤지지 않는. 아니, 압도하는 기세. 일인군단이라는 흑각무사의 기세가 사방으로 터져 나갔다.

"말을 끌고 와요."

하!

수하 하나가 급히 그의 말을 끌고 왔다. 능숙한 동작으로 말 위로 오르는 모리휘원은 고삐를 잡아채기 전에 고개를 다시 한 번 갸웃거릴 수밖에 없었다.

두드드드드……!

서서히 대지를 타고 올라오는 진동에 그의 얼굴은 점점 악귀처럼 변해갔나.

『마도 진조휘』 5권에 계속…

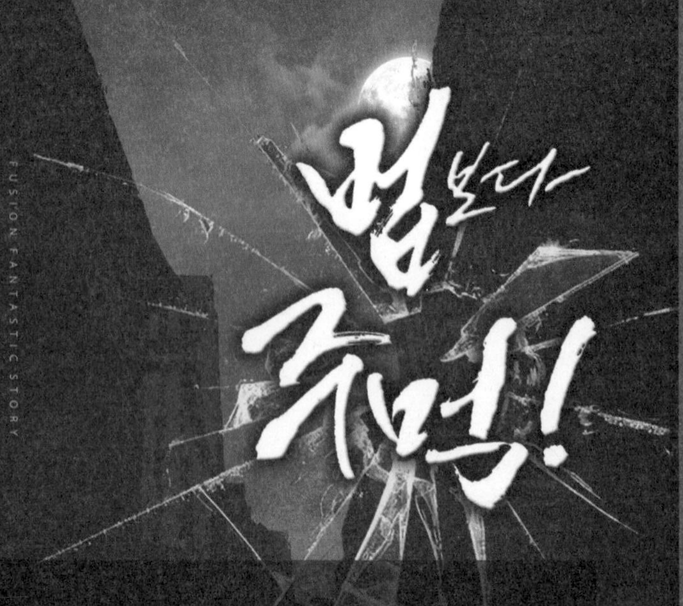
사락함대 장편소설
FUSION FANTASTIC STORY
법보다 주먹!